btb

Aus Freude am Lesen

Fiona Yu ist eine hochintelligente junge Frau. Eine unterforderte Spitzenjuristin. Aber Fiona ist auch ein bisschen verwirrt. Vor allem, was ihr Frausein angeht. Denn sie kommt aus einem freundlichen, aber sehr traditionellen chinesischen Elternhaus. Und sie lebt in San Francisco, einer freundlichen, aber sehr freiheitssüchtigen Stadt. Fiona will nicht länger die »Hello-Kitty-Rolle« spielen, die ihre Eltern von ihr erwarten: stumm sein, keine Emotionen zeigen, einen chinesischen Mann heiraten. Doch erst als sie einen alten Schulfreund wiedertrifft, der sich vom Außenseiter zum eleganten Serienkiller gemausert hat, nimmt ihr Leben richtig Fahrt auf. Gemeinsam erleben die beiden eine rasante Zeit jenseits aller gängigen Klischees von Leidenschaft und Sex. Dass eine gehörige Zahl von Menschen für diese Vision mit dem Leben bezahlt, ist es ihnen wert.

Angela S. Choi, geboren in Hongkong, lebt heute in San Francisco. Ihre spitze Zunge funktioniert auf Englisch ebenso gut wie auf Kantonesisch. Sie praktizierte als Anwältin, bis sie beschloss, ihr Leben nicht länger im branchenüblichen Sechs-Minuten-Takt zu führen. Im Alter von dreißig fasste sie deshalb den Entschluss, Schriftstellerin zu werden. »Hello Kitty muss sterben« ist ihr literarisches Debüt.

Angela S. Choi

HELLO KITTY MUSS STERBEN

Roman

Deutsch von Ute Brammertz

btb

Die amerikanische Originalausgabe erschien 2010 unter dem Titel »Hello Kitty Must Die« bei Tyrus Books, Madison, Wisconsin.

MIX
Papier aus verantwortungsvollen Quellen
FSC® C083411

Verlagsgruppe Random House FSC-DEU-0100
Das für dieses Buch verwendete
FSC®-zertifizierte Papier *Lux Cream*
liefert Stora Enso, Finnland.

1. Auflage
Genehmigte Taschenbuchausgabe Juni 2012,
btb Verlag in der Verlagsgruppe Random House GmbH, München

Dieses Werk wurde vermittelt durch die Literarische Agentur Thomas Schlück GmbH, 30827 Garbsen
Umschlaggestaltung: semper smile, München, nach einem Entwurf von R·M·E Roland Eschlbeck / Ruth Botzenhardt
Umschlagmotiv: © iStockphoto
Druck und Einband: CPI – Clausen & Bosse, Leck
UB · Herstellung: BB
Printed in Germany
ISBN 978-3-442-74126-7

www.btb-verlag.de

Besuchen Sie auch unseren LiteraturBlog www.transatlantik.de.

Für Mom, Dad, Meatball & St. Jude

KAPITEL 1

Es fing alles mit meinem fehlenden Jungfernhäutchen an.

Eine Woche vor meinem achtundzwanzigsten Geburtstag beschloss ich, mich selbst mithilfe eines Silikondildos zu entjungfern, der mit einer Schicht aus zweiprozentigem Lidocaingel eingeschmiert war.

Silikondildos sind am besten. Fest, glatt, leicht zu reinigen, und vor allem lassen sie sich in Wasser kochen. Wir Chinesen lieben es, Dinge abzukochen. Unsere Essstäbchen, unsere Teetassen, unsere Töpfe und Pfannen und ganz besonders unser Trinkwasser. Nichts gelangt in unseren Körper, ohne zuerst in Wasser abgekocht worden zu sein.

Silikondildos sind zudem die ideale Wahl für Allergiker.

Ich habe viele Allergien. Abgesehen davon gefiel mir die Vorstellung nicht, einen Unfallarzt zu bitten, Glasscherben aus meiner Vagina zu entfernen. Und wie die Verkäuferin sagte, wären Glasdildos »alles andere als ideal« für meine gegenwärtigen Absichten.

Ich wählte einen purpurfarbenen Dildo mittlerer Größe mit ausgestelltem Sockel, der ihn handlicher machte. Da er nicht an einem Männerkörper angebracht war, hielt ich es für ratsam, ihn fest im Griff zu haben. Nicht dass er irgendwohin hätte verschwinden können außer da wieder raus, wo er auch reingekommen war, aber trotzdem.

Und wie alles andere auch war er »Made in China«. Eine

Tatsache, die meine Eltern gewiss zu schätzen wüssten. Sie mögen alles, was in der Heimat hergestellt wurde.

Ich nannte meinen Dildo Mr Happy. Das schien mir ein angemessener Name für etwas, das das Privileg genießen sollte, die Ehre meiner Familie zu zerstören, welche ich beinahe drei Jahrzehnte lang gehorsam zwischen meinen Beinen aufrechterhalten hatte.

Die Existenz dieser unberührten Membran ließ jeden amerikanischen Jungen die Flucht ergreifen, vor allem wenn ich ihm sagte, dass wir erst dann miteinander schlafen könnten, wenn wir verheiratet wären. Da mich niemand beim dritten Date heiraten wollte, war mein Beharren auf einem intakten Jungfernhäutchen meinem Liebesleben alles andere als zuträglich. Wären meine Eltern und ich in Hongkong geblieben, wäre es kein so großes Problem gewesen. Traditionsbewusste Chinesen missbilligen vorehelichen Sex.

Doch wir waren nicht in China. Wir lebten in der Heimatstadt der Schwestern der Perpetuellen Indulgenz, die »San Franciscos Wertvorstellungen seit 1979 definierten«. Wir lebten im goldenen Staat Kalifornien, der die zweithöchste Rate schwangerer Teenager aufzuweisen hatte. Wir lebten in den Vereinigten Staaten von Amerika, dem Land von *Girls Gone Wild*, in dem dieser dünne Gewebefetzen keiner Familie ein zusätzliches Stück Vieh einbrachte. Stattdessen sorgte er dafür, dass ich meine Freitag- und Samstagabende zu Hause verbrachte.

Als ich also Chip kennenlernte, beschloss ich, mich der Ausschweifung und dem Laster anzupassen, auf amerikanische Art und Weise in verbotene Früchte zu beißen. Nicht weil Chip Mr Right war, sondern weil er zufälligerweise

Mr There-At-The-Right-Time war. Allerdings gab es da ein Problem: meinen Vater.

»Du kommt heute Abend nicht nach Hause, Fiona?«

»Wichtiges Projekt. Das ganze Büro schlägt sich die Nacht um die Ohren.«

»Okay. Arbeite fleißig.«

Und der Sünde stand nichts mehr im Weg.

Gott sei Dank haben die Chinesen nichts für Ehrenmorde übrig – wenigstens würde man mich nicht auf den Dorfplatz schleppen und steinigen, erstechen oder in Brand stecken. Ich hatte Glück.

Es würde lediglich meine Mutter zum Weinen bringen.

Leider war mein Jungfernhäutchen anderer Meinung. Das Dutzend Kondome, das ich gekauft hatte, lag unbenutzt auf dem Nachttisch, neben einer Packung der Pille danach. Hosenträger *und* Gürtel für mich! Ich bin eine Frau, die sich lieber doppelt versichert. Doch meine Sicherheitsmaßnahmen erwiesen sich als unnötig, denn mein Jungfernhäutchen wollte sich einfach nicht zerstören, zerstoßen, vernichten lassen. Sein Widerstand gegenüber Chips dreimaligen Versuchen war nicht zwecklos gewesen. Das Ganze führte dazu, dass er im Dunkeln vor sich hin winselte. Und ich mich in Dr. Ngs Behandlungszimmer wiederfand.

»Sein Zipfel ist aus mir rausgehüpft, als hätte ich da unten ein Trampolin. Ich muss ein ganz schön widerstandsfähiges Jungfernhäutchen haben. Vielleicht sollten Sie es aufschneiden. Das können Sie doch, oder?«, fragte ich. Ich lag mit dem Rücken auf dem mit Papier bedeckten Operationstisch und zählte die kleinen Löcher in den Deckenkacheln, während Dr. Ng mich mit einem langen Wattestäbchen untersuchte.

»Sie sind eigentlich schon offen. Ich sehe da wirklich kein Problem«, erwiderte Dr. Ng unter meinem Bademantel.

»Nein, ernsthaft, er ist nicht reingekommen. Ich habe ihn immer wieder gefragt, was zum Teufel mit seiner Ausstattung los ist. Vielleicht ist er zu klein. Er ist genauso groß wie ein Tampon mit leichter Saugfähigkeit. Meinen Sie, das macht einen Unterschied?«

»Ähm, nein, es sollte trotzdem funktionieren.«

»Das habe ich mir schon gedacht. Aber wie dem auch sei, ich habe ihm jedenfalls gesagt, es sei nicht seine Schuld, denn das habe Gott ihm eben mitgegeben. Da ist er schlaff geworden.«

»Das haben Sie ihm gesagt?«

»Aber ja, ich habe versucht, ihn aufzumuntern.«

»Beim nächsten Mal, Fiona, versuchen Sie nicht, ihn aufzumuntern.«

»Oh, ein nächstes Mal wird es nicht geben, Dr. Ng.«

»Warum das denn?«

»Er hat sich von mir nicht mit einem Alkoholtupfer abwischen lassen. Sie wissen schon, um den Bereich keimfrei zu machen, bevor man das Kondom überzieht.«

»Fiona, warum um alles in der Welt …?«

Weil er seinen Penis von mir nicht zuerst in Wasser hat abkochen lassen.

An allem war Listerine schuld – oder vielleicht Neosporin. All diese Werbespots mit übergroßen Zeichentrickbakterien in knalligen Buntstiftfarben mit Stacheln, Schwänzen und kleinen Mäulern, die an der Zunge und am Zahnfleisch herumfressen. All diese Geißeln, die dicke Mikroben auf der Haut umhertreiben. All diese mikroskopisch kleinen Spiralen, Kugeln und Zylinder des Todes und der Krankheit, die nur auf eine Gelegenheit warten, einem in den Körper zu schlüpfen. Kein Wunder, dass sich Listerine so gut verkauft. Vielleicht würde sich der nächste Typ mit minzig-frischem Mundwasser bespritzen lassen. Ich würde ihm die Sorte anbieten, die nicht brennt.

»Sie sind dünn, hübsch und gescheit. Machen Sie sich keine Sorgen. Sie werden schon jemanden finden, Fiona«, sagte Dr. Ng, während ich meine langen Haare zu einer Banane hochsteckte.

Das war nicht der springende Punkt. Beinahe drei Jahrzehnte lang hatten Kultur, Eltern und Erziehung mein Selbstwertgefühl mit meinem Jungfernhäutchen verflochten. Wenn es tatsächlich derart kostbar war, sollte ich es eigentlich herausreißen, in einem kleinen Plastikfläschchen gefrierlagern und in meinem Testament verfügen, dass man mich damit begraben solle. Entweder das, oder ich könnte es in ein kleines Glasröhrchen stopfen und um den Hals tragen, wie Angelina Jolie es mit Billy Bobs Blut getan hat.

Alles, außer es mir von jemand anderem wegnehmen lassen. Und mein Bild auf seiner MySpace-Seite zu haben neben den anderen entjungferten Mädels. Oder zu erleben, dass mein blutbefleckter Slip in der Jungenumkleide herumgereicht wurde.

Nein danke.

Dann schlug Dr. Ng die Lösung mit dem Dildo vor. Keine Eile, keine Angst vor Geschlechtskrankheiten oder Schwangerschaft, kein anderer Mensch mit von der Partie, kein erdrückender Gestank nach menschlicher Wärme. Nichts als eine ewige, unerschöpfliche Erektion, die sich zu meiner Zufriedenheit drehen und biegen ließe und die ich mit kochendem Wasser keimfrei machen könnte. Gott segne Dr. Ng.

Doch die Idee mit dem zweiprozentigen Lidocaingel stammte von mir. Ich bestand darauf, eine besonders große Packung verschrieben zu bekommen, damit ich genug hätte, um Mr Happy und mich mehrmals damit einzuschmieren. Da uns eine große Anzahl Betäubungsmittel zur Verfügung steht, sah ich keinerlei Grund, auch nur die geringsten Schmerzen zu ertragen. Es war ja nicht so, als hätte ich um eine PDA gebeten. Das wäre irrsinnig gewesen. Aber das hier? Ein bisschen Gel und keine Schmerzen. Gott segne Lidocain.

Ich glaube nicht, dass Chip sich von mir überall mit Lidocain hätte einschmieren lassen. Doch Mr Happy machte seinem Namen alle Ehre und stand mir froh zu Diensten.

Kerle. So was von überbewertet.

Ich entfernte den Deckel der Lidocainflasche mit den Zähnen und fragte mich, ob die Hersteller geahnt hatten, wie ihre Kunden ihr Produkt verwenden würden. Die Flasche hatte eine lange, schmale Applikatorenspitze wie eine Tube Sekundenkleber. Bei jedem Drücken kam das Gel in einem dünnen, zarten Kringel heraus.

Ich hielt Mr Happy horizontal und bespritzte ihn mit einer Linie Lidocain, immer vor und zurück im Zickzack wie scharfen Senf auf meine Sheboygan-Bratwurst im AT&T Park Baseballstadion. Ich strich das Gel glatt und glasierte die rutschige Silikonoberfläche wie einen Krispy Kreme Donut.

Das Internet hatte recht. Die Verkäuferin bei Good Vibrations hatte recht. Silikondildos sind am besten.

Dr. Ng hatte vorgeschlagen, ich solle mir eine Flasche K-Y Jelly kaufen, ursprünglich für mein Gesicht, um die trockene Haut zu behandeln, die von meiner Neurodermitis herrührte, die ihr während der Untersuchung aufgefallen war. Geh zu einer Dermatologin, und du kriegst Elidel Creme fürs Gesicht. Geh zu einer Gynäkologin, und du kriegst K-Y Jelly.

Die kleine Sechzig-Milliliter-Flasche hatte bei mir zu Hause einiges Aufsehen erregt. Meine Mutter weigerte sich zu glauben, dass ich sie mir fürs Gesicht gekauft hatte. Das konnte ich ihr nicht verübeln. Wer läuft schon mit Gleitmittel im Gesicht herum? Man beginnt den Tag mit Clean & Clear oder Noxzema. Gefolgt von Clinique, Origins oder Chanel – nicht K-Y.

Ich beschloss, den Lidocain-bedeckten Dildo nicht mit K-Y zu übergießen. Erstens wollte ich nicht die Wirksamkeit des Lidocains abschwächen. Zweitens hatte mir K-Y Jelly bereits genug Ärger eingebracht. Ein echter Unruhestifter. Und drittens wollte ich die Wirksamkeit des Lidocains *wirklich* nicht abschwächen. Lidocain über alles.

Auf einmal kam mir in den Sinn, dass das, was ich tat, absurd war. Ich fragte mich, wie viele Frauen auf der Welt wohl dieses Ritual durchführten und sich selbst entjungferten. Ich fragte mich, wie viele Rezepte für Lidocain zu diesem Zweck ausgestellt worden waren. Wie viele Dildos auf diese Weise benutzt worden waren.

Absurd, wahnsinnig, brillant.

Nachdem ich etwas Lidocain in mich hineingeschmiert hatte, wartete ich darauf, dass die Wirkung des gnadenreichen Gels einsetzte, während ich meinen iPod anschloss, um Nirvana zu hören. »Smells Like Teen Spirit« schien dem Anlass gemäß. Für mich ist das Kennzeichen eines jeden großen Songs seine Fähigkeit, viele Stunden lang Repeat 1 auszuhalten, ohne mich in einen Rausch der Gewalt zu treiben. Trifft auf Nirvana zu; nicht auf The Doors. Meine Mitbewohnerin im Studentenwohnheim hatte einmal einen ganzen Abend lang »Light My Fire« auf Repeat 1 abgespielt. Ich musste Lorazepam einwerfen, um sie nicht im Schlaf mit dem Stromkabel ihrer Stereoanlage zu erdrosseln.

Ich knipste das Licht in meinem Schlafzimmer aus.

With the lights out, it's less dangerous

Wie recht du hast, Kurt. Es im aschfahlen Schein der Energiesparlampe zu tun, wirkte obszön. Bei ausgeschaltetem Licht wirkte es weniger lächerlich. Also kletterte ich rasch aufs Bett und lehnte mich mit dem Rücken gegen die Wand. Zusammengekauert wie ich war, die Knie angewinkelt und weit gespreizt, musste ich wie ein Frosch ausgesehen haben, während ich auf meinem Bett hockte und Mr Happy unten am Rand festhielt und ständig drehte, damit das Lidocaingel nicht heruntertropfte.

Zwanzig Minuten.

Hello, hello, hello, how low?

Tiefer.

Ich zwickte mich, um zu sehen, ob ich auch schön betäubt war. In freudiger Erregung, weil ich nur meine Fingerspitzen spürte, richtete ich Mr Happy auf die Öffnung des Allerheiligsten.

Mr Happy, dring in Galaxien vor, die noch nie ein Mann zuvor gesehen hat.

Meine unendlichen Weiten.

Und dann ging's drauf und dran. Genau wie es bei Chaucer heißt. Das war mal ein echter Dichter.

Ich erwartete etwas. Irgendetwas. Ein Ziehen, ein Reißen, ein lautes Bersten, ein Zerfetzen, ein heftiges Durchstechen wie bei einem platzenden Luftballon. Aber da war nichts dergleichen. Nach einem bisschen Widerstand am Anfang fühlte es sich einfach an, als führte ich einen übermäßig mit Gleitgel eingeschmierten, riesengroßen purpurfarbenen Tampon ein. Ich teilte mich wie das Rote Meer. Moses wäre stolz auf mich.

Als ich nach unten sah, war Mr Happy in der geheiligten Dunkelheit verschwunden. Der ausgestellte Fuß, der einzige noch sichtbare Teil, schmiegte sich eng an mich und stellte ein leichtes Entfernen sicher.

Beim Anblick meines Erfolgs biss ich mir auf die Lippen und versuchte, ein freudiges Juchzen zu unterdrücken. Ich hatte mich bezwungen. Am liebsten hätte ich eine Kerbe in das Kopfteil meines Bettes geschnitten. Ich hatte meine eigene Jungfräulichkeit gepflückt. Ich war von eigener Hand defloriert worden. Ich, meine Ehre, mein Ein und Alles würden in alle Ewigkeit mir gehören. Meine Jungfräulichkeit wird immer mein sein.

Von wegen Penisneid, ihr Loser!

Ich drückte gegen Mr Happys Fuß, damit er fest in mir stecken blieb. Nach dieser ganzen Tortur wollte ich sicherstellen, dass mein Jungfernhäutchen so richtig ruiniert war und dass es auch so blieb. Ich wollte nicht, dass es sich wieder schloss wie ein Ohrloch, wenn man den Ohrring zu früh entfernte.

»Drehen und desinfizieren. Zweimal täglich sechs Wochen lang.«

Das hier war weniger mühsam.

Ich griff rasch nach einem quadratischen Mullläppchen und machte mich bereit, die Ehre meiner Familie aufzusaugen. Ich wollte jeden Tropfen einfangen, wie es dieser Mann in *Die Geisha* tut. Der Sammler mit seinen Glasfläschchen voll asiatischer Jungfräulichkeit in seiner schwarzen Tasche. Ich wäre meine eigene Sammlerin. Eine Sammlung, die aus einem einzigen Exponat bestand.

Ich tupfte mich ab und fing nichts als dicke Kleckse Lidocaingel auf. Mit dem Betäubungsmittel hatte ich wirklich übertrieben. Aber besser übertreiben als untertreiben. *Eine halbe Flasche gut, eine ganze Flasche besser.* Orwell hat es verdreht.

A mulatto, an albino, a mosquito, my libido

Cobain war ein Genie. Ich fragte mich, was er geschrieben hätte, wenn er mich so gesehen hätte, wie ich mit einer Mullkompresse begierig darauf wartete, die Überreste meines Jungfernhäutchens einzusammeln.

Ich überlegte mir, mein blutiges Mullläppchen auf eBay zu versteigern. Mindestpreis $19,95. Ich fragte mich, wie viele Gebote bei mir eingehen würden.

Meine Knie taten weh. Ich stand auf und versuchte, Mr Happy in mir stecken zu lassen, während ich meine Beine, den Rücken und die Arme streckte. Keine gute Idee. Mr Happy schlug dumpf auf dem Hartholzboden des Schlafzimmers auf und rollte unter mein Bett, wobei Fusseln, Samenhülsen und schwarze Haarsträhnen an seinem mit Lidocain glasierten Schaft kleben blieben.

Pepito, mein Wellensittich, wachte auf und schlug mit den Flügeln an die Käfigstäbe, um gegen die heftige Ruhestörung während seines Schlafes zu protestieren. Wellensittiche brauchen zehn bis fünfzehn Stunden Schlaf pro Tag, sonst kratzen sie ab. Ich fühlte mich schlecht.

I feel stupid and contagious

Ich ließ Mr Happy liegen, damit er Bekanntschaft mit den Wollmäusen unter meinem Bett schließen konnte, und sprang auf und ab, um zu versuchen, noch den letzten Tropfen Ehre aus mir herauszuschütteln. Als sich der Tupfer vor Flüssigkeit ganz schwer anfühlte, entfernte ich ihn, das Glasfläschchen parat.

Doch das Mullläppchen glänzte nur in einem seidigen, strahlenden Weiß. Weiß, ein leuchtendes Weiß, wie es zum Porzellangott gehörte, zu unschuldigem Schnee, zu Jungfrauen.

»Manche Menschen werden ohne Jungfernhäutchen geboren«, hatte Dr. Ng gesagt. »Manche zerreißen es sich beim Turnen, beim Reiten, bei Roundhouse-Kicks, als Cheerleader.«

Ich hatte nie einen Spagat gemacht oder auf einem Pferd gesessen. Ich hatte nie einen Tornado-Kick ausgeführt. Ich musste noch nie einen Flying Herkie springen und dabei mit Pompoms herumwedeln.

Und dennoch bot mir dieses Weiß die Stirn. Kühn, unerschrocken, nicht im Geringsten reumütig.

Kein Blut.

Keine Ehre. Meine Familie besaß keine Ehre.

Ich war ohne Ehre geboren worden. Ich hatte eine Ehre geschützt, bewahrt und verteidigt, die es noch nicht einmal gegeben hatte.

und es hat ein paar der besten Exemplare weltweit hervorgebracht.

China dagegen hat eine erbärmlich kurze Liste.

Der Collectionist, der Angel of Death, der Alligator Man, der Vampire of Sacramento, der Freeway Killer, der Son of Sam, die Hillside Stranglers, der Shoe-Fetish Slayer, der Killer Clown, der Werewolf of Wisteria, der Lipstick Killer, der Campus Killer, die Giggling Granny.

Und dann gab es da noch Gein, der den Best Dressed Award verliehen bekam.

Eine Diashow von ihnen fungierte als mein Bildschirmschoner, wenn ich meinen Computer unbewacht ließ.

Eine Galerie der Kranken und Perversen. Ein Funke von etwas jenseits der Welt des Unternehmens, jenseits von Jack.

Diese Leute sind nicht mit Psychotikern zu verwechseln, Menschen, die Stimmen hören, die sich für Jesus halten, die ihren eigenen Kot essen, die Hüte aus Aluminiumfolie zum Schutz vor außerirdischen Hirnwellen tragen, und die am Ende des Tages Haloperidol in den Hintern gespritzt bekommen, während sie auf einer Krankentrage festgeschnallt sind.

Nein, diese Leute sind berufstätig. Sie duschen, putzen sich die Zähne, haben Frau und Kinder, gehen sonntags in die Kirche, machen bei den Pfadfindern mit, trainieren die Little League, bringen den Schmorbraten zum Nachbarschaftspicknick, backen einem Apfelkuchen, erklären sich bereit, auf die Kleinen aufzupassen, damit man mal abends mit seiner Gattin ausgehen kann.

Dann binden sie einen an sämtlichen Gliedern zusammen, vergewaltigen oder missbrauchen einen, verbrennen einen mit Zigarettenstummeln, beißen einem kleine Fleischstück-

Hi, ich heiße Fiona Yu.
Man nennt mich Fi.
Here we are now, entertain us
Ich freue mich sehr, deine Bekanntschaft zu machen.
Ach, übrigens, ich vermisse ein Jungfernhäutchen.

KAPITEL 2

Es nennt sich Hymenwiederherstellung oder Hymenalrekonstruktion.

Kein Witz. Ja, in New York City ist es mittlerweile so beliebt, dass der Preis in mehreren Kliniken von fünftausend auf achtzehnhundert Dollar gesunken ist. Nasenkorrekturen sind out. Hymenkorrekturen sind in.

Und sie werden von richtigen Chirurgen durchgeführt, nicht von perversen Pfuschern in einem dunklen Hinterzimmer ohne Sterilisator.

Im Internet wimmelt es von Werbung von Hymenwiederherstellungschirurgen. »Dr. Sean Killroy. Hochqualifiziert in Hymenalchirurgie. San Francisco.«

»Hochqualifiziert« klang gut.

Also griff ich nach dem Telefon, um einen Termin zu vereinbaren. Ich wollte das Jungfernhäutchen, das die Evolution mir vorenthalten hatte. Ich brauchte keines für eine Hochzeitsnacht. Ich musste mich nicht davor retten, in meinem Dorf gesteinigt zu werden. Ich wollte bloß ein bisschen Familienehre, die ich in blutige Stückchen zerfetzen und um den Hals tragen konnte.

Ein bisschen wie Frauen, die herausfinden, dass sie keine Kinder kriegen können. Der Arzt erklärt ihnen, ihr Fortpflanzungsapparat sei defekt, und auf einmal ist es das Einzige, was sie wollen. Ein weinendes, schreiendes Baby. Bloß weil sie keines haben können. Wir wollen, was wir nicht haben, nicht haben können. Wir beschließen, dass wir es haben müssen. Dass wir ohne nicht leben können.

Ich auch.

»Zwei Wochen?«, rief ich ins Telefon.

»Das ist der früheste Termin, der bei Dr. Killroy frei ist«, erwiderte die kehlige Stimme.

In San Francisco musste eine Epidemie ausgebrochen sein, die Jungfernhäutchen zerstörte. Eine Woge im Nachhinein bereuten vorehelichen Geschlechtsverkehrs. Entweder das, oder es ging wieder einmal ein Serienvergewaltiger um. Dergleichen wüsste ich nicht. Ich sah mir nie die Nachrichten an, sie deprimierten mich nur. Es gab immer einen Vergewaltiger, Pädophilen oder Psychokiller, der Gottes Werk verrichtete.

»Okay, ich nehme ihn.«

»Wunderbar, ich notiere Sie für den letzten Termin des Tages. Halb fünf.«

»Großartig. Dann brauche ich mir nicht den ganzen Tag freizunehmen. Oh, wie viel wird die Sache eigentlich kosten?«

»Hängt davon ab, was Sie gemacht bekommen wollen.«

»Mein Jungfernhäutchen fehlt. Ich will eines eingesetzt bekommen.«

»Oh, Sie sind ohne geboren worden?«, fragte sie, die Stimme voller Mitgefühl, als hätte ich ihr eben eröffnet, ich sei schrecklich entstellt zur Welt gekommen.

»Anscheinend.«

»Tja, meine Liebe, das ist keine Hymenwiederherstellung. Es gibt nichts wiederherzustellen. Sie brauchen eine Hymenneuschaffung. Das ist teurer.«

»Wie viel kostet es also?«

»Das macht etwa zweieinhalbtausend Dollar, mehr bei komplizierten Fällen.«

Ich hatte keine Ahnung, ob ich ein komplizierter Fall war, doch ich ließ mir den Termin geben. Zweieinhalbtausend Dollar kostet es, sich in San Francisco ein funkelnagelneues Jungfernhäutchen zu besorgen. Zweieinhalbtausend Dollar, und man ist so rein wie ein neugeborenes Kind. Zweieinhalbtausend Dollar für die Familienehre. Zum gleichen Preis könnte man sich die neueste Handtasche von Chanel zulegen. Es hängt wohl ganz von den eigenen Prioritäten ab.

Ich wollte lieber ein Jungfernhäutchen als eine Handtasche von Chanel, auch wenn sie gut zu all meinen Nadelstreifenanzügen passen würde.

Ich bin Firmenanwältin.

Ich habe die juristische Fakultät besucht, weil ich nicht Kinderärztin oder Gynäkologin werden wollte wie all die anderen chinesischen Mädchen aus meiner Klasse. Ich wollte nicht die weibliche Unterwelt erforschen oder Säuglinge auffangen, wenn sie aus dem Geburtskanal geschossen kommen. Ich wollte keinen Rotz von laufenden Nasen wischen oder mich mit schreienden Babys herumplagen.

Stattdessen beschloss ich, mich mit schreienden Seniorpartnern herumzuplagen.

Ich beschloss, mir einen Vorrat an Mundwasser anzulegen für die ganze Speichelleckerei, zu der ich gezwungen war, wenn ich gerade keine Stunden abrechnete. Abertausende abrechenbare Stunden. Das Verderben des Juristenstandes. Das Joch aller Anwälte im privaten Sektor.

Am ersten Tag meines Jurastudiums hieß uns der Dekan mit einer motivierenden Begrüßungsrede willkommen. »Wenn Sie uns mit Ihrem Abschluss in der Tasche verlassen, werden Sie über ungeheuer viel Macht und Privilegien verfügen.«

Der Dekan musste eine andere Definition von Macht im Sinn gehabt haben als mein Seniorpartner Jack.

Jack von Toller & Benning LLP, Land der Loser und Parasiten. Der dicke, glatzköpfige, unflätige Jack. Ein Meter fünfundachtzig. Achtundfünfzig Jahre jung. Mit erdbeerfarbener Säufernase. Dem Gesicht einer Bulldogge. Der Staranwalt und Darling des Konzerns.

Als Junganwältin in der Abteilung für Firmenrecht und Wertpapiere innerhalb einer Kanzlei mit über fünfhundert Anwälten genoss ich das zweifelhafte Privileg, Jack stets zu Diensten zu sein. So wie wir alle. Wir besaßen die Macht, seine Jasager zu sein, seine Kriecher, seine Lakaien. Im Gegenzug erwies er uns die Ehre, dass wir all seine Handlangerdienste zum beeindruckenden Stundensatz von $ 275 erledigen durften, sowie das Vergnügen, über achtzig Stunden die Woche in teuren Anzügen und dicken Nylonstrümpfen zu arbeiten.

Dekan Perry, ich will mein Geld zurück.

»Macht ist, wenn der andere mit einem dämlichen Grinsen dahocken muss, während man ihm mitten ins Gesicht ejakuliert«, sagte Jack und zog an seinen Hosenträgern.

Netter Kerl, dieser Jack.

Macht ist, wenn man sich einfach ein Jungfernhäutchen

für $2500 kaufen kann, ohne sich Gedanken machen zu müssen, ob man sich trotzdem leisten kann, die Woche essen zu gehen.

Um das neue Jungfernhäutchen bezahlen zu können, musste ich wie angewachsen vor dem Computerbildschirm in meinem Büro im zweiundzwanzigsten Stock mit Blick auf die Stadt sitzen. Ich musste mich selbst in einen Turm aus Stahl und Glas sperren.

Doch ich bewahrte Kleinigkeiten an meinem Arbeitsplatz auf, die mir ins Gedächtnis rufen sollten, dass es mehr im Leben gab als Jack, Absichtserklärungen, Kaufverträge und Verkaufsvereinbarungen.

Ted Bundy grinste mich von meinem Computerdesktop an – dieses attraktive, Zähne zeigende Grinsen in Schwarz-Weiß. Ein echter Psychopath. Charmant, ungezwungen und erbarmungslos.

»Wer ist der Süße? Ist das dein Freund?«, erkundigte sich die hübsche Sekretärin, die interessiert mein Desktopbild betrachtete.

»O nein, der ist ein paar Nummern zu groß für mich.«

Sie lachte. »Ich würde ihn um den kleinen Finger wickeln.«

»Oh, er würde dich wahrscheinlich auffressen.«

Den kleinen Finger eingeschlossen.

Kein Wunder, dass wir Amerikaner unsere Serienmörder derart lieben, den Inbegriff von Freiheit und Macht. Als Nation der schnellen Autos, des Fastfoods und der makellosen Zähne sind wir besessen von Menschen, die völlig frei sind von Angst, Mitleid und Gewissen. Amerika kann sich brüsten, die längste Liste dieser Geschöpfe sein Eigen zu nennen,

chen ab, erdrosseln einen, injizieren einem Bleichmittel in die Venen, tranchieren einen wie einen großen Truthahn zu Thanksgiving, spritzen mit den Überresten die Wände, die Decke, den Boden voll, bevor sie einem als Trophäe die Augen ausstechen und ein Stück von einem an ihren Brustwarzengürtel hängen.

Oder Gemüsegesicht-Suppe aus einem machen. A la Albert Fish. Fünf Punkte für ein Ohr. Zehn Punkte für eine Nase. Und doppelte Punktzahl für eine Unterlippe.

Und für all die harte Arbeit belohnt der Staat diese Leute mit der Nadel, der Gaskammer, dem elektrischen Stuhl und erspart ihnen die Demütigungen des Alters. Sie werden niemals in einer Lache ihrer eigenen Pisse hocken. Glückspilze.

Bundy hatte recht. Man muss sich bloß die Haare kämmen und einen Anzug tragen, dann kann man ein verrücktes Arschloch sein. Und kommt damit durch.

Die FBI-Profile sehen fast immer gleich aus: Weiße Männer. Zwischen fünfundzwanzig und vierzig. Frauen machen lediglich acht Prozent aller amerikanischen Serienmörder aus. Und sie sind ebenfalls weiß.

Weiße haben immer den ganzen Spaß!

Ich möchte endlich einmal hören: »Bei dem Täter handelt es sich höchstwahrscheinlich um eine Frau. Asiatisch. Zwischen fünfundzwanzig und vierzig.«

Unwahrscheinlich. Man denke nur an Hello Kitty.

Ich hasse Hello Kitty.

Ich hasse sie, weil sie keinen Mund hat oder Reißzähne wie ein richtiges Kätzchen. Sie kann nicht fressen, eine Brustwarze oder einen Finger abbeißen, jemandem einen blasen, jemandem sagen, er soll seine Mutter ficken gehen oder sich selbst lecken. Sie hat keine Augenbrauen, also kann sie nicht wütend schauen. Sie kann einem noch nicht einmal die Augen auskratzen. Bloß krallenlos, zahnlos, stumm, mit dieser ruhigen, ausdruckslosen Miene und einer rosafarbenen Schleife obendrauf.

Arme Hello Kitty. Muss voller Juckreiz, ungeleckt, ungekratzt herumlaufen. Gepeinigt von ihrem eigenen Dreck.

Wie meine Mutter.

Nach beinahe dreißigjähriger Ehe mit meinem Vater bittet sie ihn immer noch um Geld, um sich Billigschuhe bei Payless zu kaufen. Und Lebensmittel, Discount-Klamotten, Maybelline Make-up.

Das ist ein weiterer Grund, weshalb ich Anwältin geworden bin anstatt Hausfrau. Amerikanische Anwältin. Ich wollte meine Jimmy Choos selbst mit Visa, Mastercard, American Express bezahlen können. Ohne gehe ich nie aus dem Haus. Danke, Karl Malden.

Damit ich jeden, der versuchte, mir eine dämliche Schleife hinters Ohr zu stecken, zur Hölle schicken konnte. Aber es hat nicht funktioniert. Das sechsstellige Gehalt, der Dr. jur., die Eileen-Fisher-Armani-Calvin-Klein-Garderobe haben mich nicht aus dem Gefängnis von Tradition, Kultur und Familie befreit.

Denn es geht um Familie. Meine Familie. Und man kehrt Liebe und Familie nicht den Rücken zu. Ein Dr. jur. ändert nichts daran. So ist das nun mal im Leben.

Also wurde ich eine amerikanische Anwältin, die ständig Jacks Schuhabdrücke auf dem Rücken hatte. Eine amerikanische Anwältin, von der erwartet wird, dass sie nach einer Achtzig-Stunden-Woche am Wochenende im Waschsalon ihrer Eltern aushilft. Eine amerikanische Anwältin, die immer noch bei ihren Eltern wohnt.

Die Eltern vieler meiner chinesischen Freunde arbeiteten in einem Waschsalon oder besaßen ein oder zwei davon irgendwo in der Stadt. Ihre Sprösslinge meckerten und klagten einmütig darüber, dass sie aushelfen mussten.

Ich nicht.

Ich genoss meine Stunden im Waschsalon. Der Waschsalon ermöglichte es mir, hinter dem Ladentisch persönlich für den Ruin von mindestens drei chinesischen Ehen zu sorgen.

»Es tut mir ja so leid, Mrs Fung. Ihre Kleidung ist noch nicht fertig. Wir haben Probleme, diesen kirschroten Lippenstiftfleck aus dem Hemd ihres Ehemanns zu entfernen.«

Ungeschminkt und völlig *au naturel* stand Mrs Fung da. Mrs Fung, die keinerlei kirschroten Lippenstift besaß.

»Geben Sie mir einfach seine Hemden«, sagte sie mit eiserner Miene.

Okay.

»Oh, Mrs Wong, das hier ist aus dem Blazer gefallen. Bitte schön.«

Es war ein Zettel, auf dem in riesiger Schnörkelschrift und mit einem knallroten Lippenstiftkuss versehen »Viel Spaß in der Arbeit, Schatz« geschrieben stand.

»Danke, Fiona. Du bist so ein braves Mädchen.«

»O nein, ich tu nur so.«

Ich gebe mir redlich Mühe.

»Ihr Mann hat die hier gestern vorbeigebracht. Bloß zu

Ihrer Information, Mrs Lim, normalerweise reinigen wir keine Dessous. Zu empfindlich«, sagte ich und hielt ein seidenes Negligé von La Perla hoch, das ich aus dem Stapel einer anderen Kundin gezogen hatte.

Mrs Lim starrte das schwarze Etwas an, das ich vor ihrer Nase baumeln ließ. Ihr Mund war zu einer schmalen Linie zusammengepresst. Ihre Miene wurde ausdruckslos.

»Danke, dass Sie es mir gesagt haben.«

Gern geschehen.

Es war höchste Zeit, dass Hello Kitty einen Mund bekam.

Ich machte das nicht mit jedem Ehepaar. Nur mit denjenigen, die meiner Meinung nach sowieso kurz vor der Scheidung standen.

In meiner Nachbarschaft schienen sich nur Weiße scheiden zu lassen.

Doch ich half den Lims, den Wongs und den Fungs dabei, dies zu ändern.

Chinesische Eltern schrien, brüllten und drohten einander mit der Scheidung, bloß um dann zur täglichen Routine zurückzukehren, zu kochen und zu putzen und die Kinder von der Schule abzuholen. Ein Jahrzehnt nach dem anderen klammerten sie sich aneinander, stritten, zankten sich und aßen gemeinsam zu Abend.

Leere Drohungen sorgten für gute, stabile Ehen.

Vielleicht half es auch, wenn man das eigene Jungfernhäutchen aufsparte, sodass ihm der eigene Ehemann in der Hochzeitsnacht den Garaus machen konnte.

Leider konnte ich diese kostbare Gabe nicht darbringen.

$2500 und die Fähigkeiten von Dr. Sean Killroy, »hochqualifiziert in Hymenalchirurgie«, würden es mir ermöglichen, den einen Mann an mich zu binden. Ein Jahrzehnt nach dem anderen.

Zwei Wochen.

Einhundertsiebzig abgerechnete Stunden.

Tausende frisch gewaschene Kleidungsstücke.

Ein Ehestreit wegen einer sorgfältig in einer Hosentasche platzierten leeren Kondomverpackung.

Und hier war ich in Dr. Sean Killroys Wartezimmer und ärgerte seinen Braunflecken-Igelfisch von der trockenen Seite des Aquariums aus.

KAPITEL 3

Dr. Sean Killroys Geschäft mit der Wiederherstellung von Jungfernhäutchen war sehr lukrativ.

Das verriet mir sein Braunflecken-Igelfisch mit den funkelnden blaugrünen Knopfaugen, dem stacheligen Körper, Schneidezähnen ähnlich wie beim Menschen und dem gespenstischen Lächeln, der eifrig auf meinen klopfenden Finger zuschwamm. Ebenso seine gesprenkelte Muräne, die zur Hälfte in eine Plastikröhre am Grund des Aquariums geschlüpft war. Und sein gewaltiger gelber Seetang.

Jeglicher Fisch, der aussieht, als lächle er einen an, kostet viel, was Ankauf und Haltung betrifft. Diese kleinen Zähne zerkauen keine Flocken oder Körner. Sie knabbern an Austern, Muscheln, Garnelen und Seeigeln. Seeigeln. Man muss ihm jeden Tag etwas anderes zu fressen anbieten, sonst fängt der Igelfisch einfach einen Hungerstreik an. Er ist sehr heikel. Er braucht seinen eigenen Sushimeister.

Und er hat einen ungeheuren Appetit.

So ungeheuer, dass man ihn nur zusammen mit anderen großen, bunten, teuren Warmwasserfischen halten kann, um sicherzustellen, dass seine Mitbewohner nicht als sein Mittagessen enden.

Dr. Killroy musste viele Jungfernhäutchen reparieren, um seinen Igelfisch bei Laune zu halten.

Chinatown-Ärzte besitzen Siebzig-Liter-Aquarien mit

zehn Fünf-für-einen-Dollar-Goldfischen, die vor einer Pappkulisse hin und her schwimmen. Diese Fische können von Glück sagen, wenn sie einen Filter bekommen. Andernfalls schwimmen sie einfach in ihrem eigenen Schmutz.

Chinatown-Ärzte reparieren keine Jungfernhäutchen oder erschaffen sie neu.

»Fiona Yu? Der Herr Doktor hat jetzt Zeit für Sie.«

Die Schwester musterte mich von Kopf bis Fuß, wobei ihr Blick kaum merklich an meinem Schritt verweilte. Ich konnte die Registrierkasse in ihren Gedanken klingeln hören. Wieder einmal zweitausendfünfhundert Dollar für den Herrn Doktor. Der kleine Igelfisch würde auch fortan in den Genuss seines täglichen Buffets aus Meeresfrüchten kommen.

»Entledigen Sie sich Ihrer Kleidung und ziehen Sie das hier an. Den Schlüpfer auch. Der Herr Doktor wird gleich bei Ihnen sein«, sagte sie und reichte mir einen blauen Morgenmantel. »Der geht hinten auf.«

Ach was.

Ich war wegen eines neuen Jungfernhäutchens hier. Natürlich würde ich mir die Unterwäsche ausziehen müssen.

Schlüpfer. Ich hasse das Wort. Es klingt schmutzig. Es lässt mich an Perverse, Sittenstrolche, Vergewaltiger, spitze Collegejungs denken.

»Also, Ms Yu, was kann ich für Sie tun? Ich bin Dr. Sean …«

Dr. Killroy hatte beim Eintreten in die aufgeschlagene Akte geblickt. Doch dann sah er auf und hielt inne.

Man kann seinen Namen ändern. Man kann sich die Haare färben. Man kann sich neu einkleiden. Aber die meisten Leute bekommen kein anderes Gesicht. Und abgesehen von aufwendiger Schönheitschirurgie gibt es auch keine Möglichkeit, an ein neues Gesicht zu gelangen. Das Skalpell, selbst in den Händen des begnadetsten Chirurgen, kennt seine Grenzen.

Sean Killroy. Sean Smith. Sean Jones. Sean Anderson. Sean Baxter. Sean Randall. Sean Dixon.

Es war gleichgültig, wie Sean sich inzwischen nennen wollte. Ich erkannte seine dunklen welligen Haare, seine durchdringenden, nadelhaften Augen und das scharf geschnittene Elfengesicht wieder. Man vergisst nie das Gesicht seines ersten besten Freundes, das Gesicht eines Menschen, den man halb geliebt hat, selbst wenn seitdem sechzehn Jahre vergangen sind.

»Von wegen Killroy. Du heißt Sean Deacon.«

»Heilige Scheiße. Fi?«

»Ja, klar.«

Wir starrten einander eine Minute lang an. Wären wir Figuren aus den Peanuts, hätten wir beide riesige schwarze Löcher als Mund gehabt.

Ich lernte Sean in der sechsten Klasse am St. Sebastian kennen, durch Jeremy, den größten und gemeinsten Schulhoftyrannen.

Jeremy.

Mit seinen elf Jahren war Jeremy bereits einen Meter zweiundsiebzig groß. Die Schulschwester meinte, er habe seinen Wachstumsschub noch vor sich. Er hatte dunkelblonde Haare, die mit Gel nach hinten geklatscht waren. Große, kornblumenblaue Augen. Sein dicker Körper bestand aus einer ungleichmäßigen Mischung aus Fett und Muskeln. Mehr

Fett als Muskeln. Und Wurstfinger und dreckige Nägel, die obendrein noch bis zum Fleisch abgekaut waren. Er hätte von oben bis unten mit Arrid XX Deo eingesprüht gehört.

Jeremy liebte es, Gegenstände und andere Schüler zu treten, die kleiner waren als er. Insbesondere Mädchen.

»Ich habe starke Beine, Schwester. Und ihnen ist langweilig.«

Und so trainierte er seine Beine an seinen Mitschülern. Außerdem trat er uns alle unzählige Male mit den Absätzen, schlug uns in die Magengegend, furzte uns ins Gesicht und wonach auch immer ihm sonst noch der Sinn stand. Seine Stärke lag allerdings im Mittagessen-Zertrampeln. Dazu nahm er einem die Brotdose weg, warf das Sandwich, die Pizzareste, den Muffin, die Banane, das Schinkenbrötchen, die einem die Mutter ach-so-sorgfältig eingewickelt hatte, auf den Boden und trampelte darauf herum.

Jeremy nannte es Essen-Verdreschen.

Eines Nachmittags beschloss Jeremy, dass mein Mortadellasandwich kräftig verdroschen gehörte. Er riss mir meine blaue Schlumpf-Brotdose aus der Hand, öffnete sie und schüttete meine Thermoskanne, meinen Apfel und das Sandwich auf den geteerten Boden, bevor er die Dose beiseiteschleuderte. Er musste sich besonders munter gefühlt haben, denn er traktierte mein Sandwich mit beiden Füßen, indem er auf den zwei Scheiben Wonder Bread mit Oscar-Mayer-Mortadella auf und nieder hüpfte.

Ich schnappte mir meine Brotdose und jagte meiner Thermoskanne hinterher, die den abfallenden Gehweg hinab in die Büsche um das Pfarrhaus rollte, und überließ es Jeremy, meinem Sandwich den Garaus zu machen.

Ich weinte nicht. Weinen spornte Jeremy nur an. Das wusste jeder. Egal, wie viel Angst wir hatten, wir weinten nie. Dann würde Jeremy nur umso heftiger zuschlagen.

»Verdrisch *ihn* mit dem Ding, Schlumpfine.«

Ich drehte mich um. Ein Junge in meinem Alter spähte um die Ecke, wo er gerade eine Zigarette rauchte, außer Sicht der stets wachsamen Schwester Maria. Er nickte in Richtung der Brotdose in meiner Hand.

»Das Ding hier? Jeremy hat einen robusten Holzkopf. An seinem Schädel wird das Ding hier entzweibrechen. Und ich heiße Fiona, nicht Schlumpfine.«

»Deshalb musst du es zuerst mit Steinen füllen, Fi-*ona*«, sagte er und machte eine ruckartige Kopfbewegung in Richtung der glatten runden Steine, die das Blumenbeet säumten. »Und keine Sorge, ich gebe dir Rückendeckung.«

Der Junge zwinkerte mir zu.

»Du bist genauso groß wie ich.«

»Zwei gegen einen. Die Gewinnchancen gefallen mir, dir nicht? Oder ziehst du verdroschene Sandwiches vor?«

Ich starrte ihn an. Ich blickte zu Jeremy zurück, der voller Begeisterung meinen Apfel gegen die Klostermauer warf.

»Ja, klar doch. Ich will nicht sterben.«

»Jeder muss mal sterben. Du hast bloß Angst.«

»Na und? Du etwa nicht?«

»Angst gibt es nicht. Komm schon. Ich bin gleich hinter dir. Eins noch, lächle ihn zuerst an. Und sag keinen Ton. Kleb ihm einfach eine.«

Seine durchdringenden blauen Augen durchbohrten mich. Ihre Wildheit entzog mir die Angst wie Gift aus einer Wunde.

Ich fühlte mich leicht. Gelassen. Als wären jegliche Geräusche aus der Welt um mich her gesogen worden. Als befände ich mich auf einmal in einem Vakuum.

Furchtlos.

Ich füllte meine Brotdose mit Steinen und ließ den Verschluss fest zuschnappen. Ich ging auf Jeremy zu, der die Lust an meinem Sandwich verloren und sich jemandes Pizza zugewandt hatte.

»Was guckst du so?«, knurrte er.

Ich lächelte strahlend und schlug Jeremy mit meiner Brotdose ins Gesicht. Fest. Und ich schlug immer weiter. Und weiter. Sogar noch, nachdem er zu Boden gestürzt war.

Ich nannte es Dummkopf-Verdreschen.

Dann sah ich mich nach meiner Rückendeckung um.

Doch er war nirgends zu sehen.

Ich brach Jeremys Kiefer an drei Stellen und landete auf der Bank vor Schwester Carmens Zimmer. Dem Direktorat. Der letzten Station aller Unruhestifter, bevor sie von der Schule flogen.

Eine vertraute Gestalt kam um die Ecke gebogen und setzte sich neben mich. Der Junge, der mich Schlumpfine genannt hatte. Er hatte sich aus dem Unterricht geschlichen.

»Vielen Dank auch, Charles Manson. Schau, wo du mich hingebracht hast.«

»Du hast ihn ganz schön vermöbelt.« Er sah ehrlich beeindruckt aus.

»Halt den Mund. Und wo bist du gewesen?«

»Du hast mich nicht gebraucht. Du hast dir selbst Deckung gegeben.«

»Ja, und jetzt fliege ich von der Schule. Wer zum Teufel bist du überhaupt?«

»Ich heiße Sean. Und nein, fliegst du nicht. Erzähl ihr einfach, wie sehr du Jesus liebst.«

Jesus. Ich liebe Jesus.

Jesus bescherte mir einen Rabatt auf meine dreizehnjährige katholische Schulausbildung. Außerdem rettete mir Jesus jedes Mal den Hintern, wenn ich Ärger mit den Nonnen hatte.

Die Nonnen am St. Sebastian liebten Jesus. Wahrscheinlich tun sie das alle. Und wenn man Jesus auch liebte, behandelten sie einen besser. Man bekam bessere Noten, einen besseren Sitzplatz, einen besseren Platz in der Schlange, einen besseren Tisch in der Cafeteria.

»Es tut mir leid, Schwester Carmen. Es tut mir leid, dass ich Jeremy wehgetan habe. Und weil ich weiß, dass das, was ich getan habe, auch Jesus wehgetan hat.«

Die Nonnen schluckten es. Dass einem etwas leidtat, was man getan hatte, weil man glaubte, es täte Jesus weh. Sie erzählten uns, dass wir jedes Mal, wenn wir etwas Schlimmes anstellten, Jesus folterten, wie es die römischen Soldaten getan hatten.

Doch alles, was auch nur ansatzweise Spaß machte, schien Jesus wehzutun. Kaugummi kauen, im Klassenzimmer schwätzen, Briefchen weiterreichen, die Hausaufgaben vergessen, Essen verdreschen.

Das Problem besteht darin, dass Gott den armen Jesus speziell zum Leiden gemacht zu haben schien. Erst das Kreuz und dann die täglichen Mätzchen von Millionen von Schulkindern.

Schwester Maria sagte, Gott habe uns nach seinem Ebenbild geschaffen. Mich, Sean, Jeremy, uns alle.

Gott muss ein Sadist sein. Er hat uns alle geschaffen, damit wir Jesus wehtun, wie er es tat. Und er hat auch noch dafür gesorgt, dass es Spaß macht. Armer Jesus.

Doch Sean hatte recht.

Ich flog nicht von der Schule. Stattdessen flog Jeremy, weil es ihm im Gegensatz zu mir nicht leidtat, Jesus wehgetan zu haben. Ihm und seinem gebrochenen Kiefer.

Danach wurden Sean und ich beste Freunde.

Doch eines Tages nahm das Schicksal Sean mit sich. Stephanie erzählte der ganzen Klasse, dass Sean schwul sei, weil er sie nicht küssen wollte. Also steckte er ihren mit Haarspray eingesprühten Kopf mit seinem Zippo-Feuerzeug in Brand.

Armer Sean.

Nicht einmal Jesus und all seine Engel konnten ihn retten.

Es hieß, dass er nach seinem Rauswurf noch jemanden in Brand steckte.

Vielleicht änderte er deshalb den Namen, um die Lausbubenstreiche aus seiner Vergangenheit zu tilgen. Und wahrscheinlich, weil niemand einen Hymenalchirurgen wollte, der früher Leute in Brand zu stecken pflegte.

»Ich habe meinen Namen geändert.«

»Ja, das sehe ich. Und bist Chirurg für Hymenwiederherstellung geworden. Wie bist du darauf verfallen?«

»Buße für all diejenigen, die ich in meiner respektlosen Jugend zerstört habe. Abgesehen davon ist die Bezahlung klasse. Hey, macht es dir was aus, wenn ich rauche? Ich kann das Fenster da drüben aufmachen.«

»Herrgott, Sean, ja. Asthma, schon vergessen? Außerdem hätte ich gedacht, dass Ärzte es besser wüssten.«

»Lügen. Alles Lügen, was das Rauchen betrifft. Es ist gut für die Gesundheit. Wärmt einem die Lungen so richtig schön durch.«

»Mit Teer und Nikotin.« Ich lachte. Sean. Immer noch witzig nach all den Jahren.

»Jeder muss mal sterben. Was führt dich also zu mir?«

»Sean, mir fehlt das Jungfernhäutchen.«

»Woher weißt du das?«

»Ich habe versucht, mich selbst mit einem Dildo zu entjungfern, den ich mit zweiprozentigem Lidocain eingerieben hatte.«

Sean starrte mich nur an.

»Verstehe. Und?«

»Und nichts. Ich war bereit, mein Blut mit Mull aufzusaugen, und nichts.«

»Fi, warum?«

»Damit ich es aufheben kann.«

»Wie dieser unheimliche Typ aus dem Geisha-Film?«

»Etwas in der Richtung. Und es ist mir bei meinen Verabredungen wirklich in die Quere gekommen. Dad will, dass ich mir einen Mann suche und heirate.«

»Warte mal, Fi. Ich bin achtundzwanzig. Das bedeutet, dass du achtundzwanzig bist. Und du hast noch nie …?«

»Sean, ich bin Chinesin. Es ist kompliziert. Und nein, es ist nicht so, als hätte ich in einer afghanischen Höhle gelebt. Ich habe es nur nie ganz durchgezogen. Mal abgesehen davon, kennst du jemanden, der mich nach dem dritten Date heiraten will?«

»Fi, wieso solltest du jemanden nach dem dritten Date heiraten? Man weiß nie. Der Typ könnte ein totaler Psychopath sein.«

Sean hatte recht. Er musste es wissen.

»Eigentlich will ich gar nicht heiraten. Zum Teufel, ich will mich noch nicht einmal zu einem Date verabreden.«

»Was?«

»Ich hasse es, mich mit dem Scheiß anderer Menschen herumzuärgern. Nimmt mir bloß Zeit weg. Hab's dir doch gesagt. Dads Idee.«

»Warum machst du dir dann die Mühe?«

»Lass mir meinen Willen. Chinesische Gehirnakrobatik. Hinterfrag es einfach nicht.«

»Fi, wen kümmert es, ob du ein Jungfernhäutchen hast oder nicht?«

»Mich.«

»Brauchst du denn eins? Ich meine, will dein Dad dich mit einem chinesischen Jungen verheiraten, der dich nicht nimmt, wenn du keines hast? Ich gehe mal davon aus, dass dich dein Dad nicht von einem Mob lynchen lassen wird.«

»Nein. Ich hab bloß das Gefühl, dass ich eines haben sollte, wie jedes andere Mädchen auch. Warum? Hältst du es für eine schlechte Idee?«

»Irgendwie schon, aber sehen wir mal, ob ich dich richtig verstehe. Du möchtest, dass ich dir ein Jungfernhäutchen erschaffe, damit du es selbst mit einem Dildo zerplatzen lassen kannst? Damit du losziehen und Dates haben kannst, obwohl du das eigentlich gar nicht willst?«

»In etwa. Ich fühle mich von der grausamen Mutter Natur der Erfahrung beraubt. Ja, ist das zu abgefahren?«

Sean lachte. »Ein bisschen, aber du weißt, dass es recht schmerzhaft ist, ein Jungfernhäutchen zu zerreißen, ja? Ich entsinne mich, dass du früher immer … Wie soll ich es ausdrücken? Schmerzen stark abgeneigt warst.«

»Früher.«

»Fi, du hast diesen Dildo in Lidocain ertränkt. Wahrscheinlich hast du die ganze verdammte Flasche aufgebraucht.«

Wieder hatte er recht. Sean lag häufig richtig.

Ich lächelte verlegen und schnaubte. Ich hatte die ganze verdammte Flasche aufgebraucht. »Ich wollte mir noch ein zusätzliches Rezept besorgen.«

Sean verdrehte die Augen.

»Herrgott, Fi, spar dir deine zweitausendfünfhundert Dollar. Vergiss das Jungfernhäutchen. Kauf dir eine Handtasche von Chanel, die zu dem Hosenanzug passt. Sei froh, dass du nicht mit einem Jungfernhäutchen zur Welt gekommen bist, dass dir die Schmerzen erspart geblieben sind, und hab guten Sex.«

Sean hatte recht. Wieder einmal.

»Anordnung des Arztes?«

»Ja. Und noch was. Was hast du Samstag vor?«

»Kommt drauf an.«

»Worauf?«

»Darauf, warum du fragst.«

»Ich habe mich gefragt, ob du dich mit mir treffen willst. Damit wir die letzten … Oh, wie viele sind es? Die letzten sechzehn Jahre nachholen können?«

»Sicher, Sean. Sehr gern.«

»Großartig. Und dann kannst du mir erzählen, was aus diesem Miststück Stephanie geworden ist.«

KAPITEL 4

Das kantonesische Wort für »ja« ist »hai«, wenn man die Tonhöhe senkt.

Das kantonesische Wort für »Fotze« ist »*hai*«, wenn man die Tonhöhe hebt.

Wer da behauptet, Mandarin wäre eine bessere Sprache als Kantonesisch, sollte einen Sinn für die subtilen Feinheiten von Tonhöhe, Flexion und Intonation entwickeln, die »ja« wie »Fotze« klingen lassen können.

Ich liebe Kantonesisch. Ich kann mich auf einem ganz neuen Level an Grobheit und Ungezogenheit ausdrücken, das mir auf Englisch verwehrt ist. Außerdem ist es praktisch im Umgang mit meinen Eltern.

Bis ich dreiundzwanzig war, sagte mein Vater stets: »Bleib auf der Schule und werd nicht schwanger, Fi.«

Hai, Daddy.

Am Morgen nach dem Tag, an dem ich erfuhr, dass ich das Bar Exam bestanden hatte und in Kalifornien als Anwältin zugelassen war, kam mein Vater in mein Zimmer und gab eine neue Verhaltensregel für das neue Kapitel in meinem Leben aus.

»Nun, da du als Anwältin zugelassen bist, ist es an der Zeit, dass du dir einen Liebsten suchst und deinen eigenen Hausstand gründest.«

Hai, Daddy.

Auf diese Weise wollte mir mein Vater sagen: »Fi, du musst aus meinem Haus ausziehen.«

Doch mit dreiundzwanzig sah ich keinen Grund auszuziehen. Es war ja nicht so, dass ich mich bei meinen Eltern durchschnorrte. Ich zahlte Miete. Ich zahlte für Essen. Ja, meine Wäsche wurde umsonst gewaschen. Doch ich bestand darauf, es selbst zu tun. Schließlich bereitete es mir Vergnügen, mich mit der Kundschaft des Waschsalons zu unterhalten.

Die nächsten fünf Jahre versuchte ich, die neueste Verfügung meines Vaters zu beachten, doch das Jungfernhäutchen, das ich nie besessen hatte, kam mir ständig in die Quere. Das und ein oder zwei andere Dinge.

Als ich achtundzwanzig war, kam mein Vater zu dem Schluss, ich hätte bei der Aufgabe, mir einen Mann zu angeln, kläglich versagt. Folglich entschied er, dass er die Initiative ergreifen müsse, um für meine Seligkeit, mein häusliches Glück, zu sorgen.

»Du bist fast dreißig. Du musst heiraten.«

Doch der Schaden war längst angerichtet, dank meiner Großmutter mütterlicherseits. Als ich neun Jahre alt war, besuchten meine Familie und ich sie in Hongkong. Sie bangte um meine Zukunft in Amerika. Land der losen Moral. Sie glaubte, wenn ich mit Dates anfinge, würde ich mich nicht mehr auf meine Ausbildung konzentrieren, im Teenageralter alleinerziehende Mutter werden und meine Familie zur Schande verdammen. Folglich musste sie mich retten.

»Jungs werden dein Leben ruinieren«, sagte meine Großmutter. »Jungs sind schmutzig.«

Um ihrem Argument Nachdruck zu verleihen, knöpfte sie

sich die Bluse auf und entblößte ein Paar Brüste, das sieben Kinder gestillt hatte. Man denke an Ms. Choksondik aus *South Park*. Die schlaffen, in die Länge gezogenen Brüste schwangen wie doppelte Pendel an ihrem Nabel vorbei, zum Zeichen verstrichener Zeit und mehrfacher Schwangerschaften.

»Du willst Freund? Das ist Freund«, sagte sie und schüttelte ihre durch Babys ruinierten Möpse heftig vor meinen Augen. »Du willst fett sein? Du willst so aussehen? Dann geh und fass Jungs an.«

Hätte die Demonstration meiner Großmutter nicht ausgereicht, dann hätte mich Eddie Martins Geschenk zweifellos von Dates abgebracht. Eddie war in der vierten Klasse in mich verknallt. Im Gegensatz zu anderen Jungen, die den Objekten ihrer Zuneigung Schmuck aus dem Kaugummiautomaten schenkten, schenkte er mir ein Paar Ohren. Zwei kleine rosafarbene Fleischtellerchen, die zuvor Sammie, dem Hamster aus dem Sachkundekurs, gehört hatten.

Ich konnte sie nicht tragen. Sie hatten keine Ohrstecker. Sie führten lediglich dazu, dass mein Schreibtisch stank.

Als mein Vater also anfing, mir wegen einer Heirat auf die Nerven zu gehen, warf ich mich mit Pepito, der auf meinem linken Zeigefinger hockte, auf mein Bett. Pepito. Vierzig Gramm reiner Liebe. Pepito mit seinen gelben Federn und dunklen Schnörkellinien, den ich nach dem ikonischen Jungen im gelben Hemd benannt hatte, der in jedem in Mexiko gedrehten Film auf seinem Fahrrad durch die Gegend fährt und »chicle, chicle« schreit.

Gott musste etwas für Vögel übrig haben. Er gab ihnen nach außen gewölbte, dicke Bäuche. Hätte er ihnen konkave

Bäuche gegeben, würde sich niemand ihr Körnerherumgewerfe, Geschrei, Gezwicke und ständiges Aa-machen gefallen lassen. Die am meisten gebrauchten After auf der ganzen Welt.

»Ich habe die Liebe meines Lebens bereits gefunden, Daddy. Siehst du?«, sagte ich und gab Pepito einen dicken Kuss auf den Kopf.

Pepito kreischte und zwickte mich in die Oberlippe. Fest.

»Hör auf, dieses Ding zu küssen. Es ist dreckig.«

»Nein, ist er nicht. Er ist lecker.« Ich leckte Pepitos Kopf.

Pepito zwinkerte, plusterte die Federn auf und kratzte sich mit dem Fuß. Er nieste mir ins Gesicht. Ich küsste ihn auf seine Wachshaut.

»Fiona, hör auf damit. Du kriegst noch SARS.«

Hai, Daddy.

SARS stammt von infizierten chinesischen Hühnern. Pepito ist ein amerikanischer, von Hand gefütterter Wellensittich. In San Francisco geboren und aufgewachsen. Pepito hat kein SARS.

»Du bist achtundzwanzig. Deine ganzen Cousinen sind längst verheiratet.«

Meine ganzen Cousinen waren Schwachköpfe. Sie hatten das Community College besucht und servierten Dim Sum in chinesischen Restaurants, um ihren Lebensunterhalt zu verdienen. Eine arbeitete als Kassiererin bei RadioShack. Sie liefen nicht mit Zweitausendfünfhundert-Dollar-Handtaschen durch die Gegend.

»Du brauchst einen Ehemann.«

Genauso sehr wie ich einen Gehirntumor brauche.

Auf meinem Finger presste Pepito und gab ein Kotkügelchen von sich. Dunkelgrün, vollkommen rund, mit einem Klacks weißen klebrigen Zeugs obendrauf. Meine Mutter bezeichnete sie als Pepitos Donuts.

»Schau, Daddy. Pepito und ich sind verlobt. Er hat mir einen Ring geschenkt.« Ich wackelte mit meinem Ringfinger, an dem Pepitos frischer Donut prangte. Pepito hüpfte auf meine Schulter.

»Fi, das ist ekelhaft. Geh und wasch dir die Hände. Hör auf dich zu benehmen, als wärst du fünf Jahre alt. Du bist Anwältin. Du bist achtundzwanzig. Deine Mutter und ich haben beschlossen, dir bei der Suche nach einem Ehemann zu helfen.«

Pepito würgte ein paar halb verdaute Samen aus und versuchte, sie mir in den Mund zu schieben. Das war seine Art, »Ich liebe dich« zu sagen.

Ich spuckte sie aus.

»Nein, ich will keinen Ehemann. Ich mag mein Leben mit dir, Mom und Pepito.«

Ich war gern Single. Ich war gut im Singlesein. Und Gott liebte mich viel zu sehr, als dass er mir ein spießbürgerliches Leben voller Windeln, Esszimmergarnituren und Ferien in Disneyland auferlegt hätte. Denn ich liebte Jesus so sehr.

Im Gegensatz zu Laurie.

Laurie Wong arbeitete im Büro neben meinem in der Firmenabteilung. Gleich alt. Chinesisch-amerikanisch. Eins fünfundsechzig. Ein bisschen mollig. Gesicht wie eine Fleischpastete. Und verzweifelt auf der Suche nach einem chinesischen Ehemann. Er musste Chinese sein.

Wenn Laurie nicht damit beschäftigt war, Stunden abzurechnen, war sie auf Männerjagd. Asiatische Bars, asiatische

Berufsveranstaltungen, asiatischer Kinoabend im Kabuki-Theater, das Asian Art Museum, asiatischer Mondkuchen-Esswettbewerb in Chinatown, asiatisches Speed-Dating, asiatische Partnerschaftswebsites, asiatische Heiratsvermittlung, Blind Dates. Laurie ließ nichts unversucht.

Schade nur, dass chinesische Jungs sie nicht mochten. Zu dick. Zu unhübsch. Zu erfolgreich. Zu mächtig. Zu anspruchsvoll. Zu gebildet. Zu chinesisch.

»Ich finde nicht, dass ich mich allzu sehr für ein Date herausputzen muss. Ich will, dass mich jemand so mag, wie ich bin«, sagte Laurie mit ihren unrasierten Beinen und dem recht zerlumpten Pferdeschwanz.

Eddie Bauer und Hush Puppies. Ihr Date-Outfit.

Zu typisch amerikanisch.

Ihre einzige Hoffnung bestand darin, ein Green-Card-Ticket zu sein.

Doch ich wollte nicht jemandes Green-Card-Ticket, Essensticket, Köchin, Waschfrau, Hausmädchen, persönliche Masseurin, Babymaschine, planmäßiges Loch in der Matratze sein. Bloß um letztlich tot zu enden, ausrangiert, irgendwo in einem Straßengraben verscharrt, ins große blaue Meer geworfen, völlig verbraucht.

Jungs sollten einfach zu Hause bleiben und ihre Mütter ficken.

Vielleicht sollte ich meinem fehlenden Jungfernhäutchen dafür danken, dass es mich vor ernsthaften Beziehungen bewahrt hat. Und gleichzeitig vor einer Schiffsladung voll Kummer, Scherereien mit Männern und wahrscheinlich dem Tod.

»Du brauchst einen netten chinesischen Jungen«, sagte mein Vater.

Mit einem Bratenthermometer statt eines Penis und einem Ego so groß wie Texas.

Nein danke.

»Ich habe mich in Chinatown umgehört. Mein Freund hat einen Sohn, der …«

»Dad, du willst bloß, dass ich als kopfloses Skelett voller Rankenfußkrebse ende, das am Strand angeschwemmt wird. Dein ungeborener Enkelsohn als Fischfutter«, jammerte ich laut.

»Ich hab dir nicht gesagt, dass du losziehen und einen Schwarzen heiraten sollst!«

Weiß. Scott Peterson ist weiß, Dad.

»Oder ich ende mit einem abgehackten Kopf, der nur noch durch eine dünne Sehne mit meinem Körper verbunden ist. Die Kehle durchgeschnitten. Zusammengesackt in einer Einfahrt.«

»Deshalb sag ich dir ständig, dass du dich nicht mit Weißen verabreden sollst. Die sind jähzornig.«

Schwarz. O.J. Simpson ist schwarz, Dad.

»Dann ist es also besser, mit dem Gesicht nach unten im Pool im Garten in Cupertino zu treiben wie Jason Cais Ehefrau?«

Die arme Frau musste in Cupertino sterben.

Wie Sean sagte: »Jeder muss mal sterben.« Aber der letzte Ort auf der Welt, an dem ich sterben wollte, war eine Stadt wie Cupertino. Die asiatische Vorstadt. Ich würde mir wie ein totaler Versager vorkommen, ein Niemand, ein namenloses gelbes Gesicht, das ins Nichts verblasste.

Mein Vater sagte kein Wort. Er schlurfte davon.

Danke, Jason Cai. Die asiatische Gemeinde versuchte, den chinesischen Laci-Peterson-Fall daraus zu machen. Die Welt war anderer Meinung. Eine chinesische Einwanderin, die nicht schwanger war, hatte nicht die gleiche Zugkraft. Niemand interessierte sich für eine tote Green-Card-Hure.

Die Zeitungen behaupteten, Jason habe sich im Silicon-Valley-Stil in seine Frau verliebt. Per E-Mail. Er heiratete seine vierzehn Jahre jüngere Frau und brachte sie aus Schanghai in die Staaten, um mit ihr den amerikanischen Traum zu leben.

Sechs Wochen nach der Hochzeit fand man ihre vierzig Kilo schwere Leiche, die im Pool hinter ihrem Vorstadthäuschen in Cupertino trieb.

Willkommen in Amerika.

Jasons Anwalt bekam ihn frei. Ein paar Jahre später brachte er noch jemanden um. Er musste darauf erpicht gewesen sein, im Gefängnis zu landen. Genau wie O.J.

Kurz darauf kam mein Vater wieder in mein Zimmer.

»Du hast Samstag ein Date. Trag Lippenstift.«

»Was? Was meinst du damit, ich habe ein Date?«

»Ich habe es schon verabredet.«

»Ich kann nicht, Dad. Ich habe am Samstag etwas vor. Ich treffe mich mit einem alten Freund.«

»Einem Mann?«

»Ja, ich glaube tatsächlich, dass er ein Mann ist. Aber ich werde es überprüfen, wenn ich ihn sehe. Er hat bestimmt nichts dagegen.«

»Sprich wie eine Dame, Fi. Böses Mädchen.«

Mein Vater verließ das Zimmer und kehrte einen Augenblick später zurück.

»Okay, du hast am Sonntag ein Date. Trag Lippenstift.«

Ich versuchte, Einspruch zu erheben, doch Pepito schob mir etwas in den Mund. Ich spuckte es aus. Es war einer seiner Donuts. Das war seine Art, »Fuck you« zu sagen, weil ich davor sein wohlgemeintes Erbrochenes ausgespuckt hatte.

Hai.

KAPITEL 5

Am Samstag weckte mich Seans Anruf gegen acht Uhr dreißig morgens. Ich hatte damit gerechnet, mich mit ihm zum Brunch, Mittagessen oder Abendessen zu treffen, aber nicht zum Frühstück.

»Hey Fi, bist du wach?«

»Tja, jetzt schon«, erwiderte ich schlaftrunken.

»Gut. Ich komm in einer halben Stunde vorbei und hol dich ab.«

»Was? Wie viel Uhr ist es? Und wohin fahren wir?«

»Es ist Zeit aufzustehen. Unnötig, dich für mich zu schminken. Zieh dich warm an. Wir werden im Freien sein.« Sean legte auf.

Ich rollte aus dem Bett, putzte mir die Zähne und schlüpfte in ein T-Shirt, ein Sweatshirt, Jeans und Tennisschuhe. Als ich gerade meinen heißen Morgentee trinken wollte, klingelte mein Handy erneut.

»Ich bin draußen, Fi.«

Sean winkte mir aus seinem glänzenden schwarzen Mercedes zu. Ich stieg vorne auf der Beifahrerseite ein, gähnte und lehnte den Kopf nach hinten an die Kopfstütze.

»Herrgott, Sean. Ich hab erst ein bisschen später mit dir gerechnet.«

»Carpe diem. Hast du den Film nicht gesehen?«

»Tja, ich kann den Diem erst carpen, wenn ich gefrühstückt habe. Können wir irgendwo anhalten und was zu essen besorgen?«

Sean warf mir eine Tüte von Noah's Bagels zu und reichte mir einen Becher Kaffee. »Hier. Hab mir gedacht, dass du das sagen würdest.«

Ein Asiagobagel mit einem Aufstrich aus sonnengetrockneten Tomaten. Noch ofenwarm. Zu der frühen Stunde war das besser als ein Fünfgängemenü bei Gary Danko.

»Vielleicht brauche ich das Jungfernhäutchen doch noch, Sean«, murmelte ich, den Mund voll Bagel, während Sean fuhr.

»Tatsächlich?«

»Mein Vater schickt mich morgen Abend auf ein Date mit dem Sohn eines seiner Freunde aus Chinatown.«

»Ooh, wer ist denn der Märchenprinz?«

»Woher zum Teufel soll ich das wissen? ›Du hast Sonntag ein Date. Trag Lippenstift.‹ Das ist alles, was er gesagt hat.«

Sean lachte und hätte beinahe das Lenkrad mit Kaffee bespritzt.

»Du solltest *nur* Lippenstift tragen. Den Knaben sackst du im Nu ein. Ich komme dann nächsten Samstag auf eure Hochzeit.«

»Halt den Mund. Das ist nicht witzig. Dieser Kerl wird wahrscheinlich seine Großmutter, seine Mutter, seinen Vater und die ganze Familie mitbringen.«

»Natürlich, sie müssen seine zukünftige Frau begutachten und genehmigen. Dich in den Hintern kneifen. Sehen, ob du zum Kinderkriegen taugst.«

»Kein Witz. Jedes Mal, wenn mein Vater mir ein Date verschafft, ist es immer ein dicker chinesischer Kerl, der kein

Englisch spricht und sich einen lebenslänglichen Vorrat an Proactiv gegen unreine Haut zulegen sollte. Der mehr Interesse daran hat, Level dreizehn bei World of Warcraft zu erreichen, als …«

»Mit dir auszugehen?«

»Ja, Sean. Ja.«

»Dann geh doch nicht hin. Sag deinem Dad, dass du mit mir ausgehst.« Sean zwinkerte.

»Ja, klar. Erstens mag er keine weißen Typen. Zweitens erinnert er sich immer noch an diesen kleinen Vorfall, als du Stephanies Kopf angezündet hast. Ich glaube nicht, dass er allzu entzückt darüber wäre, dass ich mit dir herumhänge.«

»Dann rate ihm eben, nicht mit weißen Typen auszugehen. Du hast ihm wohl auch nicht von heute erzählt?«

»Herrgott, nein! Hab ihm gesagt, dass ich ins Büro muss. Was bin ich denn? Dumm?«

»Niemals. Du bist höchst intellektuell und zutiefst pervers. Meine Traumfrau. Apropos Stephanie, was ist aus ihr geworden, nachdem ich sie in eine Kerze verwandelt habe?«

Es war krank, aber ich musste einfach lachen. Beinahe wäre ich erstickt.

»Tja, dein Kunststückchen hat ihr das halbe Gesicht verbrannt, Sean. Ich habe gehört, dass sie ziemlich entstellende Narben davongetragen hat. Ihre Eltern haben sie vom St. Sebastian genommen. Es hieß, sie sei ein Jahr lang auf die Highschool gegangen, aber die Kinder haben sich zu sehr über sie lustig gemacht. Ich glaube, eine Zeit lang ist sie zu Hause unterrichtet worden. Dann hat sie sich mit sechzehn an der Duschvorhangstange erhängt.«

»Das Miststück hat es nicht anders verdient.«

»Sean, so schlimm war sie nicht.«

»Was? Leidest du an Amnesie? Wenn ich mich recht entsinne, hattest du ein fotografisches Gedächtnis.«

»Das habe ich immer noch.«

»Sie hat jedem erzählt, ich wäre eine Schwuchtel, weil ich sie nicht küssen wollte. Als mein Dad Wind davon bekommen hat, da hat er mich eine Woche lang grün und blau geschlagen. Er hat geschworen, mir die Schwuchtel aus dem Leib zu prügeln. Zwecklos, weil keine in mir gesteckt hat.«

»Oh, stimmt. Daran erinnere ich mich.«

Stephanie war das hübscheste Mädchen in unserer Klasse gewesen. Was natürlich zur Folge gehabt hatte, dass sie auch das gemeinste Mädchen gewesen war. Sie hatte geglaubt, dass jeder Typ, den sie wollte, automatisch ihr gehörte.

Sean war anderer Meinung gewesen, dank seiner Mutter. Schön, kokett und unpassend mannstoll wie Seans Mutter nun einmal war, hatte ihre aufdringliche Geschlechtlichkeit ihn bei jedem Elternabend in Verlegenheit gebracht. Einmal hatten Sean und ich uns freiwillig gemeldet, am Eingangstisch Namensschilder zu verteilen. Eine imposante, stark geschminkte Brünette in enger roter Jeans und durchsichtigem Elastanoberteil kam auf uns zugeschlendert. Und sie trug keinen gepolsterten BH.

»Welcher ist also dein Lehrer, Baby?«, fragte sie Sean.

»Hier, Mom«, murmelte er, als er ihr das Namensschild reichte.

»Sag mir, dass es der Süße da vorn ist.«

»Nein, Mom, das ist Pater O'Malley. Der Pfarrer.«

»Wie reizend. Ein Geistlicher. Bis später, Baby.« Mit wiegenden Hüften ging sie auf Pater O'Malley zu.

Während sich die Leute die Hälse verrenkten, um mit neugierigen Blicken ihrer wogenden Stundenglasfigur zu folgen, wandte sich Sean fluchend ab.

Es war das erste Mal, dass ich jemanden »fuck« sagen hörte.

Und es war der Moment, in dem ich argwöhnte, warum Sean nichts für die hübschesten Mädchen am St. Sebastian übrig zu haben schien. Sie erinnerten ihn an seine Mutter. Wie Stephanie.

Doch Sean hasste Schulhoftyrannen noch mehr, als er kokette Frauen hasste, dank seines Dads, der ein fieser Hurensohn war. Seans Vater kam nie zu den Elternabenden. Er schickte Sean nur mit Blutergüssen an Rücken und Bauch in die Schule. Sean zeigte sie mir hinter dem Pfarrhaus. Damals war Kindesmisshandlung kein so heißes Thema in den Medien, wie es das jetzt ist. Damals hatten katholische Priester ungestraft ihren Spaß mit Ministranten.

»Wie geht es eigentlich deinen Eltern, Sean?« Wir waren zum Lake Merritt in Oakland gefahren. Sean drehte seine Runden auf der Suche nach einer Parklücke.

»Sie sind tot. Der Alte hat sich vor etwa sieben Jahren endlich zu Tode gesoffen. Und meine Mutter ist ihm ein Jahr später gefolgt. Brustkrebs. Sie hatte einen Knoten von der Größe einer Kirschtomate, weigerte sich aber, zum Arzt zu gehen. Dachte, wenn sie ihn ignoriert, würde er wieder verschwinden. Letztlich ist *sie* verschwunden.«

»Oh Sean. Es tut mir ja so leid.«

»Sie hatte bloß Angst, ihre Titten zu verlieren. Also hat sie stattdessen ihr Leben verloren. Dumm. Hier, magst du etwas von dem Zwiebelbagel? Probier und sag mir, wie gut er ist.« Er reichte mir noch einen Bagel.

»Was meinst du? Schmeckst du es denn nicht selbst?«

»Nö, schmeckt für mich alles nach Pappe. Ein dicker Junge namens Darrell, der seine Schwester vergewaltigt hat, hat mir im Jugendknast einen Bleistift in die Nase gerammt. Hab für immer meinen Geruchssinn verloren.«

»O mein Gott. Ich traue mich gar nicht zu fragen, was mit ihm passiert ist.«

Sean sah mit einem schelmischen Lächeln zu mir auf.

»Du isst gerade. Ich erzähl's dir später.« Er zwinkerte mir erneut zu.

Ich lachte. »Armer Kerl. Was auch immer du ihm angetan hast, Sean, Darrell hatte es nicht anders verdient.«

»Ja. Ja, so war es.«

»Was kam denn bei dir nach dem St. Sebastian?«, fragte ich ihn, als wir geparkt hatten.

Sean zog eine Schrotflinte hervor. Tontaubenschießen am Lake Merritt. So früh am Morgen, ich hätte es erraten sollen. Als Kind war Sean ein Meisterschütze mit seiner Steinschleuder gewesen. Einmal schoss er einer Ratte bei sich zu Hause mit einem einzigen Schuss ein Auge aus.

»Tja, zum einen der Jugendknast. Zu meinem Glück ist Stephanie nicht gestorben, also haben sie mich rausgelassen, als ich achtzehn wurde. Habe meinen Namen geändert. Habe auf dem schnellsten Weg in Puerto Rico den Collegeabschluss gemacht und Medizin studiert. Assistenzzeit als Chirurg. Blabla. Hier bin ich.«

»Heilige Scheiße. Ich befinde mich in Gegenwart von geistiger Größe.«

»Danke, danke. Und du bist Winkeladvokat geworden?« Sean lächelte, während wir auf den See zugingen.

»Bitte. Keine Juristenwitze. Ich kenne sie alle. Aber ja, College, Jurastudium, dann die Jagd nach einem Ehemann.«

»Tja, da wird sich dein Vater für dich drum kümmern. Keine Sorge.«

»Herrgott. Ich versuche nun schon seit einer Ewigkeit, ihm zu verklickern, dass ich nicht mit Asiaten ausgehe.«

»Warum denn nicht? Zu kleine Penisse? Es ist ja nicht so, als wärst du sexbesessen. Zum Teufel, ich bezweifle, dass du überhaupt eine Libido besitzt.«

»Was? Wieso sagst du so etwas?«

»Wenn du eine entfesselte Libido besäßest, wäre dein erstes Mal nicht mit einem in Lidocain getunkten Dildo im zarten Alter von achtundzwanzig gewesen. Dann wärst du jetzt in irgendeiner Bar unterwegs, angezogen wie eine Schlampe, und würdest versuchen, einen Mann aufzugabeln. Irgendeinen Mann. Wenn du eine Lesbe wärst, würdest du das Gleiche tun, allerdings in einer Lesbenbar. Doch stattdessen verbringst du den Tag mit meiner Wenigkeit und moserst über dein arrangiertes Date morgen Abend.«

Sean traf den Nagel auf den Kopf. In der Hinsicht hatte er ein besonderes Talent.

In der siebten Klasse beschlossen Sean und ich, uns zu Halloween als Schwestern der Perpetuellen Indulgenz zu verkleiden. In dem Jahr hatten die Schwestern die katholische Kirche verärgert, indem sie sich gegenseitig in der Öffentlichkeit heftig den Hintern versohlten. Die Kirche war sauer geworden, weil es den Schwestern Vergnügen bereitet hatte.

Die Nonnen am St. Sebastian verurteilten die Schwestern als Handlangerinnen des Leibhaftigen. Gräuel wider Gott. Ihr einziger Daseinsgrund bestehe darin, Jesus wehzutun.

Also besorgte Sean uns zwei Nonnenkostüme und billige Schminke von Walgreens. Er warf mir einen Blick zu und sagte, »Himmel, Fi. Du siehst wie eine echte Nonne aus. Schwester Maria wird dich lieben.«

Natürlich hatte er recht.

Als Schwester Maria mich sah, sagte sie: »Wie hinreißend! Fiona möchte Nonne sein. Ist sie nicht süß? Du hast Jesus sehr glücklich gemacht. Aber nicht so viel Lidschatten, Liebes.«

Damals war mir nicht klar, dass ich Hello Kitty in Ordenstracht war. Dass ich gelb war und eine Vagina besaß, bedeutete, dass ich das Schwester-der-Perpetuellen-Indulgenz-Outfit nicht zuwege brachte. Hello Kitty zu sein war echt beschissen.

Als Schwester Maria Sean sah, rief sie bei seiner Mutter an und schickte ihn nach Hause.

Weiße Jungs hatten den ganzen Spaß.

Und Sean hatte jetzt wieder recht.

Obwohl ich Sean nie von Großmutter oder Eddie Martin erzählte. Oder von Onkel Yuen.

Als ich sieben war, schleiften meine Eltern mich per Vierzehnstundenflug zurück nach China, um ein paar meiner Cousins zu besuchen. Bei ihnen zu Hause durften Jungen am Esstisch bei sämtlichen Speisen zuerst zugreifen. Mädchen mussten warten, bis die ganzen Hühnchenkeulen, Flügel, die ganzen guten Teile weg waren. Also packte ich natürlich meine Gabel (denn meine chinesischen Cousins gingen davon aus, dass ich nicht mit Stäbchen umgehen konnte, da ich ja Amerikanerin war) und schnappte mir aus Protest ein erstklassiges Stück Hühnchen.

Für meine Dreistigkeit wurde ich nach draußen in den nicht überdachten Hof geschickt, obwohl es gerade regnete. Das passiert, wenn Hello Kitty sich nicht an die Spielregeln halten will. Sie wird hinaus in den Regen geschickt. Ausgestoßen, verfemt, gemieden, bestraft.

Onkel Yuen stattete mir dort draußen einen Besuch ab. Er war das, was man einen komischen Onkel nannte. Nicht weil er einen ständig zum Lachen gebracht hätte, sondern weil er versuchte, mich an all den falschen Stellen zu kitzeln. Allein, draußen im Regen, verletzlich. Hello Kitty war eine leichte Beute, bis sich ein Schwarm Tauben von seinem Schlafplatz auf dem Dach erhob und ihn ablenkte.

Ich hatte den Mittagstisch so plötzlich verlassen, dass ich, ohne es zu wissen, meine Gabel mitgenommen hatte. Ich spießte seine Hand damit auf. Da hatte es sich ausgekitzelt.

Deshalb liebe ich Vögel. Ich stand wirklich in ihrer Schuld.

»Ich glaube, du könntest auf der richtigen Spur sein, Sean. Ich fasse Leute nicht gern an. Knochen und Fleisch eines anderen zu spüren, ruft mir zu sehr meine eigene Sterblichkeit ins Gedächtnis. Unheimlich.« Und meinen komischen Onkel in China.

»Ja, das könnte ein Problem sein, wenn du mit jemandem ausgehst, Fi.«

»Ach was. Ich bin Einzelgängerin. Bin in alle Ewigkeit verurteilt, allein über die Moore zu wandern.«

»Nicht unbedingt. Du könntest diesen asiatischen Jungen heiraten.«

»Ich hab's dir doch gesagt, Sean. Ich gehe nicht mit asiatischen Kerlen aus.«

»O ja, warum denn?«

»Zwei Gründe. Einer lautet Theo. Der andere Keith.« Die übrigen Gründe behielt ich für mich.

Sean winkte einem Mann in einer dicken blauen Jacke zu, der aufblickte, als wir vorübergingen. Er hatte die Wurfmaschinen mit Tontauben geladen. Bei unserem Anblick richtete er sich auf und streckte die Hand aus. »Schön, Sie wiederzusehen, Sean.«

Sean schüttelte ihm die Hand. »Max, das hier ist eine Freundin von mir, Fiona. Wir werden heute ein bisschen schießen. Dort drüben.«

»Freut mich, Ihre Bekanntschaft zu machen, Fiona. Okay. Geben Sie mir Bescheid, wenn Sie beide so weit sind.«

Wir gingen ein Stück weiter und blieben stehen, als Sean seine Schrotflinte lud. »LOS!«, brüllte er.

Eine Tontaube schoss in die Luft.

Sean zielte und drückte ab. Peng.

Die orangefarbene Scheibe zerbarst.

»Prima, Sean.«

»Danke. Worauf wartest du also, Fi? Teil aus! Ich weiß, dass du darauf brennst. Theo. Keith.«

Selbst in der sechsten Klasse hegte ich immer den leisen

Verdacht, dass Sean Gedanken lesen konnte. Obgleich seine unheimliche Fähigkeit mich beeindruckt hatte, hatte sie mir gleichzeitig Angst eingejagt. Es war, als wäre man eng mit Counselor Deanna Troi befreundet.

»Theo. Freund auf der Highschool für eine Woche. Koreaner.«

»Freund für eine Woche? Wow, eine lange, ernsthafte Beziehung, wie ich sehe. Dein Dad muss entzückt gewesen sein.«

»Mein Dad hatte keine Ahnung. Wie dem auch sei, Theos Eltern sind beide Ärzte gewesen. Gebildet. Wohlhabend, aber im Grunde ihres Herzens Hinterwäldler. Lebten oben in einem dreistöckigen Haus in der Nähe von Robin Williams' ehemaligem Wohnsitz in Pacific Heights. Sein Vater prügelte regelmäßig seine Mutter grün und blau, sodass die Nachbarn die Polizei riefen. Theo glaubte, Frauen zu verprügeln wäre sein Geburtsrecht, weil er einen gelben Penis hatte.«

»Ich hoffe, du hast ihn vom Gegenteil überzeugt.«

»Nö, das hab ich einem anderen Glückskind überlassen. Deshalb eine Woche.«

»Verstehe, und Keith?«

»O nein. Ich bin noch nicht fertig mit Theo. Er hatte außerdem dieses Leiden, bei dem ständig sein kleiner Zeh abfiel.«

Sean schnaubte. »LOS!«

Peng.

»Sein kleiner Zeh fiel ständig ab?«

»Das hat er mir jedenfalls erzählt. Sagte, er müsse immer wieder ins Krankenhaus, um ihn sich wieder dranmachen zu lassen.«

»Hast du das je gesehen, Fi?«

»Nein, warum sollte ich das gewollt haben?«

»Dann sag mir bitte, dass du den Scheiß nicht geglaubt hast.«

»Nö, ich hab mir schon gedacht, dass er geflunkert hat. Klang zu unglaubwürdig.«

»Ja, allerdings.«

»Außerdem hatte er eine geisteskranke Großmutter, die regelmäßig ihre eigene Scheiße gefressen hat.«

Sean ließ die Schrotflinte sinken und starrte mich an.

»Hast du eben gesagt, dass sie ihre eigene Scheiße gefressen hat?«

»Jep, und nicht nur das, sie hielt ihre Fäkalien für so nahrhaft, dass sie etwas davon ins Familienessen getan hat, wenn sie nicht hingesehen haben. Sie mussten sie in ihr Zimmer sperren, wenn gekocht wurde. Kein Witz.«

Sean starrte mich mit großen Augen an. Mir fiel auf, wie ausgesprochen schön sie waren.

»Himmel, Fi. Sag mir, dass du nie bei ihm zu Hause zu Abend gegessen hast.«

»Bist du komplett verrückt? Hackbraten mit Grandma-Geschmack zum Abendessen und anschließend zur Unterhaltung zugucken, wie sein Dad seine Mutter verprügelt? Nein danke.«

»Wenn du es so ausdrückst, fällt mir auf, dass du dir eine gute Portion Familienspaß bei ihm zu Hause hast entgehen lassen.«

»Herrgott, dank Theo bin ich mit keinem Asiaten mehr ausgegangen, bis letztes Jahr Keith kam.«

»Ach, Keith. Bitte sag mir, dass er nicht seine eigene Scheiße gefressen hat.«

»Nein, schlimmer. Er hat den Kot seiner Katzen gefressen.«

»Fi, du machst ja wohl Witze. Du ziehst echt irre Typen an. Wo hast du den Kerl kennengelernt?«

»Das kannst du laut sagen. Keith. Chinese. Hab ihn im Salsakurs kennengelernt. Übrigens die schlechteste Musik auf der ganzen Welt. Davon krieg ich bloß Migräne.«

»Ich auch. Ich würde lieber den Kopf gegen ein paar Schlagzeugbecken knallen. Aber warte mal, dein Dad hat dich zum Salsatanzen gehen lassen?«

»Natürlich, lauter Typen.«

»Schon kapiert. Fahr fort.«

»Keith hat sich für einen Architekten gehalten. Neunundneunzig Prozent Ego, ein Prozent zweifelhaftes Talent.«

Sean lachte. »Du bist streng, nicht wahr?«

»Aber zutreffend. Hat sich eingebildet, der nächste Le Corbusier zu sein. Von wegen. Alles, was Keith entwarf, sah wie eine Streichholzschachtel aus, in der die Leute im Sommer gebraten und im Winter erfrieren würden. Doch seinen Mangel an Talent und Können hat er mit seinem Ego wieder wettgemacht.«

»Das ist alles? Weißt du, Fi, die erzielten Punkte auf der Versagerskala verhalten sich gewöhnlich umgekehrt proportional zur Penisgröße.«

Ich warf den Kopf in den Nacken und lachte laut. Gott segne Sean.

»Du könntest richtig liegen. Keith war ein echter Versager. Er hat geglaubt, etwas Besonderes zu sein, weil er sich für einen Hippie gehalten hat. Weil er nicht ›Mainstream‹ war. Was für ein Depp.«

»Igittigitt, eklig, Fi. Ich hasse Hippies. Es ist nichts Besonderes daran, sich von Hasenfutter zu ernähren und nicht zu duschen. Das ist nicht besonders, bloß dumm und widerlich.«

»O mein Gott, echt wahr. Sein ganzes Essen musste Bio sein. Wir reden hier nicht bloß von Tomaten. Von Brot über Kekse bis hin zu Reis und den Zwiebeln, die er in seine Pfannengerichte tat. Und weißt du, was mir aufgefallen ist? Wenn Bio-Lebensmittel so gut für einen sind, warum sehen dann all die Leute, die in diesen Bioläden einkaufen, so mies aus? Sie sehen alle runzlig und schmutzig aus. Mein Gott, die Chemikalien müssen etwas Positives bei uns bewirken.«

»Hippies. Was hast du erwartet? Na ja, wenigstens hat er gekocht.«

»Ich wünschte, dem wäre nicht so gewesen. Er war so ein Versager. Er ist aus einem angesehenen Architekturbüro rausgeflogen, weil er nicht gut genug mit anderen zusammenarbeiten konnte. Also hat er beschlossen, sein eigenes Büro im Hinterzimmer seines Apartments zu gründen. Er hat nicht genug Geld verdient, um sich selbst richtig zu ernähren, weil er darauf bestand, nur Bio zu essen. Folglich hat er die halbe Zeit gehungert und wollte, dass ich es auch tue. Abgesehen davon bekamen wir beide jedes Mal Durchfall, wenn er gekocht hat. Und letztlich habe ich herausgefunden, warum. Er war ein großer Anhänger des Kompostierens …«

»LOS!«

Peng.

Ich sah zu, wie die zerborstenen Stücke in den See fielen.

»O nein, ich weiß nicht recht, ob ich den Rest der Geschichte hören will.«

»Pech gehabt. Ich habe schon angefangen. Kompost. Theoretisch eine gute Idee, praktisch nicht. Es stinkt bloß, und man muss wirklich vorsichtig sein, sonst kontaminiert man sein Essen und vergiftet sich. Tja, du wirst nie glauben, wo er seinen Komposthaufen hatte.«

»Wo?«

»Im untersten Fach seines Kühlschranks, neben offenen Nahrungsmitteln.«

»*O Gott!* Ekelhaft. Kein Wunder, dass ihr beide Dünnschiss hattet. Wie lange bist du mit dem Versager zusammen gewesen?«

»Es ist mir ja so peinlich. Vier Monate, vier Monate zu lang.«

»Vier Monate, und du hast nicht mit ihm geschlafen?«

»Nö.«

»Siehst du? Keine Libido.«

»Wie dem auch sei. Ich habe genug Lebenszeit an ihn verschwendet.«

»Warum eigentlich? Weil du ihn gemocht hast oder weil du gehofft hast, dir einen Ehemann zu angeln, um deinen Dad zufriedenzustellen?«

»Ehrlich, keine Ahnung. Am liebsten hätte ich ihm jedes Mal, wenn er ›Bio‹ gesagt hat, Katzenscheiße in den Mund gestopft.«

»Was hat dein Dad von Keith gehalten?«

»Nichts. Ich habe ihm nichts erzählt.«

»Lass mich raten, viele Nächte im Büro durchgemacht?«

Ich lachte. Sean war scharfsinnig wie eh und je.

»Und du hast gesagt, der Möchtegern-Frank-Gehry hat Katzenscheiße gefressen?«

»Hat er. Er hatte zwei Katzen, hat aber nie sein Apartment geputzt. Also waren immer überall Haare. Zwei Zentimeter hoch oder so. Und er hat beide Katzenklos neben den Kühlschrank gestellt. Der Esstisch befand sich in der Küche. Folglich hat unser Abendessen manchmal nach Katzenscheiße gerochen, wenn die Viecher hereinkamen, um ihr Geschäft zu verrichten.«

»O Gott. Du weißt schon. Wenn man es riecht, isst man es auch. Dann habt ihr also beide Katzenscheiße gefressen.«

»Danke, Sean. Das hilft so sehr.«

»Gern geschehen. Also zwei Scheiße fressende irre Typen, und keine Asiaten mehr für dich, was?«

»Himmel. Wie viele denn noch? Zwei waren schon zu viel.«

»Sie können doch nicht alle derart *interessant* sein.«

»Tja, das finde ich wohl bald heraus, nicht wahr? Daddy hat bestimmt etliche für mich organisiert. Sonntag ist bloß der Anfang. Du wirst schon sehen.«

»Oh, das werde ich.« Er grinste.

Als Sean mich bei mir zu Hause absetzte, fiel mir auf einmal wieder etwas ein.

»Hey, Sean. Was ist denn nun mit Darrell passiert?«

»Ach, der hatte einen kleinen Unfall.«

»Sean.«

»Fi.«

»Sean, was hast du gemacht?«

»Nichts. Er hat im Bett geraucht, was man natürlich auf keinen Fall machen darf. Er ist eingeschlafen und hat sich selbst in Brand gesteckt.«

Ich starrte Sean an.

»Was denn? Hat er, Fi.«

»Mhm. Hat er überlebt?«

»Nein, bedauerlicherweise hat es Darrell der Vergewaltiger nicht geschafft.«

»Warum überrascht mich das nicht, Sean?«

Sean starrte unverwandt geradeaus, die Hände auf dem Lenkrad. Er lächelte vor sich hin.

»Weil du mich zu gut kennst.«

KAPITEL 6

Vielleicht wäre es gar nicht so schlimm gewesen, Nonne zu sein.

Drei Mahlzeiten am Tag, eine anständige Unterkunft, einheitliche Dienstkleidung, kein Grund, mit der sich stets wandelnden Mode mitzuhalten. Kein Grund, die anderen Nonnen mithilfe einer schickeren Ordenstracht in den Schatten zu stellen. Man konnte sogar eine schlechte Frisur oder besonders widerspenstige Haare unter dem Nonnenschleier verbergen. Man stelle sich nur einmal das ganze Geld vor, das ein Mädchen an Make-up, Haarpflegeprodukten, Schmuck und Schuhen sparen konnte.

Und man müsste nichts machen, als die ganze Zeit so zu tun, als liebte man Jesus, und sich jeden Tag mit Bälgern abplagen.

Dafür erwartete kein Mann von einem, dass man ihn vögelte, egal, wie oft man ihn anlächelte. Schließlich wäre man mit Jesus verheiratet. Nur ein Idiot würde es wagen, Jesus sauer zu machen.

Und kein Mann würde je erwarten, einen bei einem Date in vorne spitz zulaufenden Stöckelschuhen mit Zehnzentimeterabsätzen zu sehen.

Niemals.

Frauen beklagen sich bei anderen Frauen, dass ihre Füße sie umbringen, denn geteiltes Leid ist halbes Leid. Frauen beklagen sich bei Männern, dass ihre Füße sie umbringen, um die Füße massiert zu bekommen oder das Vorspiel einzuleiten.

Ich nicht.

Wenn Stöckelschuhe nicht so wehtäten, würde ich sie niemals tragen. Ja, ich mag, wofür die Schmerzen stehen. Die Körperlichkeit des Lebens. Das Gefühl, dass dieser Hülle aus Fleisch und Knochen eine echte Seele innewohnt.

Wenn man gesund ist, spürt man seinen Körper nicht. Man geht darin herum, aber man spürt ihn nicht. Man spürt erst etwas, wenn etwas nicht stimmt. Ich kann den Leuten, die sich gern selbst schneiden, keinen Vorwurf machen. Es reißt sie wahrscheinlich aus ihrer Taubheit heraus.

Aber ich mag keine Rasierklingen. Zu scharf. Zu schmerzhaft. Zu entstellend. Zu ghetto. Ein zu großes Infektionsrisiko – auch wenn man sie in Wasser abkochen kann, um sie keimfrei zu machen. Und die ganzen Zeichentrickbakterien, die allzeit darauf warten, durch die Wunde hereinzuschlüpfen und den Körper von innen zu verzehren. Schließlich kann ich mir Listerine ja nicht spritzen.

Außerdem bin ich zu eitel, um meine milchweiße Haut zu verunstalten.

Milchweiße Haut, das Kennzeichen asiatischer Schönheit. Man kann so dick sein wie Dom DeLuise. Man kann sogar wie Dom DeLuise aussehen und einen Damenbart haben. Solange man weiße Haut hat, gilt man als schön.

Man frage bloß meine Cousine Katie. Katie wohnt in Los Angeles. Einmal habe ich sie über Weihnachten besucht.

»Du bist zu dunkel und zu dick«, erklärte Katie mir. Wir befanden uns noch im Terminal von LAX.

Ich mit meinen achtundvierzig Kilo. Ein Meter einundsechzig. Nuance NC25 von MAC Cosmetics. Zu dunkel und zu dick.

Katie mit ihren einundvierzig Kilo. Ein Meter achtundsechzig. Nuance C15 von MAC Cosmetics. Sie bleichte sich die Haut. Ihre Haut war so weiß, dass sie einen Stich ins Lavendelfarbene hatte. Außerdem fiel sie ständig in Ohnmacht.

Fünfzehn Gramm japanischer Hautaufheller kosten vierhundertfünfzig Dollar. Und das ist das minderwertige Zeug. Für das wirklich gute Zeug mit reinem Maulbeerextrakt muss man mindestens achthundertfünfzig Dollar blechen. Blässe ist nicht billig.

Katies Gesicht ähnelte einem Teigkloß von der Größe eines Stoppschildes. Groß, rund, teigig, flach.

Mein Gesicht ist kantiger. Ich habe eine ausgeprägtere Kinnpartie. Meine Augen sind größer.

Doch Katie galt als schöner. Weil sie ihre Haut mit Achthundertfünfzig-Dollar-Aufheller bleichte.

Ich bleiche meine Haut nicht.

Ich schneide mich nicht mit Rasierklingen.

Stattdessen trage ich tagaus, tagein schmerzhafte spitze Stöckelschuhe mit Zehnzentimeterabsätzen. Die perfekte Kombination von Schönheit und Schmerz. Stöckelschuhe betonen meine Beine, Hüften, meinen Rumpf. Sie verleihen mir Größe, damit ich mein zu dunkles, ungebleichtes Gesicht der Welt darbieten kann. Die ständigen Schmerzen in meinen Füßen erinnern mich daran, dass ich in meinem Körper tatsächlich lebendig bin.

Und weil es viel hygienischer ist, als sich zu schneiden.

Die Schmerzen sind wirklich geradezu erlesen.

Ich liebe es, wie sich meine Zehen in die schmale Vorderkappe zwängen, das qualvolle Gequetsche, das sie im Namen von Mode und Schönheit erleiden. Ich liebe es, wie sich meine Füße beinahe weiter wölben, als es ihnen möglich ist. Ich liebe es, wie Schmerzen bei jedem dröhnenden Schritt auf dem Pflaster meine Knöchel, Waden, Knie und Oberschenkel hochschießen und mich in meinem physischen Körper verankern.

Außerdem gefällt es mir, dass es meine geheimen Schmerzen sind. Eingequetscht in Jimmy Choo, Prada, Dior, Louboutin, Sergio Rossi, Versace, Manolo Blahnik, Via Spiga. Die persönliche köstliche Designerhölle, die mich mit diesen irdischen Gefilden verbindet.

Also trage ich Stöckelschuhe. Selbst wenn ich nicht zu einem Date verabredet bin.

Es ist die moderne Version des chinesischen Füßebindens.

Abgebundene Füße bestrickten chinesische Männer beinahe tausend Jahre lang trotz des schrecklichen Geruchs, der dabei entstand. Ich frage mich, was passieren würde, wenn ich im Bankenviertel herumliefe und schrie: »Herrgott, meine Füße bringen mich um! Meine Füße bringen mich um!« Vielleicht würde sich mir ein gut aussehender Mann an den Hals werfen. Dann müsste mein Vater mir vielleicht keine Dates mehr mit chinesischen Jungs wie Freddie organisieren.

Freddie.

Sonntagabend schlüpfte ich in ein kastanienbraunes Seidenkleid mit Halterneck und ein Paar Stöckelschuhe von Roberto Cavalli mit Zehnzentimeterabsätzen. Ich wusste, dass ich für einen Mann wie Freddie overdressed war. Ich wollte bloß direkt vor seiner Nase mit etwas protzen, was er niemals haben konnte.

»Und kannst du kochen?«, fragte Freddie.

Freddie. Ein Meter siebzig. Zehn Kilo Übergewicht. Pockennarben. Die Haut dunkler als der Hintern eines Esels. Gebrochenes Englisch. Napoleon-Dynamite-Brille. Kein Witz. Mein Vater hatte ein glückliches Händchen bei der Auslese.

»Und was machst du, Freddie?«

»Ich spiel gern Videospiele.«

»Nein, was machst du? Von Beruf.«

»Ich arbeite in einem Computerladen.«

»Wie Comp USA?«

»Nein, kleiner.«

Freddie fuhr fort, sich gebratene Nudeln in sein pockennarbiges Gesicht zu stopfen. Mein Vater hatte unser Treffen in seiner liebsten Imbissstube in Chinatown stattfinden lassen. Vielleicht glaubte er nicht, dass Freddie es sich leisten könnte, mich anderswohin auszuführen.

Freddie hob den Blick.

»Warum isst du denn nicht?«, fragte er mit einem Mundvoll Nudeln. Eine fiel, glitt ihm aus dem Mund und zurück auf den Teller.

»Ach. Kein Appetit.« Ein Blick. Schon war ich voll.

»Kochst du also?«, fragte Freddie zum zweiten Mal.

»Sehe ich aus, als ob ich kochen könnte?«

»Ich brauche eine Frau, die kochen kann. Wie meine Mom.«

Ich brauche einen Mann, den ich in einer Schublade verstauen kann. Wie meinen Mr Happy.

»Wäschst du? Meine Mom sagt, du kannst Wäsche waschen.«

»Nein. Ich besudele Wäsche.«

»Denn ich brauche jemanden, der Wäsche waschen kann.«

Natürlich brauchte ein Mann wie Freddie eine Frau, die kochen und Wäsche waschen konnte. Er würde Level dreizehn von Final Fantasy IV schließlich nicht im Alleingang erreichen.

»Und was treibst du sonst so, Mann?«

Freddie zuckte zusammen. »Du redest nicht wie eine Dame.«

Arschloch.

»Lass mich raten, Dude. Videospiele. Mah-Jongg. Melodramen auf dem Jade Channel.«

Jade Channel 360 bei Comcast. Der chinesische Kabelsender, der Mehrteiler aus Hongkong über undankbare Söhne, sich abplagende Mütter und unerwiderte Liebe ausstrahlte. Meine Eltern leben von Jade-Channel-Sendungen.

»Aber ja. Was ist daran denn verkehrt?«

»Ach, nichts, Freddie. Und hast du Haustiere?«

»Was?«

»Haustiere. Kleine Tiere, die man sich zum Spaß hält.«

»Oh, ich habe eine Schildkröte als Haustier.«

»Eine kleine 25-Centstück-große vom Markt in Chinatown?«

»Jep. Isst du denn nicht noch etwas? Fiona – richtig?«

»Ja, sicher, Dude. Ich arbeite dran. Wie heißt also deine Schildkröte?«

»Fei. Weil das wie mein Name klingt, Freddie. Hast du ein Haustier?«

»Ja, ich habe einen Wellensittich, Pepito.« Weil das kein bisschen wie mein Name klang.

»Oh, ich hasse Vögel. Laute und schmutzige Viecher.«

Ich starrte nur. Starrte den Vögel hassenden unförmigen Klumpen von einem Mann an.

Fahr zur Hölle, Mann. Fahr zur Hölle und stirb. Pepito kannst du sowieso nicht das Wasser reichen. Pepito hat einen Fußfetisch. Er pult an meinen Zehen herum, beknabbert sie, scheißt auf sie. Er bereitet mir reichlich Fußschmerzen in schnabelgroßen Bissen, du Scheißkerl. Geh nach Hause und friss die gottverdammte Wan-Tan-Suppe deiner Mutter. Und fall tot um.

Freddie schob seinen Stuhl zurück und stand auf.

»Ich muss auf die Toilette. Und eine vor der Tür rauchen.«

Ein Raucher noch dazu. Wie reizend.

Freddie ging auf den rückwärtigen Teil des Restaurants zu.

Zwanzig Minuten.

Noch immer kein Freddie. Zurück ließ er nur einen öligen Teller und die Rechnung. Wahrscheinlich hatte sich der Mistkerl zum Hinterausgang hinausgeschlichen.

Ich warf einen Zwanzigdollarschein auf den Tisch und verließ das Restaurant. Draußen nieselte es. Ich wickelte den langen Wollmantel enger um mich und wünschte mir, ich hätte mir die Wettervorhersage angesehen, bevor ich aus dem Haus gegangen war.

Jemand hupte, und ich drehte mich um. Ich sah Sean, der mir aus seinem Wagen zuwinkte. Gott segne Sean. Perfektes Timing. Sean schien immer das perfekte Timing rauszuhaben. Wie an dem Tag, an dem wir einander kennenlernten. Gerade rechtzeitig, um eine Jungfrau in Nöten zu retten.

»Kann ich dich mitnehmen, Fi?«

»Ja. Herrgott, ja.«

»Ich dachte, du hättest ein Date. Wo steckt er?«

»Ekelhaft, erinner mich bloß nicht daran. Jemand sollte ihn zum Oberloser krönen. Hat gesagt, er wolle kurz eine rauchen gehen. Ist nie zurückgekommen. Was für ein Arschloch.«

»Tja, ist sein Verlust. Du siehst hübsch aus.«

»Danke, Sean.«

Sean setzte mich zu Hause ab. An dem Abend dankte ich Jesus dafür, dass er Sean einfach so vor dem Restaurant hatte aufkreuzen lassen. Ich fragte mich nicht, warum Sean dort gewesen war. Vor allem aber war es mir gleichgültig.

Am nächsten Morgen kam mein Vater in mein Zimmer.

»Wie war dein Date?«

Mit getrübten Augen und schlaftrunken spähte ich unter der Bettdecke hervor. »Hä?«

»Fiona, wie war dein Date?«

»Dad, hättest du einen noch größeren Loser auftreiben können?«

»Du bist zu wählerisch.«

»Sein Gesicht ist narbenübersät. Sein Lebensantrieb ist Final Fantasy. Ich wäre lieber tot.«

»Fiona, was habt ihr beiden gemacht?«

»Gemacht? Ich habe ihm dabei zugesehen, wie er seine Nudeln runtergeschlürft hat. Dann ist er gegangen.«

»Du musst etwas Unverschämtes gesagt haben.«

Ja, klar, ich. Unverschämt.

»Dad, wieso rufst du nicht bei Freddies Mutter an und fragst sie? Ich bin mir sicher, dass er ihr einen vollständigen Bericht erstattet hat. Es ist Montag. Ich muss mich für die Arbeit fertig machen.«

Mein Vater stand auf und ging. Ich hörte ihn draußen am Telefon.

»Was? Nein, Fiona ist hier. Es geht ihr gut ...« Die Stimme meines Vaters verlor sich. Ich drehte mich um, weil ich noch fünf Minuten Schlaf stehlen wollte, bevor meine Neunzig-abrechenbare-Stunden-Woche begann.

Doch der Luxus war mir nicht vergönnt.

»Mrs Kong hat gesagt, Freddie sei gestern Abend nicht nach Hause gekommen.«

»Vielleicht ist er endlich von zu Hause ausgezogen und hat beschlossen, sein Leben zu leben.«

»Fiona, das ist nicht witzig. Was hast du getan? Hast du etwas gesagt, was Freddie aus der Fassung gebracht hat?«

»Dad, bitte. Ich? Was hätte ich denn schon sagen können?«

»Wahrscheinlich hast du ihn verschreckt. Ich hab dir doch gesagt, du sollst Lippenstift tragen.«

»Ja, Dad. Das hätte bestimmt einen großen Unterschied gemacht.«

»Als ich Mrs Kong dein Foto gezeigt habe, hat sie gesagt, dass du zu dunkel bist. Du musst dir die Haut bleichen und

Lippenstift tragen. Dann siehst du damenhafter aus. Und weißer.«

Herrgott. Jemand sollte Mrs Kong einen großen Einlauf verpassen.

»Dad, ich gehe in die Arbeit.«

»Erst, wenn du mir sagst, wohin Freddie verschwunden ist.«

»Ich weiß es nicht, Dad. Er hat mich im Restaurant sitzen lassen, obendrein mit der Rechnung. Ja, ich musste selbst für mein Essen bezahlen.«

»Was?«

»Jep.«

»Du musstest zahlen?«

»Jep.«

Mein Vater erhob sich.

»Dann zur Hölle mit ihnen. Ich werde Mrs Kong sagen, sie soll zur Hölle fahren. Und ihren knickrigen Sohn gleich mitnehmen.«

Nur zu, Daddy.

Ein Junge, der beim Abendessen nicht für mich zahlt. Dafür kommt man in die Hölle.

Ich sollte wirklich die Nachrichten verfolgen. Es ist gut zu wissen, was in der eigenen Stadt passiert. Wenn nur nicht alles so deprimierend wäre. Doch wenn eine Nachricht für einen bestimmt ist, hört man auf die eine oder andere Weise davon.

»Schlechte Neuigkeiten. Freddie ist tot. Man hat seine Leiche draußen hinter diesem Restaurant gefunden. Jemand hat ihm die Kehle durchgeschnitten und seine Brieftasche geklaut«, erzählte mir mein Vater am Abend.

»Tatsächlich?«

Auf einmal war mir schwindelig. Das Arschloch hatte es verdient. Ich hoffte, dass der Vogelhasser in der Hölle schmorte. Vielleicht pickten ihm in diesem Moment Satans Krähen die Augen aus.

Da fiel mir wieder seine Schildkröte ein, Fei. Ich fragte mich, ob sie Freddie vermissen würde. Ich fragte mich, wer Fei jetzt füttern würde, ihr frisches Wasser geben, ihr sagen, dass sie die beste kleine Schildkröte auf der ganzen Welt sei. Vielleicht hatte Freddie das Fei gar nicht gesagt. Das wäre noch ein Grund, weshalb Freddie in der Hölle schmoren sollte.

Und dann kam ich mir schlecht vor. Wegen Fei.

»Ja, Fi. Du bist ein Glückspilz, weil du nicht mit ihm draußen gewesen bist.«

»Ja, es war mir wohl vorherbestimmt, mein Essen selbst zu bezahlen.«

»Ich habe seine Mutter sowieso nie gemocht. Vergiss Freddie.«

Erledigt. So was von erledigt.

»Nächsten Sonntag hast du wieder ein Date, Fi.«

Hai, Daddy.

»Und Fiona?«

»Ja?«

»Trag Lippenstift.«

KAPITEL 7

Sean hatte schon immer gewusst, wie man einen Auftritt am besten inszenierte.

Auf dem St. Sebastian wartete er immer die letzte Minute vor dem Läuten ab und stürmte dann wie ein Verrückter nach der Pause, dem Mittagessen, einem Raumwechsel ins Klassenzimmer. Im Stil von Tom Cruise in *Lockere Geschäfte*. Er schlitterte mitten durch die noch geöffnete Tür, direkt auf Schwester Marias Pult zu.

»Tut mir leid, Schwester. Ich habe gerade Buße getan. Zwanzig Ave-Maria. Fünf Vaterunser.«

»Du bist während der Schule zur Beichte gegangen, Sean?«

»Ja, Schwester. Ich bin mir schlecht vorgekommen, weil ich den Namen Gottes missbraucht habe. Weil es Jesus wehgetan hat.«

Lügner.

Sean hatte seine zweite Zigarette draußen hinter dem Pfarrhaus zu Ende geraucht. Ich sah ihm dabei zu, wie er sein Nikotin-Mittagessen inhalierte. Er sah mir dabei zu, wie ich mein Kraft-Scheiblettenkäse-Sandwich verdrückte.

»Zigaretten sind teuer, Fi. Muss jede einzelne bis zum Ende auskosten. Eine Zigarette zu vergeuden wäre schrecklich.«

»Sean, du hast sie deinem Dad geklaut.«

»Tja, und er hat gutes Geld dafür bezahlen müssen. Abgesehen davon tue ich dem Alten einen Gefallen. Ich bewahre ihn davor, vorzeitig an Lungenkrebs zu erkranken.«

Es funktionierte. Sean bewahrte seinen Vater vor Lungenkrebs. Bloß schade, dass Sean nicht auch den Alkohol des Alten wegtrank.

Immer dachte er an andere, dieser Sean.

»Hi, Fi. Bereit, heute Abend mit deinem alten Kumpel um die Häuser zu ziehen?«

Als Sean die Tür öffnete, trug er nichts außer glatter Haut und einer flamingopinkfarbenen Federboa, die er sich um den Hals gewickelt hatte. Am Wochenende nach meinem tragischen Date mit Freddie hatte er mich gebeten, in sein Apartment am Russian Hill zu kommen und dann mit ihm von einer Bar zur nächsten zu ziehen. Als ich ihn gefragt hatte, warum, sagte er: »Weil ich dir etwas zeigen möchte.«

Cobains Stimme drang aus Seans Apartment. Noch etwas, das wir gemeinsam hatten. Nirvana auf Repeat 1.

Come

As you are

As you were

»Herrgott, Sean. Ich glaube, ich bin zu angezogen für da, wo du hinwillst. Hast du mir das zeigen wollen?«

Ich hatte mir ein schwarzes Rüschenoberteil von D&G mit Skinny-Jeans von Chloé und kastanienbraunen Lackstöckelschuhen von Dior angezogen. Barklamotten.

»Coole Schuhe, Fi. Nö, das, was ich dir zeigen wollte, ist hier drin. Ich habe beschlossen, dich heute zu foltern«, sagte Sean und fingerte gefährlich an seiner Federboa herum.

»Wie das?«

»Indem ich dir das Vergnügen versage, mir die Kleider vom Leib zu reißen.«

»Oh, du Sadist. Du tust mir ja so weh.«

As I want you to be

»Kommst du nun also herein oder was, Fi? Keine Sorge, ich werde dich nicht vergewaltigen.«

Ich verdrehte die Augen und fragte mich, was wohl Seans Nachbarn von ihm hielten. Ein Hymenalrekonstruktionschirurg mit einem Hang zu Federboas.

»Weg damit! Oder ich ruf die Polizei, junger Mann!«, schrie eine untote Version von Estelle Getty in einem geblümten Hauskleid. Sie musste uns durch den Spion ihres Apartments, das gegenüber von Seans lag, beobachtet haben. Sein Aufzug hatte sie dazu veranlasst, in den Korridor vorzudringen und sich in unser Leben einzumischen.

»Gehen Sie zurück zu Ihrer Patiencepartie, Betty. Oder ich rufe den psychiatrischen Notdienst und lasse Sie mal für eine Nacht in die Geschlossene im General Hospital einweisen«, fuhr Sean sie an.

Er zog mich in sein Apartment und knallte die Tür zu. Ich hörte Betty nach Luft schnappen.

»Sie hat seit Jahrzehnten keinen nackten Mann mehr gesehen, Sean. Sie hätte einen Herzinfarkt erleiden können. Dann hättest du sie wiederbeleben müssen.«

»Nö, die letzte Ölung wäre bei ihrem Zustand angebrachter. Zu alt. Willst du also Wein, Bier, sonst was, Fi?«

»Wasser wäre prima, da wir ja vorhaben, die ganze Nacht hindurch zu trinken.«

Sean brachte mir ein Glas Wasser.

»Ooh, Wedgwood. Nicht schlecht, Sean. Woher hast du die Boa?«

»Danke. Halloween. Vor ein paar Jahren. Nun sag schon. *Das hier …* macht dich gar nicht an?« Lachend stieß er seine nackten Hüften in meine Richtung und beobachtete meinen Gesichtsausdruck.

»Netter Penis. Aber nö, tut es nicht, fürchte ich.«

As a friend

As a friend

»Wieso ziehst du dich dann so an, Fi?« Sean musterte mein Outfit, wobei er sein Augenmerk auf meine Stöckelschuhe richtete.

»Weil ich nicht glaube, dass sie mich reinlassen würden, wenn ich einen Müllbeutel von Hefty und Kleenexschachteln anstelle von Schuhen anhätte.«

»Das ist ein Argument. Ich würde nicht neben dir hergehen, wenn dem so wäre.«

»Siehst du? Klamotten sind nicht bloß dazu da, Männer anzulocken. Außerdem kann ich einem Mann mit den Absätzen wirklich wehtun.« Ich lachte. »Willst du, dass ich dich mit den Dingern in dein Auspuffrohr trete?«

»Herrgott, Fi. Nein danke. Himmel, null Libido. Unglaublich. Wie sonst könntest du *hierzu* Nein sagen?«

»Willst du mich etwa in Versuchung führen?«

»Ach was, Fi. Ich bin nackt und mache dir gegenüber obszöne Gesten. Hey, bloß dass du Bescheid weißt, ich mag Messer und Gabel wie ein Hymenalchirurg halten, aber ich vögele wie ein Baumchirurg.« Sean stieß weiter lachend mit den Hüften in meine Richtung. Dann endete er mit einem Hüftkreisen.

As a known memory

»Dann heb's dir für die Bäume auf, Sean. Zieh dir einfach was an, und lass uns gehen.«

»Wie du willst. Dein Verlust.«

Er schlenderte in sein Schlafzimmer und schloss die Tür hinter sich. Doch erst, nachdem er sich selbst einen kräftigen Klaps auf den Hintern versetzt hatte. Ihn musste ein jäher Anfall von Schamgefühl überkommen haben.

Ich war halb in Sean verliebt gewesen seit dem Tag, an dem er mich dazu überredet hatte, Jeremy zusammenzuschlagen. Halb verliebt.

Ich hatte halb Angst vor Sean gehabt seit dem Tag, an dem er Stephanies Kopf in Brand gesteckt hatte und weggegangen war, ohne sich noch einmal umzudrehen.

Wie bei Hanks riesiger argentinischer Boa constrictor George.

Mit Hank wohnten wir früher Tür an Tür. Manchmal ging ich nach der Schule nach nebenan, um Hank dabei zuzusehen, wie er George fütterte. Wenn Hank trippelnde weiße Mäuse hineinfallen ließ, kam George wieder zu sich und regte sich, indem er seinen massigen, dicken Körper in Bewegung zog.

Eines Tages hob George den Kopf und sah mich direkt an, ohne auf die Maus zu achten, die Hank vor ihm baumeln ließ. Er glitt mit der Schnauze gegen die Glasscheibe, starrte mir in die Augen und ließ zweimal den Kopf in meine Richtung zucken. Da war auf der Stelle eine Verbindung, zwischenartliche Bande. Ich war fasziniert und kam mir besonders, wie ein Glückskind, geehrt vor, von der Schlange bemerkt zu werden. Einzigartig, wie Harry Potter.

Ich verliebte mich halb.

Georges Ernährung bestand aus einer umfangreichen Auswahl an Säugetieren, inklusive Vögeln, größeren Eidechsen, Ozeloten und schließlich Hank. Eines Abends schlief Hank bei offenem Terrarium auf dem Sofa ein. George erwürgte ihn. Dann versuchte er, ihn ganz zu verschlucken, doch Hank war um die Schultern zu breit. Und George weigerte sich loszulassen. Also erstickte er.

Ich hatte halb Angst vor ihm.

Hank und George brauchten diesen Trennmechanismus aus Glas und Stahl, um am gleichen Ort zu überleben. Diese Schutzbarriere zwischen den Arten hielt eine Katastrophe in Schach.

Wie bei mir und Sean.

Mit ihm zu schlafen wäre, wie mit George zu kuscheln. Keine gute Idee.

»Ach ja, und sieh dir mein neues Spielzeug nebenan an, Fi.«

Sean steckte den Kopf durch die Tür und nickte ruckartig nach rechts.

Take your time

Hurry up

Das kostspielige, elegante Teakmobiliar schrie geradezu Ethan Allen. Schwerer Milchglascouchtisch mit schwarzen Holzbeinen. Schwarze Ledersofagarnitur. Hip, modern, chic.

Nicht so jedoch die Schwarz-Weiß-Aufnahmen defäkierender Zootiere in gläsernen Kastenrahmen. Die waren ganz Sean. Sein Statement in Sachen Wandschmuck.

Und der wie ein riesiges Baby geformte Punchingsack, der

von der Decke hing und mit einer Metallkette am Boden verankert war. Ich hieb ihm in den geschwollenen Bauch, und er schrie wie ein cholerischer Säugling, der allerdings zunehmend nach einem abgestochenen Schwein klang.

Sean kam von Kopf bis Fuß in Dolce & Gabbana gekleidet aus dem Schlafzimmer und schwenkte eine Lederjacke von Armani hin und her.

»Gefällt es dir?«

»Sean, bring es zum Schweigen! Was zur Hölle ist das?«

Sean griff nach einem Baseballschläger, der in der Ecke lehnte. Er schlug auf das brüllende Baby ein. Fest. Fester. Bis der Lärm verstummte.

»Mein neues Spielzeug. Es ist sehr entspannend. Hilft mir beim Umgang mit jeglichen Aggressionen, die ich verspüre. Man muss es schlagen, bis es zu schreien aufhört. Gefällt's dir?«

»Wo kriege ich so was her? Ich brauche eins für mein Büro.«

Sean lachte. »Klasse, nicht wahr? Ein absolutes Muss für junge Eltern. Würde zu einem Rückgang von Fällen von Kindesmissbrauch führen.«

Er dachte immer an andere.

»Komm schon, Fi. Wir haben nicht die ganze Nacht Zeit.« Als wäre ich es, die ihn aufhielt.

Don't be late
Take a rest
As a friend

Sean und ich gingen in den Oak Room im Clift Hotel. Eine stinkvornehme Bar, in der die Leute auf den Wandgemälden einem mit den Augen folgten. Drinks kosteten fünfzehn Dollar das Stück. Keine Sägespäne auf dem Boden. Bellinis, Cosmos, Brandy Alexanders wurden von Fingern umklammert, an denen Ringe von Tiffany und David Yurman prangten. Überteuerte Getränke. Überteuerte Schmuckstücke.

»Siehst du? Mit Kleenexschuhen wären wir hier nie reingekommen, Sean.«

»Was du nicht sagst, Fi.« Sean zog sich die Armanijacke aus und hängte sie vorsichtig über die Rückenlehne seines Stuhls. »Was willst du?«

»Einen Bellini. Was nimmst du?«

»Bloody Mary.« Sean grinste und zwinkerte mir zu, bevor er auf die Bar zuging.

Sean kam mit unseren Drinks zurück. Er zog die Selleriestaude heraus, lutschte sie sauber und biss die Spitze ab. Er trank einen Schluck seiner Bloody Mary und musterte ein Grüppchen Blondinen, das sich um das Ende der Bar drängte.

»Such mir eine aus, Fi.«

»Wovon redest du? Dieser Bellini ist übrigens klasse. Der Ausschlag wird sich rentieren.«

»Was? Welcher Ausschlag?«

»Ach, von Champagner krieg ich Ausschlag.«

»Warum trinkst du das Zeug dann, Fi?«

»Weil es lecker ist, Sean. Leeeeecker.«

Sean lachte. Sean nickte wieder in Richtung der Blondinen. »Such mir eine aus.«

»Was meinst du damit, ›such eine aus‹?«

»Ich meine, such … mir … eine aus.«

»Oh, verstehe. Du wirst dich an ein Mädchen ranmachen und mich hier ganz mutterseelenallein zurücklassen. Wusste gar nicht, dass du auf Blondinen stehst.«

»Tu ich nicht. Such eine aus. Die du am wenigsten magst.« Sean zwinkerte.

Ich musterte sie, wobei ich sie nach ihren Drinks benannte. Man ist, was man trinkt.

Cosmo. Die größte Blondine warf Sean immer wieder Blicke über die Schulter zu, wobei sie so tat, als sähe sie sich in dem Raum um. Lange glatte Haare mit teuren Strähnchen. Modelgesicht. Cocktailkleid mit Spaghettiträgern im Leopardenmuster. Eine kleine Gardenie hinter dem Ohr. Große maniküirte Acrylnägel. Stöckelschuhe von Louboutin. Silbernes Tiffany-Bettelarmband mit dazu passender Kette.

Melonball. Die kleinere Gefährtin von Cosmo plapperte vor sich hin, wobei sie ab und an ihren milchig-grünen Drink umrührte. Sie trug ein seidenes Cocktailkleid im Paisleymuster, das ihr eine Nummer zu klein war. Ihre Brüste wippten jedes Mal, wenn sie mit der Hand herumwinkte. Eine Hand mit einem gewaltigen Flechtring von Tiffany am kleinen Finger. Vorne offene Stöckelschuhe von Prada. Ein silbernes Armband von Tiffany ohne dazu passende Kette.

White Russian. Die dritte Blondine saß auf dem Barhocker und nickte zu Melonballs Monolog. Die Haare zu einem Nackenknoten zurückgekämmt. Hautenges schwarzes Kleid. Mit Perlen verzierte Abendsandalen von Manolo Blahnik. Silbernes Armband von Tiffany ohne dazu passende Kette.

»Sean, für mich sehen sie alle gleich aus.«

»Such eine aus«, sagte er, ohne mich anzusehen.

»Miss Cosmo.«

»Warum die?«

»Ich begehre ihre Schuhe. Rote Sohlen. In der chinesischen Kultur bedeutet das Glück. Ich will, dass sie im Lotto gewinnt. Abgesehen davon ist sie so hübsch.« Zu hübsch.

Sean lächelte mir zu. Er lehnte sich zu mir und küsste mich auf die Wange. Ich atmete sein Aqua Di Gio ein.

»Ja, erinnert mich an jemanden. Sieh sie dir an. Glaubt, sie könne den ganzen Laden um den kleinen Finger wickeln.«

»Tja, die andere sieht einfach nur langweilig und traurig aus. White Russian. Bäh«, sagte ich.

Sean nippte an seiner Bloody Mary und leckte sich die Mundwinkel sauber.

»Fragst du mich denn gar nicht, was ich tun werde, Fi?«

Einen Augenblick lang sagte ich nichts. Seans Augen funkelten, forderten mich heraus, ihn zu fragen. Funkelten wie kleine runde Schlangenaugen, blinzelnd, verlockend, bezaubernd, tödlich.

»Fi?«

»Nein. Soll ich überhaupt hierbleiben?«

»Wahrscheinlich wäre es besser, wenn du deinen Drink austrinken und nach Hause zu Pepito gehen würdest.«

»Wenn ich irgendein anderes Mädchen wäre, würde ich dich ein Arschloch nennen, weil du mir gesagt hast, ich solle meinen Drink austrinken und nach Hause gehen.«

Sean lachte düster. »Aber du bist nicht irgendein anderes Mädchen.«

Auf einmal war mir übel. Schlecht. Kotzübel im Punkrockstil, und mir lief ein eiskalter Schauer die Glieder hinunter.

»Warum gehen wir nicht tanzen, Sean? Lass uns in die Starlight Lounge gehen.«

»Nein. Du hast mir bereits ein Mädchen ausgesucht. Ich habe zu tun. Gottes Werk verrichten.«

»Vergiss sie, Sean. Gehen wir tanzen. Erzähl mir nicht, dass du nicht tanzen kannst.«

»Tanzen. Jemand hat mir mal gesagt, Tanzen sei ›die vertikale Äußerung horizontaler Begierden‹. Kluger Mann. Und du hast keine horizontalen Begierden, Fi.«

»Aber ich mag die vertikale Äußerung. Komm schon, gehen wir.«

»Nein.«

»Sean. Komm schon.«

»Nein, Fi. Ich habe heute Abend zu tun. Geh nach Hause.«

»Sean. Komm schon.«

»Nein.«

»Dann bring mich zuerst nach Hause. Ich könnte in diesen Schuhen stolpern und sterben. Oder von einem Junkie ausgeraubt werden.«

»Dann tritt den Mistkerl mit den Stöckelschuhen. Jeder muss mal sterben, Fi. Geh nach Hause.«

Sean stand auf und schlenderte zu der großen Blondine hinüber, die sich die Haare über die Schulter schnippte und ihm ein professionell gebleichtes Lächeln schenkte.

Zur Hölle. Die Frau hatte es nicht anders verdient.

Der Tod, der große Gleichmacher. Alt, hässlich, krank, arm. Jung, wunderschön, gesund, reich. Dem Sensenmann ist das egal. Jeder endet auf die gleiche Weise. Tot, nackt, in den Himmel stinkend, auslaufend, stückchenweise in Stücke zerfallend.

Sean war es auch egal.

Jeder muss mal sterben. Besonders die Blonden und Hübschen.

KAPITEL 8

Sean verschwand nach jenem Abend im Oak Room.

Die moderne Technik hat es den Leuten einfacher gemacht zu verschwinden. Handys. E-Mail. BlackBerrys. Voicemail. Anrufbeantworter. All diese Dinge können den Anschein erwecken, als wäre man auf die unterschiedlichsten Arten kontaktierbar. Auf all diesen Dingen kann man Nachrichten hinterlassen. Keines kann die Person, die man erreichen möchte, dazu bringen, einen zurückzurufen. Noch nicht einmal das iPhone. Die Grenzen der modernen Technik.

»Dr. Killroy ist nicht da. Es hat einen Notfall in der Familie gegeben«, sagte Seans Sprechstundenhilfe.

Seans Eltern waren tot. Er hatte keine Geschwister. Er hatte keine Familie, bei der es einen Notfall hätte geben können.

»Möchten Sie eine Nachricht hinterlassen?«, fragte sie.

Können Sie ihn dazu bringen, mich zurückzurufen?

Nein, können Sie nicht. Die Grenzen des Menschen.

Praxis, zu Hause, Handy, E-Mail. Überall jeweils mehrere Nachrichten. Vielleicht war Sean verstorben. Oder hatte zu Hause betrunken das Bewusstsein verloren. Oder wollte einfach eine Zeit lang nicht gefunden werden. So oder so, kein Sean.

Ich litt an Sean-Entzug. Zu den Entzugserscheinungen gehörten verminderte Konzentrationsfähigkeit, Stimmungsschwankungen, Nervosität, Reizbarkeit, Blähungen, Langeweile. Die Langeweile stellte sich als das Gefährlichste heraus. Müßiggang und Laster.

In meinem Fall, Müßiggang und Laurie.

Die mannstolle Laurie, die soeben erfahren hatte, dass in der schicken Bar zwei Blocks von unserem Büro entfernt am Abend eine asiatische Speed-Dating-Veranstaltung stattfand. Unverheiratete, verfügbare asiatische Jungs. Eine ganze Bar voll davon. Lauries Vorstellung von einer Goldgrube.

»O mein Gott, wir müssen hin, Fi!« Lauries Augen glitzerten, als sie in mein Büro gerannt kam. Sie beugte die Knie und streckte sie wieder bei dem Versuch, nicht auf- und abzuhüpfen.

»Nicht wirklich mein Ding. Steh nicht auf asiatische Jungs.«

»Aber ich brauche jemanden, der mitkommt.«

»Hast du denn nicht zu arbeiten, Laurie?«

»Haben wir das nicht alle? Aber das hier ist eine dieser Gelegenheiten, die man sich nicht entgehen lassen darf. Du bist nicht liiert, oder?«

»Nein, ich bin immer noch mit Pepito zusammen.«

»Herrgott, Fi, hör auf, von dem Vogel zu reden. Du klingst wie eine verrückte Vogelfrau. Kommst du nun also mit, oder was?«

Asiatisches Speed-Dating wirkte wie ein gutes Schmerzmittel gegen die Langeweile, die der Sean-Entzug mit sich gebracht hatte. Also sagte ich Ja.

Wir bezahlten fünfundzwanzig Dollar pro Nase für den Eintritt. Die Bar hatte ein Zwei-Drinks-Minimum. Sie wollten, dass wir alles durch eine dicke Alkbrille wahrnahmen.

Sie wollten, dass wir nett, gewillt und blöd hinter den Jungs her waren. Sie wollten, dass wir mundlose, krallenlose Hello Kittys waren.

»Schreiben Sie Ihren Namen und drei Dinge auf Ihr Namensschild, die die andere Person über Sie wissen soll«, sagte unsere geschmeidige, aufreizende asiatische Hostess. Amanda Lin, ihrem Namensschild zufolge. Schwarzes enges Cocktailkleid. Stöckelschuhe aus falschem Krokodilleder. Lange Haare bis zur Taille, überall stark nach Issey Miyake riechend.

»Drei Dinge!« Unsere Hostess kicherte und hielt drei perfekt manikürte Finger hoch.

Ich warf einen Blick auf Amandas Namensschild, auf dem die drei Dinge standen, die die Männer in dem Raum über sie wissen sollten:

Shoppen
Kochen
Massagen ;)

Ich kämpfte meinen Würgereflex nieder.

»Oh, was soll ich schreiben? Was wirst du schreiben?«, fragte Laurie, die den Blick nervös durch den Raum schweifen ließ.

»Weiß noch nicht.«

Ich sah auf mein Namensschild hinab. Darauf stand »Hi, ich bin« mit viel leerem Platz für meinen Namen und meine drei Dinge. Ich nahm einen Sharpie-Filzschreiber und schrieb auf mein »Hi, ich bin«-Schild:

Kein Green-Card-Ticket
Kein Essensbon
Auf der Suche nach einem großen Penis

Laurie schnappte nach Luft. »Fi, das wirst du nicht wirklich tragen, oder?«

Ich zog das wächserne Papier von dem Aufkleber und klatschte mir das Namensschild ans Revers, wobei ich mich fragte, was Sean gesagt hätte, hätte er gesehen, was ich geschrieben hatte. »Wozu solltest du einen großen Penis brauchen? Totale Verschwendung an dich.« Er hätte wahrscheinlich etwas in der Richtung gesagt. Und er hätte recht gehabt. Sean hatte immer recht.

»Oder meinst du, es sähe an meiner Stirn besser aus, Laurie?«

Laurie verschluckte sich an ihrem Cosmo und hustete und schnaubte etwas davon aus der Nase hervor. Sie brach in Gelächter aus.

Amanda, unsere Hostess, kam zu uns, las mein Schild und bedachte mich mit einem gehässigen Blick. »Das können Sie nicht tragen. Beschriften Sie ein anderes Schild.«

»Aber mir gefällt das hier.«

»Kein Mann wird Sie haben wollen.«

Genau.

»Okay, alle miteinander. Keine Gespräche. Wie Sie alle wissen, ist das hier stilles Speed-Dating. Statt zu reden, werden Sie einander Nachrichten auf diese Karteikarten schreiben.« Unsere Hostess hielt kleine lachsfarbene Karteikarten empor und schwenkte sie über ihrem Kopf. »Okay, fertig? Ab jetzt keine Gespräche mehr, bis ich es sage.«

»Laurie, was ist das hier?«

»Stilles Speed-Dating, Fi. Ssssch!«

Rette mich, Jesus.

Doch Jesus hörte nicht zu.

Ich schrieb »Hi (ach was)« auf meine erste Karteikarte und zeigte sie herum. Drei Typen kamen auf mich und Laurie zu. Sie sahen sich mein Namensschild an, lachten und kritzelten etwas auf ihre rosafarbenen Kärtchen.

Hi, ich heiße Joe. Du bist witzig.

Hi, ich heiße Thomas. Du bist witzig.

Hi, ich heiße Greg. Du bist witzig.

Ach was.

Laurie kritzelte wild drauflos.

Hi, ich heiße Laurie. Ich bin Anwältin. Ich arbeite mit Fi zusammen.

Hi.

Hi.

Hi.

Hai.

Und so ging es immer weiter. Zwei Stunden lang.

Allmählich fragte ich mich schon, ob sich aus unserem unerbittlichen Gebrauch von Bäumen, Farbstoff und Tinte überhaupt irgendein gepaartes Glück ergäbe. Da kehrten Joe und Thomas an die Bar zurück, wo ich saß. Beide steckten mir eine Karteikarte zu. Darauf war jeweils eine Telefonnummer gekritzelt.

Laurie lächelte und winkte ihnen zu. Sie winkten zurück und gingen.

Auf Lauries Schild stand: »Hi, ich bin«

Laurie Wong

Shoppen – Filme – Joggen

Keine Telefonnummern für Laurie.

Armes Mädchen.

Laurie und ich gingen nach dem Speed-Dating zurück

ins Büro. Wir hatten noch eine arbeitsreiche Nacht vor uns. Schließlich rechneten sich Neunzigstundenwochen nicht von alleine ab.

»Fi, du warst erfolgreich! Wow! Zwei Nummern. Wirst du sie anrufen?«

»Nein.«

»Warum denn nicht? Es kann nicht schaden, mehr Leute kennenzulernen. Ich habe mich die Woche bei match.com und eHarmony angemeldet. Und jetzt warte ich auf meine Treffer. Willst du dich auch registrieren lassen?«

Nein. Ich will nicht sterben.

Internet-Dating kann gesundheitsschädlich sein.

Man frage bloß mal Raymond Merrill. Aber das geht nicht. Er ist tot. Der sechsundfünfzigjährige Schreiner aus San Bruno, Kalifornien, wollte nichts weiter als eine Frau, die er lieben konnte. Er tat nichts weiter, als eine Annonce auf einer brasilianischen Ehevermittlungswebsite zu beantworten, um seine Träume in Erfüllung gehen zu lassen.

Ich frage mich, ob es je Teil seiner Träume gewesen war, in Brasilien entführt, ausgeraubt, unter Drogen gesetzt, erwürgt, mit Benzin übergossen und in einer Baulücke in Brand gesteckt zu werden von der Frau, die er für die Liebe seines Lebens hielt.

Denn das war genau das, was Raymond abkriegte. Armer Mann. Ein echtes Opfer von Etikettenschwindel.

Also erzählte ich Laurie davon.

»Nein, das kommt nur in seltenen Fällen vor. Du hast Joe und Thomas zuerst persönlich kennengelernt.«

Sie konnten sich also ganz offensichtlich nicht im Nachhinein als Psychopathen entpuppen.

»Abgesehen davon, lass dich einfach von ihnen ins Kino oder so einladen. Achte darauf, dass es nicht weit von dir zu Hause ist, damit du einfach gehen kannst, Fi, falls etwas Eigenartiges passiert.«

Sicher. Laurie hatte recht. Doch ich interessierte mich nicht für Joe. Oder Thomas.

»Wenigstens hast du ein paar Nummern«, sagte Laurie wehmütig.

Ich kam mir schlecht vor. Als schuldete ich es der armen Laurie, dass ich einen dieser Typen anrief, weil sie keine Nummern bekommen hatte. Also musste ich mich für uns beide verabreden.

Wir kehrten in unsere Welt der Kauf-Verkaufs-Vereinbarungen, Zeitpläne, Urkunden, Vorverträge zurück. Die beiden Drinks, die ich intus hatte, erleichterten den Entwurf dieser Dokumente kein bisschen, also checkte ich stattdessen meine E-Mails. Ich hörte meine Voicemail ab, mein Handy, sah auf meinem BlackBerry nach.

Nichts. Die Welt schwieg sich über Sean aus.

Ich zog meinen Blazer aus und griff in die Tasche, um jeglichen Müll zu entfernen. Zwei rosafarbene Karteikarten mit Telefonnummern glitten in meine Hand.

Joe.

Thomas.

Ich erinnerte mich nicht mehr, wie Joe aussah. Thomas' Gesicht sah ich vage vor meinem geistigen Auge. Sein Antlitz war nicht allzu widerwärtig. Wenn ich die Augen richtig fest zusammenkniffe, gelänge es mir vielleicht, ihn in einen chinesischen Ryan Phillippe zu verwandeln. Wahrscheinlich nicht.

Mein Handy klingelte.

»Fiona? Hier spricht Dad.«

Ach was.

Dank der Nummernerkennung sah ich meine Privatnummer aufblinken. Das Schöne an der modernen Technik. Inzwischen sieht man, wer einen zu erreichen versucht, sodass man entscheiden kann, ob man den Anrufer wegklickt oder nicht. Man braucht nicht länger zu lügen und zu sagen, es brennte gerade etwas auf dem Herd an. Oder so zu tun, als müsste man aufs Klo. Die moderne Technik hilft der Moral auf die Sprünge und bewahrt uns alle vor dem Höllenfeuer, das für Lügner vorgesehen ist.

»Arbeitest du noch im Büro?«

»Jep. Rechne Stunden ab, wie eine brave kleine Firmenanwältin.«

»Gut. Ich habe positive Nachrichten. Ich habe für dieses Wochenende noch ein Date für dich arrangiert. Er ist der Sohn des Chefkochs im besten Restaurant von ganz Chinatown.«

Sohn eines Kochs. Großartig. Wahrscheinlich dick und durch professionelle Küche verzogen. Doch ich war zu müde, um mich mit meinem Vater herumzustreiten. Und ich wusste, dass es nutzlos wäre. Er würde bloß nicht mehr mit mir reden, bis ich einwilligte hinzugehen. Du Rebellin, du wirst ausgesperrt. Die Lektion hatte ich bei Onkel Yuen zu Hause gelernt.

»Alles schmeckt gleich in Chinatown. Welches denn?«

»Das mit den Glastüren, Fiona.«

Sämtliche Restaurants in Chinatown hatten Glastüren.

»Ach das, Dad.«

»Er ist ein prima Junge. Er wird dir gefallen.«

»Aber Dad, ich kann nicht.«

»Warum nicht? Kannst du dir am Wochenende nicht einen Tag freinehmen?«

»Nein, das ist es nicht, Dad. Ich habe ein Date«, log ich.

»Was?«

»Date, Dad. Date. Mit einem Mann. Einem chinesischen Mann.«

»Wirklich? Wann hast du ihn kennengelernt?«

»Heute Abend. Laurie hat mich zu einer asiatischen Speed-Dating-Veranstaltung mitgeschleppt. Ich habe jemanden kennengelernt.«

»Womit verdient er seinen Lebensunterhalt, Fiona?«

»Computertechniker. Hat an der UC Berkeley studiert.«

»UC BERKELEY?!«

»Dad, schrei doch nicht. Ich habe Kopfschmerzen.«

»Hast du getrunken?«

»Nein«, log ich.

»Bist du betrunken, Fiona?«

»Nein. Herrgott, Dad.«

»Diesen Jungen gibt es?«

»Himmel, Dad. Ja, wir gehen am Wochenende ins Kino.«

»Wow! Er war wirklich an der UC Berkeley?«

»Das hat er behauptet, aber er könnte ein dicker, fetter Lügner sein.«

»Wie heißt er?«

»Thomas Lam«, sagte ich, die ungleichmäßige Handschrift auf der Karteikarte lesend.

»Okay, ich verschiebe dein Date auf nächstes Wochenende.«

»Was?«

»Man kann nicht alles auf eine Karte setzen, Fiona. Besonders du nicht.«

Besonders ich nicht. Die ich keinen Mann halten konnte, fehlendes Jungfernhäutchen hin oder her.

»Dad.«

»War Thomas wirklich an der UC Berkeley?«

»Ich weiß es nicht, Dad. Ich habe es dir doch gesagt. Das hat er behauptet.«

»Okay. Mach dich wieder an die Arbeit. Ich kümmere mich um dein anderes Date. Triff du zuerst den hier. Und denk dran: Trag Lippenstift.«

Hai.

University of California in Berkeley. UC Berkeley. CAL.

Für in Nordkalifornien wohnhafte chinesische Amerikaner ist die UC Berkeley Harvard, Yale, Princeton, Columbia, Stanford, Cambridge, Oxford in einem. Highschool-Kids haben sich auf eine Absage der UC Berkeley hin schon umgebracht. Das Leben ist nichts wert, wenn die UC Berkeley einen nicht der Aufnahme für würdig hält.

Von der UC Berkeley aufgenommen zu werden und dort seinen Abschluss zu machen bedeutet, dass man die Straße im Krebsgang entlanggehen kann. Man wird als Genie bejubelt werden. Man wird Erfolg haben. Man wird Ingenieur, Arzt, Millionär sein. Man wird den richtigen Partner heiraten und in einem perfekten Haus im Sunset District wohnen und zwei Jungen haben. Man wird lebenslänglich ausgesorgt haben.

Lebenslänglich.

Das ist das UC-Berkeley-Versprechen.

Ganz egal, dass ich in Yale studiert hatte. Der Umstand, dass Thomas an der UC Berkeley gewesen war, beeindruckte meinen Vater. Er und meine Mutter schmiedeten wahrscheinlich gerade meine Hochzeitspläne.

Schade nur, dass ich gar kein Date mit Thomas hatte. Ich hegte keinerlei Absichten, mich mit ihm zu verabreden. Es war bloß einfacher zu lügen, als sich während eines heftigen Migräneanfalls mit meinem Vater zu streiten. Nachdem ich aufgelegt hatte, checkte ich wieder meine Voicemail, den BlackBerry, meine E-Mails.

Zwei neue Nachrichten waren in fetter Schrift in meinem Gmail-Posteingang hervorgehoben.

Eine war ein Sonderangebot für Viagra.

Die andere war ein Aufruf, sich einer Kampagne zur Rettung der Wölfe anzuschließen. Anscheinend mussten die Wölfe gerettet werden.

Und eine Gmail-Werbeanzeige machte mich darauf aufmerksam, dass Hello-Kitty-Unterwäsche bei Overstock.com um vierzig bis sechzig Prozent reduziert war.

Kein Sean.

Müßiggang und der fehlende Sean.

Müßiggang und Thomas.

Ich griff nach der rosafarbenen Karteikarte mit Thomas' Nummer. Ich lehnte sie an mein Telefon, um nicht zu vergessen, ihn morgen anzurufen. Zum Teufel noch mal. Ich konnte schließlich mein Pfefferspray und das Butterflymesser mitnehmen. Gute Begleiter bei einem Date.

Raymond Merrill hätte seine mitnehmen sollen.

KAPITEL 9

Flunitrazepam, oder was ein Nachrichtensprecher Rohypnol nennt, oder was der durchschnittliche Date-Vergewaltiger einen Flunie nennt, gibt einen großartigen Begleiter bei einem Date ab.

Sean warf mir zwei Tabletten in einem kleinen Plastikbeutel zu.

»Nimm die mit. Falls du ihn betäuben musst.«

»Sean, ich habe nicht vor, ihn zu vergewaltigen oder auszurauben.«

»Nein, aber falls du in Not gerätst und die Flucht ergreifen musst. Bewirkt anterograde Amnesie. Rückstände im Körper fast unmöglich nachzuweisen. Die ideale Droge.«

»Anterograde Amnesie?«

»Bedeutet, er wird sich nicht daran erinnern, was passiert ist, nachdem du ihn betäubt hast. Er wird sich an alles davor erinnern.«

»Ach. Cool. Aber ich habe schon Pfefferspray und ein Messer. Ich glaube, ich bin ausgestattet, Sean.«

»Pfefferspray ist gefährlich. Man muss darauf achten, in welche Richtung der Wind weht, oder man kriegt es selbst ins Gesicht. Dumm. Wer achtet schon darauf, wenn man angegriffen wird?«

Ein gutes Argument.

»Und lass das Messer zu Hause, Fi. Lässt dich schuldig

aussehen. Eine versteckte Waffe bei dir zu tragen. Angriff mit einer tödlichen Waffe. Du gerätst bloß in Schwierigkeiten. Himmel, du bist die Anwältin. Weißt du das denn nicht?«

Sean hatte recht.

»Abgesehen davon, wenn du eine Waffe benutzen musst, benutze immer etwas, das ihm gehört. Wisch deine Abdrücke ab. Damit es nicht bis zu dir zurückverfolgt wird, Fi.«

Er dachte immer an mich, dieser Sean.

Sean hatte mich am Abend, nachdem ich ein Date mit Thomas vereinbart hatte, angerufen. Er lud mich für Freitag auf ein paar Drinks in sein Apartment ein. Diesmal trug er Kleidung, als er die Tür aufmachte. Normale Kleidung. Ich fragte mich, ob Betty enttäuscht war.

»Wo zur Hölle hast du die letzten Tage über gesteckt, Sean?«

»Ich musste mich um etwas kümmern.«

Sean sah mich an und lächelte. Lächelte wie an dem Tag, an dem sie ihn abführten, nachdem er Stephanie in Brand gesteckt hatte. Er hielt inne, forderte mich heraus zu fragen, was ihn jeder andere gefragt hätte. »Worum? Worum musstest du dich kümmern?« Doch ich war nicht jeder andere.

Also tat ich es nicht.

Wie ich ihn auch nicht fragte, warum er Flunies besaß.

Das war eine der ersten Lektionen, die ich in Beweisführung an der juristischen Fakultät gelernt hatte. Stell niemals eine Frage zu viel.

Bei dem berühmtesten Beispiel, das Professor Fossett heranzog, ging es um einen glücklosen Verteidiger, der den Augenzeugen einer tätlichen Beleidigung ins Kreuzverhör nahm.

»Sir, haben Sie tatsächlich gesehen, wie der Angeklagte Mr Smith das Ohr abgebissen hat?«

»Nein, Sir.«

»Woher wissen Sie dann, dass er derjenige war, der Mr Smiths Ohr abgebissen hat?«

»Als ich mich umdrehte, habe ich gesehen, wie er es ausgespuckt hat.«

Eine Frage zu viel konnte einen den Fall kosten. Oder das Leben.

Also wechselte ich das Gesprächsthema.

»Tja, du hast einiges Aufregende verpasst. Laurie hat mich zu einem asiatischen Speed-Dating mitgeschleppt. Ich habe morgen ein Date mit einem netten chinesischen Jungen. Thomas. War an der UC Berkeley.«

»Dein Dad muss hin und weg sein.«

»Ist er. Ich hatte eigentlich nicht vor, tatsächlich mit dem Kerl auszugehen, aber dann hat mein Vater angerufen und mir erzählt, er habe noch ein Date für mich arrangiert. Ich habe mir gedacht, Thomas wäre besser als alles, was er auf Lager hat.«

Das war der Moment, in dem mir Sean das Päckchen mit den Flunies zuwarf. Nachdem wir über die Vorzüge von Flunies und die Nachteile meines Messers geplauscht hatten, sagte Sean: »Fi, ich habe etwas für dich. Dachte mir, dass es dir gefallen würde.«

Sean ging zu seinem Esstisch, hob etwas auf und reichte es mir.

»Hier, trag die hinter dem Ohr. Das ist derzeit der letzte Schrei.«

Es war eine kleine Gardenie. Miss Cosmos.

Ich fragte ihn nicht nach dem Grund. Ich dachte nur an den Anwalt, der seinen Fall verlor, weil er eine Frage zu viel gestellt hatte.

Am nächsten Tag erwartete ich Thomas am Sony Metreon, San Franciscos Szenetreffpunkt, Entertainment-Arena und Einkaufszentrum. Mein Pfefferspray und Seans Flunies steckten sicher in meiner Handtasche. Thomas und ich hatten vor, uns den Zwei-Uhr-Film anzusehen. Meine Uhr zeigte Viertel vor drei an.

»Ich versuche immer noch, am Straßenrand eine Parklücke zu finden«, sagte Thomas, der in meinem Handy lauter und leiser wurde. Er sprach Englisch mit starkem kantonesischem Akzent. Verdammtes stilles Speed-Dating.

»Thomas, es ist Samstagnachmittag in der Innenstadt von San Francisco. Du wirst nirgends eine Parklücke finden. Park im Yerba Buena Parkhaus. Das ist gleich gegenüber vom Metreon.«

»Oh, ich weiß. Aber das ist teuer.«

In dem Moment hätte ich das Kino verlassen sollen. Welch ein Geizkragen. Welch ein Loser. Jeder Mann, der sein Date eine Dreiviertelstunde warten ließ, während er nach einer Parklücke suchte, hatte einen Tritt in die Leistengegend verdient. Oder Schlimmeres.

Ich rief Thomas zurück.

»Sieh mal, ich hab keine Zeit für diesen Scheiß. Ich gehe.«

»Nein, es tut mir so leid. Ich habe gerade eben eine Parklücke gefunden. Ich komme in diesem Moment ins Kino gelaufen.«

Und da war er.

Thomas. Ein Meter fünfundsiebzig. Hemd mit Kragen. Lederbomberjacke. Khakihosen von GAP. Schwarze Lederschuhe.

»Es tut mir so leid, Fiona.« Er umarmte mich ungestüm, nach CK One riechend.

»Tja, der Film ist zur Hälfte vorbei. Und ich habe Hunger. Ich will etwas essen.«

»Ähm, ich hab schon gegessen. Ich habe keinen allzu großen Hunger.«

Ja, klar. Der geizige Mistkerl wollte wahrscheinlich einfach nicht fürs Essen bezahlen.

»Tja, ich will etwas essen.«

»Oh, okay. Was willst du denn?«

»Ich will Japanisch. Gehen wir ins Sanraku.«

»Du magst Japanisch? Warum gehen wir nicht nach Japantown? Ja, hast du Lust auf Karaoke?«

Karaoke.

Was wörtlich so viel wie »unmusikalisch« bedeutet. Erfunden von Daisuke Inoue als »völlig neue Art und Weise für Leute zu lernen, einander zu tolerieren«. Weil man unmusikalisch, betrunken oder tot sein muss, um es auszuhalten. Und nicht die eigenen Freunde für ihre Teilnahme umzubringen. Eine moderne Lehrmethode für Toleranz.

Aber es ist die Wahldroge junger Asiaten auf der ganzen Welt. Es ist das Mah-Jongg für alle, die nicht älter als vierzig sind. Aus Leibeskräften in einer engen, fensterlosen Kabine vor einem grellen Fernsehschirm Songs falsch zu singen, angetrieben einzig und allein vom Alkohol. Asiaten nennen es Unterhaltung.

Ich nenne es die Antwort des zwanzigsten Jahrhunderts auf die Folterbank. Eine Hightech-Variante von Fingernägeln, die eine Schultafel hinunterkratzen.

Und es führte dazu, dass ich Thomas auf »völlig neue Art und Weise« sah, als er Songs von ABBA ins Mikrofon grölte, direkt neben meinem Ohr.

»See that girl, watch that scene, dig in the dancing queen …«

Thomas legte mir den Arm um die Schulter und trank noch einen Schluck Bier.

»Komm schon, Fiona. Sing mit«, sagte er und schob mir das Mikrofon vors Gesicht.

Mein Magen knurrte. Wir hatten uns doch nichts zu essen besorgt. Ich leide an Hypoglykämie. Folglich habe ich immer Müsliriegel von Nature Valley in meiner Handtasche. Apfel und Zimt Crisp. Rosine und Mandel. Dem Herrn sei Dank für Müsliriegel.

»You are the dancing queen, young and sweet, only seventeen …«

Bei Dates fragen sich die meisten Leute, wie der andere nackt aussieht. Wie ihre Brüste aussehen. Wie groß sein Penis ist. Ob er gut im Bett ist. Ob sie auf Analsex steht. Ob er schnarcht. Und wie viele Dates man brauchen würde, um sie flachzulegen.

Ich hingegen fragte mich, wie Thomas wohl sterben würde. Und wie er als Leiche aussähe. Die Leute sehen immer anders aus, wenn sie tot sind. Sie sehen nicht so aus, wie wenn sie gerade den Text von »Eternal Flame« vor sich hin grölen.

Ich wünschte, Sean wäre da.

Und dann wurde mir klar, dass er es war. In Form von zwei weißen Tabletten.

Thomas machte eine Pause, während er darauf wartete, dass der nächste Song geladen wurde. Er kippte noch mehr Tsingtao Bier in sich hinein.

»Die ganze Sache mit dem Verabreden ist neu für mich, Fiona. Ich habe eigentlich noch keine richtigen Dates gehabt.«

»Wirklich? Du machst Witze. Wie alt bist du?«

»Ich bin fünfunddreißig.«

»Was zur Hölle …?«

»Sorry, ist das eigenartig?«

»Nein, Mann, das ist unheimlich. Gruselig. Was ist los mit dir?«

»Ach, na ja, ich hab mich einfach sehr auf meine Karriere konzentriert. Ich war an der UC Bookaley.« UC Berkeley. UC Bookaley ausgesprochen von kleinen alten chinesischen Damen, die nur ein paar Wörter Englisch sprachen. Nicht von einem Absolventen der UC Berkeley.

»Thomas, bist du hier geboren worden?«

»O ja, ich bin in San Jose zur Welt gekommen.«

Der asiatische Grand Central. Kein Wunder. Ein in Amerika geborener Chinese mit kantonesischem Akzent.

»Du bist Informatiker, stimmt's?«

»Nun, ich habe meinen Abschluss in Informatik gemacht, aber ich bin Projektmanager in einer Hightechfirma in Menlo Park.«

»Du hast also noch nie eine Freundin gehabt?«

»Nein, ich war einmal mit einem Mädchen in der Highschool verabredet. Aber das war zum Abschlussball.«

Heilige Scheiße.

Die Vorstellung von Mr Happy und meiner Flasche Lidocain kam mir auf einmal nicht mehr ganz so absurd vor. Hier war jemand, der in einer Höhle gelebt hatte, einer Silicon-Valley-Höhle.

»Warum hast du keine Dates gehabt, Thomas?«

»Wie schon gesagt, ich habe mich einfach auf meine Karriere konzentriert. Du hast an der Yale studiert, stimmt's?«

»Ja.«

»Wow! Das ist ja so cool.«

»Danke. Warum verabredest du dich dann jetzt zu Dates?«

»Ach, mein Vater hat gemeint, es sei an der Zeit, dass ich mir jemanden suche und heirate. Oh, hier kommt der nächste Song. Das ist eines meiner Lieblingslieder. Ich bin ganz verrückt danach.«

»Love Shack« von den B-52's.

»Cool, Thomas. Komm schon, lass mich dir noch ein Bier holen.«

Und das tat ich auch.

I'm headin' down the Atlanta highway,
lookin' for the love getaway
Heading for the love getaway

Thomas kam nicht mehr dazu, den besten Teil des Songs herauszuschreien. Der Teil, bei dem es heißt: *»Love Shack, baby Love Shack! Love Shack, baby Love Shack!«*

Also tat ich es an seiner Stelle.

Echt schade, dass er mich nicht hören konnte. Wenigstens sang ich in der richtigen Tonart.

Armer Thomas.

»Ich gehe ein bisschen frische Luft schnappen. Mein

Freund ist noch drinnen. Er wird die Rechnung bezahlen«, sagte ich dem Angestellten draußen.

Ich war in Not geraten und hatte die Flucht ergreifen müssen. *A love getaway.*

Sean hatte recht.

Mein Vater belagerte mich an der Tür, als ich heimkam.

»Und, wie ist dein Date mit Thomas verlaufen?«

»Vergiss es, Dad. Er war ein Loser.«

»So wählerisch, Fiona. War er wirklich an der UC Berkeley?«

»Ja, hat Informatik studiert. Aber er ist kein Informatiker. Projektmanager in einer Hightechfirma.«

»Dann hat er mit Computern zu tun.«

»Ich weiß es nicht. Totaler Loser.«

»Inwiefern?«

»Riesengeizkragen.«

»Du gibst zu viel Geld aus.«

»Dad, er kam eine Dreiviertelstunde zu spät, weil er auf der Straße nach einer Parklücke gesucht hat.«

»Oh, wie praktisch. Er ist also ein sparsamer Junge.«

»Dad, er wollte mich nicht zum Essen einladen. Er hat gesagt, er habe schon gegessen.«

»Was?«

»Ja. Er wollte nicht fürs Essen bezahlen.«

»Sag ihm, er soll sich nach Hause zu seiner Mutter scheren.«

»Hab ich.«

»Gut. Ich habe für nächsten Samstagnachmittag ein Treffen mit Don für dich vereinbart. Dim Sum. Er wird dir gefallen. Sein Vater ist Koch.«

»Ja, das hast du mir bereits gesagt, Dad. Ich habe wirklich keinerlei Interesse.«

»Woher willst du das wissen? Du hast ihn noch nicht einmal kennengelernt.«

»Spricht er Englisch?«

»Ja, natürlich spricht er Englisch.«

»Mit oder ohne chinesischen Akzent?«

»Er ist hier zur Welt gekommen, Fiona.«

»Thomas auch. Er hatte einen Akzent.«

»Oh. Tja, nein. Ich glaube nicht, dass er mit Akzent spricht. Er wird dir gefallen.«

»Schon gut, Dad. Ich gehe duschen.«

»Nächsten Samstag, Fiona.«

»Ja, ich weiß. Ich werde Lippenstift tragen.«

Ich brauchte mehr Flunies.

KAPITEL 10

Montagmorgen nahm das LLP in Toller & Benning LLP eine neue Bedeutung an. Land der Liquidierten und Penner. Die Firma unterrichtete mich und vierundachtzig weitere Mitarbeiter, dass die Qualität unserer Arbeit über Nacht unter den Firmenstandard abgerutscht sei. Und stellte uns je einen Karton zur Verfügung, um unsere Sachen zu packen.

Jack gab mir telefonisch Bescheid, obwohl sein Büro weniger als fünfzehn Meter entfernt war.

Netter Mann, dieser Jack.

»Tut mir leid, Fi. In letzter Zeit ist Ihre Leistung mittelmäßig gewesen, und wir müssen uns von Ihnen trennen.«

»Aber Jack, vor drei Monaten bei meiner letzten Leistungsbeurteilung haben Sie mir volle Punktzahl gegeben.«

»Ja, vor drei Monaten. Man darf bei der Qualität seiner Arbeit nicht nachlassen.«

»Sie haben den Kauf- und Verkaufsvertrag gelobt, den ich erst letzte Woche für Hexcon, Inc. aufgesetzt habe.«

»Wachen Sie auf, die Kacke ist am Dampfen. Überall. Werfen Sie mal einen Blick auf Ihr eigenes Arbeitszeitblatt.«

Jack hatte recht.

Ich hatte letzte Woche bloß fünfundzwanzig Stunden abgerechnet. Die meisten Einträge lauteten:

Adressenliste für die Benachrichtigung der Aktionäre vorbereiten. 5,0

Versand der Benachrichtigungen an die Aktionäre einleiten, koordinieren und leiten. 4,3

Versand der Benachrichtigungen bestätigen. 2,0

Der Klient wollte mich wohl nicht länger dafür bezahlen, dass ich Adressaufkleber beschriftete, Versandformulare von FedEx ausfüllte und zwei Stunden damit verbrachte, jede Trackingnummer per Telefon bei FedEx nachzuprüfen. Das alles für zweihundertfünfundsiebzig Dollar pro Stunde.

Wer konnte es ihnen verübeln?

Entlassungen. Stellenabbau. Rationalisierungen. Oder was eine Anwaltskanzlei als »normale Abrasion auf Basis von Leistungsbeurteilungen« bezeichnet. Es ist Juristensprache dafür, dass man Mitarbeiter rauswirft, wenn das Geschäft einen Sturzflug macht. Wenn es nicht so viel Arbeit gibt, dass die Mitarbeiter jene achtzig abrechenbaren Stunden pro Woche am laufenden Band produzieren können.

Folglich leistungsbezogene Kündigungen.

Niemand war bestürzter über die Neuigkeiten als Laurie.

»Fi, es ist nicht fair! Ich hatte jedes Jahr erstklassige Beurteilungen.«

»Laurie, wir sind nicht die Einzigen. Zweiundachtzig weitere marschieren in zwei Stunden mit hinaus. Es ist eine massive Entlassungswelle. Keine Arbeit. Kein Profit. Keine Mitarbeiter.«

»Aber ich habe ganze Nächte durchgemacht.«

»Ganze Nächte durchgemacht, um Kuverts zu lecken. Niemand wird der Firma zweihundertfünfundsiebzig Dollar pro Stunde dafür zahlen, dass wir Kuverts vollstopfen. Komm schon, pack deine Sachen.«

»Ich habe zu viel Zeug.«

Laurie sank in ihren Sessel und schluchzte. Sie hatte tatsächlich zu viel Zeug. Gerahmte Poster von Ansel Adams. Zwei Auszeichnungen, die sie als Briefbeschwerer benutzte. Zwei silberne Sansevieriapflanzen. Bücher, Bücher und noch mehr Bücher. Becher, Fotos, Cremetiegel.

»Wir hätten gern, dass Sie das Gebäude binnen zwei Stunden verlassen«, sagte Jack.

Zwei Stunden. Pack deinen Kram und verschwinde.

Ich hatte nicht viel in meinem Büro. Spartanisch. Meine Lieblingsausstattung. Kein einziger persönlicher Gegenstand mit Ausnahme einer Schachtel Kleenex. Ich ließ sie da. Und Ted Bundy zusammen mit der Galerie bekannter Missetäter auf meinem Computer-Desktop. Ich ging mit meiner Louis-Vuitton-Handtasche hinaus. Als wäre ich auf dem Weg zum Lunch.

Ich wollte meiner Sekretärin Tiffany sagen, dass ich einen Kaffee trinken ginge. Doch ihre Kabine stand leer, ebenso wie die Rezeption. Sie war, zusammen mit achtundfünfzig anderen Angestellten, einschließlich der Empfangsdame, am Morgen in einen Konferenzsaal gerufen worden. Sie kehrten nie an ihre Arbeitsplätze zurück.

Ich rief Sean an und jammerte ihm etwas vor, weil ich meine Stelle verloren hatte. Er lud mich auf ein paar Drinks zu sich ein. Als ich kam, reichte er mir einen Scotch on the rocks.

»Das kann ich nicht trinken, Sean.«

»Sicher kannst du. Man gießt es sich in den Mund. So.«

Sean trank einen Schluck von seinem Scotch. Ich folgte seinem Beispiel und zuckte zusammen, als mir der Alkohol die Kehle verbrannte.

»Wenigstens bist du nicht wegen einer kaputten Gebärmutter gefeuert worden, Fi.«

»Oder wegen eines fehlenden Jungfernhäutchens, stimmt's? Ja, das wäre definitiv noch beschissener gewesen.«

»Siehst du? Na, also.«

Es stimmte.

Eine Kanzlei in San Francisco hatte eine asiatisch-amerikanische Mitarbeiterin rausgeschmissen, die eine Fehlgeburt erlitten hatte. Sechs Tage, nachdem sie ihre Gebärmutter ausgeschabt bekommen hatte, sagte man ihr, sie solle verschwinden. Im Laufe einer Woche verlor Hello Kitty erst ihr Baby, dann ihren Job. Ein Paradebeispiel für die legendäre Menschlichkeit großer Anwaltskanzleien.

Keiner wollte eine Hello Kitty mit defekter Gebärmutter. Oder schlimmer, eine Hello Kitty mit einer, die reibungslos funktionierte und weitere Babymiezekätzchen produzierte, sodass der Firma wertvolle abrechenbare Stunden gestohlen wurden. Ja, das war noch viel schlimmer.

»Wenigstens hast du deine Eltern, Fi. Hast du es ihnen schon gesagt?«

»Nein, noch nicht. Und ich würde es eigentlich lieber nicht tun, aber es lässt sich nicht vermeiden. Aber ja, Gott sei Dank für sie. Oder ich säße auf der Straße.«

»Nein, du wirst Arbeitslosengeld kriegen. Davon kann man sich allerdings keine Dior-Schuhe kaufen.«

»Schuhe sind das Letzte, was ich im Moment brauche, Sean. Was ich wirklich brauche, ist ein neuer Job.«

Sean legte den Kopf schräg und schloss die Augen. Seine Denkerpose.

»Fi, wo hängen Firmenanwälte nach der Arbeit ab?«

»Was?«

»Bar. Welche Bar?«

»Viele gehen ins Harringtons oder in den Wine Table.«

»Der Wine Table. Ist das der schicke Laden, der kürzlich in deinem Gebäudekomplex aufgemacht hat?«

»Jep. Und er ist teuer. Ich gehe nicht dahin. Ich mag deinen Alkohol. Der ist gratis.«

»Steh auf. Wir gehen in den Wine Table.«

»Nein«, sagte ich kopfschüttelnd. »Auf keinen Fall.«

»Du hast doch gesagt, dass du einen neuen Job brauchst, stimmt's?«

»Ja, na und?«

»Na, lass uns losziehen und dir einen besorgen.«

»Einen was?«

»Job. Herrgott, Fi! Wach auf.«

Sean zwinkerte mir zu. Er nahm mein Glas, packte meine Hand und zog mich von seinem Sofa. Er warf einen Blick auf meinen Armani-Anzug und nickte.

»Perfekt«, sagte Sean.

Im Wine Table krochen Sean und ich in eine diskrete Sitzecke und bestellten zwei Gläser Wein. Dreißig oder vierzig Yuppies drängten sich um die Bar und wetteiferten um die Aufmerksamkeit der hübschen Barkeeperin und der anderen Gäste. Männer und Frauen in Anzügen von Tahari, Krawatten von Zegna, Hemden von Pink, Stöckelschuhen von Prada, Loafers von Bruno Magli. Das junge, erfolgreiche, wohlhabende Amerika betrank sich nach einem harten Tag im Büro.

»Welcher sieht nach einem Firmenanwalt aus, Fi?«

»Was?«

»Ich habe gesagt, welcher sieht nach einem Firmenanwalt aus?«

»In einer Anwaltskanzlei?«

»Ja, Fi. Bist du immer noch betrunken?«

»Irgendwie schon.«

»Pass gefälligst auf. Du willst doch in einer Anwaltskanzlei arbeiten, stimmt's?«

»O nein, Sean. Mitarbeiter haben nicht derlei Einfluss. Ich habe größere Chancen, wenn ich auf Annoncen im *Recorder* antworte. Ja, ich sollte in diesem Moment eigentlich zu Hause sein und genau das tun, auch wenn ich bezweifle, dass es derzeit freie Stellen gibt.«

»Das habe ich nicht gemeint. Sag mir einfach, welcher.«

Sean starrte mich abwartend an. Ich starrte zurück, wusste, was ihm durch den Kopf ging, wünschte mir allerdings, ich wüsste es nicht. Allmählich wurde mir übel.

»Nein, nein, Sean. Lass uns einfach nur hier sitzen.«

»Willst du einen Job oder nicht?«

»Natürlich, aber …«

»Dann sag mir, welcher.«

Sean lächelte, ergriff meine Hand und küsste sie.

»Bitte, Fi, sei ein braves Mädchen und sag mir, welcher. Der Abend wird auch nicht mehr jünger. Und mir ist langweilig.«

Seans Charme war absolut, unbestreitbar, unwiderstehlich. Und er hatte recht. Ich brauchte wirklich eine Stelle. Und der Markt wurde auch nicht besser.

Also ließ ich den Blick durch die Bar schweifen auf der

Suche nach jemandem, der nach einem überbezahlten Firmenanwalt aussah. Ein gutaussehender junger Mann mit welligen blonden Haaren bemerkte, dass ich ihn anschaute. Er erwiderte meinen Blick, wendete ihn dann seinem Freund zu. Ende zwanzig, Anfang dreißig. Smart. Dunkler Wollanzug, Krawatte von Hugo Boss. Manschettenknöpfe aus Onyx.

Ich starrte ihn weiter an. Er sah mich erneut an und drehte sich dann weg.

Die klassische Bar-Abfuhr. Nicht hübsch genug. Nicht sein Typ. Nicht die Zeit wert, von ihm angequatscht zu werden. Keinen Drink wert. Weil er jede haben konnte, die er wollte.

Auf einmal stiegen Groll und Eifersucht in mir auf. Ich hasste den selbstgefälligen Fremden. Weil er nie draußen im Regen stehen müsste, nachdem er sich eine Hühnchenkeule genommen hatte. Weil er schlicht und einfach viel freier war, als ich es je wäre. Also sagte ich mir, dass nicht ich ihn auswählte. Er wählte sich selbst aus. Ich stieß Sean an und zeigte mit dem Finger.

»Der da.«

»Wieso glaubst du, dass er ein Anwalt ist?«

»Er hat den Ich-bin-gerade-so-heiß-weil-ich-zweihundertfünfundsiebzig-Dollar-pro-Stunde-abrechne-Blick. Ich weiß es. Ich hatte den Blick früher auch mal.«

»Der Bitte-besorg's-mir-weil-ich-es-ja-so-verdient-habe-Blick.«

»Jep.«

»Cool. Trink deinen Drink aus und geh nach Hause, Fi.«

Ich hob mein Glas, folgte seiner Anweisung, hielt jedoch inne. »Warte, aber … Er ist ein Kerl.«

»Und? Glaubst du, ich kann nur Frauen bearbeiten?« Seans Augen glitzerten mich gefährlich an.

Oh dear.

Okay. Viel Spaß bei der Arbeit heute Abend, Sean.

Und ich ging.

»Bist du betrunken, Fiona?«, fragte mein Vater, als ich die Treppe zu meinem Schlafzimmer hinaufstolperte.

»Ja. Sehr.«

»Trinken? Du warst trinken? Wie willst du morgen in die Arbeit gehen?«

»Das werde ich nicht, Daddy. Bin heute entlassen worden.«

»Was?«

»Entlassen, Daddy. Habe heute meine Stelle verloren. Ich gehe jetzt ins Bett.«

»Warum?«

»Weil die Geschäfte schlecht laufen.«

»Hast du nicht hart genug gearbeitet?«

»Nicht genug Arbeit. Die Geschäfte laufen schlecht. Keine Arbeit.«

»Hast du in der Arbeit getrunken, Fi? Hat man dich wegen Trunkenheit gefeuert?«

»Was? Nein, Dad. Ich bin entlassen worden. Laurie ist entlassen worden. Genau wie über achtzig weitere Anwälte.«

»Aber nicht jeder ist gefeuert worden.«

»Nö, bloß wir.«

»Was wirst du tun, Fiona?«

»Zuerst einmal gehe ich ins Bett. Morgen suche ich mir eine neue Stelle.«

»Du musst etwas Schlechtes getan haben.«

Ich seufzte und ließ die ganze schale Luft entweichen.

»Ja, Dad, ich bin sehr schlecht gewesen, Dad. Ich habe einfach keinen Lippenstift getragen.«

»Fiona, werd nicht frech. Geh ins Bett.«

Hai, Daddy.

Am nächsten Tag rief Sean bei mir zu Hause zu einer Zeit an, die normale Erwerbstätige Mittagspause nannten. Die Arbeitslose Zeit fürs Nickerchen nannten.

»Es gibt eine freie Stelle bei Beamer & Hodgins. Bewirb dich jetzt.«

»Was?«

»Herrgott. Hast du die Nachrichten gelesen, Fi?«

»Nein, ich hasse die Nachrichten.«

»Du solltest wirklich auf dem Laufenden bleiben, was die Nachrichten betrifft. Geh online. SFGate.com.«

Sean legte auf.

Ich rollte mich vom Sofa, setzte mich vor den Computer und loggte mich ins Internet ein. Das heilige Internet, das World Wide Web, meine Verbindung zur Welt.

In der Sparte mit den neuesten Nachrichten auf SFGate.com war ein Artikel mit dem Titel:

Hiesiger Anwalt beim Trinken gestorben: David Keener, 30, aus San Francisco kam in der vergangenen Nacht im Wine Table, der neuen angesagten Downtownbar, ums

Leben, nachdem er eine gewaltige Menge an Alkohol und unbekannten Beruhigungsmitteln zu sich genommen hatte. Keener wurde von einem anderen Gast entdeckt, nachdem er in der Toilette das Bewusstsein verloren hatte. Er wurde vor Ort für tot erklärt, als es den Sanitätern nicht gelang, ihn nach wiederholten Versuchen wiederzubeleben. Keener war Anwalt in der Firmen- und Anlageabteilung der renommierten Anwaltskanzlei Beamer & Hodgins LLP in San Francisco.

In dem Artikel ging es mit einer banalen Debatte darüber weiter, dass exzessiver Alkoholgenuss ein Berufsrisiko des Juristenstands sei, dass Junganwälte Trost in der Flasche suchten, nachdem sie sich durch Neunzig-abrechenbare-Stunden-Wochen abgeschuftet und ausfällige Seniorpartner ertragen hatten, dass Anwaltskanzleien die Kultur und das Klima überprüfen müssten, in denen sie operierten, dass Senioranwälte mit besserem Beispiel vorangehen müssten.

Nichts davon spielte eine Rolle für mich.

Ich stattete der Website von Beamer & Hodgins einen Besuch ab und suchte nach David Keener in der Hoffnung, die IT-Abteilung habe sein Profil noch nicht aus dem Firmenverzeichnis gelöscht. Keeners Profil erschien, zusammen mit seinem Firmenfoto.

Das verpixelte Bild lächelte mich geistlos an. Ich erkannte den dunklen Wollanzug wieder, die makellosen welligen blonden Haare und die Krawatte von Hugo Boss.

Ich tat, was jeder täte. Ich setzte ein Anschreiben auf und brachte meinen Lebenslauf auf den neuesten Stand. Ich machte mich kundig über Beamer & Hodgins und deren

Firmen- und Anlageabteilung. Und über Keeners Seniorpartner. Jack Betner. Noch ein Jack. Auch weiß, auch alt, auch mit Ich-bin-so-ein-Arschloch-Blick.

Gleiche Kacke, anderes Klo.

Ich emailte mein Anschreiben und den Lebenslauf direkt an Jack. Dann klickte ich auf die Firmen-Biografien, um etwas über die anderen Anwälte in der Firmen- und Anlageabteilung zu erfahren. Ein Mädchen sah beinahe genauso wie Laurie aus. Gesicht wie ein Kuchen. Randlose Brille.

Ich tippte noch einmal Keeners Namen in das Suchfeld ein.

Keine Suchergebnisse für Ihre Suchkriterien gefunden.

Ein halber Tag. Keener war seit einem halben Tag tot. Beamer & Hodgins LLP hatten ihn binnen weniger als vierundzwanzig Stunden gelöscht. Die IT-Leute hatten ihre Mittagszeit fleißig genutzt. Sauber, kalt, effizient. Meine Art von Firma.

Sean hatte recht.

Beamer & Hodgins LLP hatten eine freie Stelle.

KAPITEL 11

Ein leeres Büro ist schlecht fürs Geschäft. Anwaltskanzleien zahlen hohe Mieten für schicke Räumlichkeiten, um Mandanten zu beeindrucken. Und wenn in einem Büro kein Anwalt sitzt und wie wild Stunden abrechnet, verliert die Kanzlei Geld. Viel Geld.

Ein leeres Büro bereitet außerdem den anderen Anwälten Unbehagen. Es ist wie ein leichter Schluckauf in der Welt halbmonatlicher dicker Gehaltsschecks, abgestufter Tarife, festgesetzter Prämien, unbegrenzter Rechtsrecherche bei Westlaw, unbegrenzter Stifte, Büroklammern, Notizblöcke, Haftnotizen, unbegrenzten Trinkwassers von Alhambra.

David Keeners Tod verursachte Beamer & Hodgins LLP Schluckauf.

Jack Betner wusste das.

Jack musste Keeners Büro mit jemandem füllen. Mit einem Dr. jur. von einer ordentlichen Uni, der gewillt war, sich für ein sechsstelliges Gehalt von ihm schikanieren zu lassen und neunzig Stunden pro Woche abzurechnen.

Jemand wie ich.

»Und, spielen Sie Golf, Fiona?«

»Nein, Mr Betner, das tue ich nicht.«

»Nennen Sie mich Jack. Und gut. Dann werden Sie jedes Wochenende hier sein, anstatt auf dem Golfplatz herumzulungern.«

Nein, ich werde stattdessen arrangierte Dates haben, die mein Vater angeleiert hat.

Doch es handelte sich um eine Fangfrage, typisch für ein Bewerbungsgespräch in einer Anwaltskanzlei. Unmöglich zu wissen, auf welche Antwort Jack aus war.

Und es war im Grunde egal.

Ob ich die Frage nun so oder so beantwortete, Jack wusste bereits, was er sagen würde. Das ist ein Kennzeichen eines großen Anwalts.

Oh, gut. Ich spiele selbst gern Golf. Was ist Ihr Handicap?

Oder

Oh, gut. Dann werden Sie jedes Wochenende hier sein, anstatt auf dem Golfplatz herumzulungern.

Seine Entscheidung. Er wählte Letzteres, da er jemanden in Keeners Büro stecken musste.

»Okay, als Nächstes werden Sie mit Steve sprechen, Fiona.«

Eine Reihe von Gesprächen mit diversen Mitarbeitern. So halten Sie es in großen Kanzleien. Man wird von Anwälten zu Partnern zu Anwälten und an jeden, der gerade frei ist, weitergereicht. Leute, mit denen man in der eigenen Abteilung zusammenarbeiten wird. Leute, die man nie im Leben wiedersehen wird. Jeder bekommt die Gelegenheit, einen mit dümmlichen Fragen zu löchern und zu entscheiden, ob man das ist, was sie als »passend« für die Kanzlei bezeichnen.

»Passend« sollte bedeuten, ob man kompetent ist, die für die Stelle erforderliche Arbeit zu leisten. Ob man ein guter Anwalt ist. Ein cleverer Anwalt.

Doch dem ist nicht so.

»Passend« bedeutet genau das. Ob man zu den Leuten

passt, die sich dort breitgemacht haben. Es ist, als wäre man wieder zurück auf der Highschool, wo man Vorstellungsgespräche hat, wenn man zu den Goths, den Computerfreaks, den Posern, den Sportlern, den Coolen gehören will.

Firmen mögen keine Außenseiter. Sie »passen« nicht rein.

»Was machen Sie gern, Fiona?«, fragte Hannah, eine Anwältin im ersten Jahr.

»Salsa tanzen, wenn ich Zeit habe. Und fliegen.«

»Fliegen? O mein Gott, Sie sind ja so wagemutig!«

Ja, fliegen. Ich flitze in einer Zweisitzer-Cessna mit einer Eigengeschwindigkeit von einhundertzwanzig Knoten pro Stunde in fünfzehnhundert Metern über dem Erdboden herum, und mein Vater verabschiedet mich mit einem »Viel Spaß!«. Die Vorstellung, ich könnte mit tödlicher Geschwindigkeit inmitten gewaltiger Feuerbälle abstürzen, war anscheinend nicht so schlimm wie irgendein Junge, der vielleicht an meiner Vagina herumspielte. Das sagte ja wohl alles.

»Das ist ja so cool. Sie klingen abgefahren. Wir hier mögen abgefahrene Leute. Wir wollen jemand, mit dem man Spaß haben kann«, fuhr Hannah fort.

Etwas Exotisches. Etwas Kostspieliges. Etwas Abgefahrenes. Etwas, womit sich die Firma brüsten kann.

Unsere Anwälte sind außerdem Piloten, Skifahrer, Tänzer, Segler. Wir sind eine vielseitige Firma. Unsere Anwälte verdienen so viel, dass sie am Wochenende Flugstunden nehmen und segeln gehen. Selbst wenn die Anwälte derlei Dinge wahrscheinlich nie gemeinsam machen werden. Selbst wenn eigentlich keiner Zeit hat, irgendetwas zu tun, weil alle einhundert Stunden die Woche abrechnen. Und schließlich todmüde sind. Oder bloß tot.

Welche Hobbys haben Sie? Wo wohnen Sie? Gefällt Ihnen die Stadt? Auf welcher Highschool waren Sie? Trinken Sie gern? Gehen Sie gern tanzen? Spielen Sie Golf? Gehen Sie ins Fitnessstudio?

Niemand fragte, ob ich etwas über Kauf- und Verkaufsverträge oder Wagnisfinanzierung wusste. Niemand fragte, was bei Toller & Benning LLP los gewesen war. Niemand fragte, ob ich überhaupt als Anwältin zugelassen war. Niemand fragte, woher ich wusste, dass es in ihrer Abteilung eine freie Stelle gab.

Es war egal.

Sie wollten lediglich jemand Abgefahrenen gegen ihren Schluckauf.

Freitag rief Jack bei mir an.

»Fiona, alle fanden Sie prima. Können Sie Montag anfangen?«

Ja, Jack.

Natürlich kann ich das, Jack.

Alles, was Sie sagen, Jack.

Ich rief Sean an, doch er war im Operationssaal und reparierte ein Jungfernhäutchen. Verdiente seinen Lebensunterhalt. Rettete die zerrissene Ehre einer Frau. Verrichtete Gottes Werk. Vor allem sorgte er für Futter im Maul seines Braunflecken-Igelfischs.

Also hinterließ ich ihm eine Nachricht.

»Sean, such ein Restaurant aus. Das Abendessen geht auf mich.«

»Wen lädst du zum Abendessen ein?«, fragte mein Vater.

Meine Eltern belauschten ständig meine Telefonate. Einer der Nachteile, wenn man bei seinen Eltern lebte, was jedoch durch die köstliche Hausmannskost wettgemacht wurde.

»Oh, ich habe eine Stelle in einer anderen Kanzlei bekommen Dad. Ich gehe es mit einem alten Freund feiern.«

»Einem Mann?«

»Ja, aber er ist nur ein Freund. Aus dem Jurastudium.«

»Oh, was ist er?«

»Er ist weiß.«

»Ist er dein Freund?«

»Nein, Dad. Nur ein Freund.«

»Du solltest etwas essen, bevor du zum Essen gehst.«

»Aber ich gehe zum Essen.«

»Das weißt du noch nicht. Iss was.«

Also aß ich Haferbrei mit Obst. Und das war auch gut so. Als Sean mich später am Abend zurückrief, war es längst zu spät zum Essen.

»Ich gehe einmal davon aus, dass du die Stelle gekriegt hast.«

»Habe ich. Sie haben vorhin bei mir angerufen. Ich fange am Montag an.«

»Großartig, Fi. Kauf dir neue Schuhe.«

»Tja, vorher möchte ich dich noch zum Abendessen einladen. Aber es ist ein bisschen zu spät, um essen zu gehen.«

»Ist schon in Ordnung. Ich habe bereits gegessen. Unternehmen wir etwas anderes, um zu feiern.«

»Zum Beispiel? Morgen habe ich übrigens ein Date.«

»Hm. Okay. Weißt du, wo der South Beach Harbor ist, Fi?«

»Sicher, er ist neben dem AT&T Park. Wo die ganzen kleinen Segelboote sind. Warum?«

»Treffen wir uns Sonntagmittag um zwölf am Pier E. Bring Essen und Getränke mit.«

»Ooh, gehen wir segeln?«

»Du stellst zu viele Fragen, Fi. Bring einfach Essen und Getränke mit. Vorzugsweise Fingerfood. Bis dann. Und viel Spaß bei deinem Date morgen.«

Noch eine Verabredung zum Essen. Wenigstens war es nicht Karaoke.

Samstagnachmittag aß ich Dim Sum mit Don, Sohn eines Kochs. Und dem Koch. Und seiner Mutter, Großmutter, seiner Tante, seiner kleinen Schwester. Und meinen Eltern.

Jeder wollte das potenziell neue Familienmitglied begutachten. Um sicherzugehen, dass er wie auch ich chinesisch war. Und um sicherzustellen, dass es zu keiner verfrühten Jungfernhäutchenzerstörung käme.

Kein Bedarf an Pfefferspray, Messern oder Flunies.

Don war dick. Speckig mit einem ungepflegten Spitzbart und Pickeln. Ein Meter achtundsiebzig. Dreißig Jahre alt. Selbstfabrizierter Bürstenschnitt, wahrscheinlich von seiner Mutter. Kurzärmeliges Karohemd und Jeans. Schmutzige Turnschuhe. Er hatte sich nicht die Mühe gemacht, sich für den großen Anlass in Schale zu werfen.

Vielleicht wollte er, dass ich ihn so mochte, wie er war. Lauries Strategie.

»Was machst du eigentlich gern, Don?« Mein Versuch, höfliche Konversation zu betreiben.

Don nahm sich ein paar Krabbenklöße, wobei er jeglichen Blickkontakt mied.

»Weiß nicht. Nicht viel. Ich arbeite oft an meinem Wagen.«

»Du fährst Rennen?«

»Nein, ich arbeite bloß gern an meinem Wagen. Frisiere ihn auf. Schaut verdammt gut aus, weißt du?«

»Ganz bestimmt. Was machst du sonst noch?«

»Nicht viel. Hänge bei anderen Leuten ab. Viel mehr gibt's in San Bruno nicht zu tun.«

»Warum kommst du dann nicht in die Stadt?«

»Nö. Hier in der Stadt gibt's nix zu tun.«

»Aber es wird einem viel mehr als in San Bruno geboten.«

»Egal. Alle meine Freunde sind verheiratet. Es gibt keinen, mit dem ich was unternehmen kann.«

»Dann komm doch in die Stadt und finde neue Freunde, Mann.«

»Nö, aber ab und an geh ich mit meinen Freunden gern zum Krabbenfischen.«

»Krabbenfischen?«

»Ja, Krabben fangen.«

Okay.

Ich stopfte mir ein paar Frühlingsrollen in den Mund, um das betretene Schweigen zu überbrücken. Niemand sonst sagte etwas. Sie beobachteten, wie wir uns unterhielten, einander kennenlernten, einen ersten Eindruck gewannen, einander den Hintern beschnüffelten, mit den Pfoten scharrten, einander umkreisten. Wie Zootiere in einem Käfig.

Don kratzte sich mit dem kleinen Finger am Nasenflügel,

einem kleinen Finger mit langem, spitzem Fingernagel. Ich erschauderte.

Chinesische Jungs und lange Fingernägel. Was Amerikaner als Koks-Fingernagel bezeichnen.

Aber es hat nichts mit Drogen zu tun, sondern einzig und allein mit einem uralten chinesischen Aberglauben. Wenn der kleine Finger nicht an das oberste Gelenk des Ringfingers heranreicht, ist man dazu bestimmt, arm zu sein. Das ganze Leben lang.

Also lassen Chinesen die Nägel ihrer kleinen Finger wachsen. Lang und spitz, um sich Besitz und Wohlstand zu sichern.

Fünftausend Jahre chinesische Weisheit und Logik steckten hinter dieser Vorstellung. Die gleiche Logik, die die Verwendung von Deo und das Rasieren der Beine und Achselhöhlen zu einem Tabu machte. Aus diesem Grund versteckte meine Mutter immer mein Degree for Women und mein Gillette-Satin-Care-Rasiergel. Meine unsagbaren Dinge.

»Mom, wo hast du mein Deo hingetan? Wo ist mein Rasierer?«

»Nicht so laut«, flüsterte sie.

»Wo sind meine Sachen, Mom?«, sagte ich lauter.

»Unter dem Waschbecken im Bad. Ich habe sie für dich versteckt.«

»Warum?«

»Scham.«

»Was?«

»Scham. Wenn die Leute sie sehen, werden Sie glauben, dass du stinkst und Haare hast da unten. Ich weiß wirklich nicht, warum du solche Dinge benutzt.«

Denn wenn ich es nicht täte, würde ich stinken und Haare haben, da unten und überall sonst.

»Mom, es ist bloß Rasiercreme.«

»Für Menschen, die Haare haben.«

Herrgott. Asiatische Logik. Chinesische Gehirnakrobatik. Zwei Saltos und ein Rückwärtssalto, und man kommt dem Ganzen noch nicht einmal nahe, wo immer es auch sein mag.

Nur Menschen mit Körpergeruch verwenden Deo. Wenn man also kein Deo verwendet, hat man auch keinen Körpergeruch.

Nur Menschen mit Haaren rasieren sich. Wenn man sich also nicht rasiert, hat man auch keine Haare. Beinbehaarung, Achselhaare, Schamhaare. Schamvolle Anspielung auf Schamhaare.

Scham.

»Was machst du denn gern?«, fragte Dons Vater.

»Ach, vieles. Letztes Jahr habe ich mit den Flugstunden angefangen. Ich fahre auch gern in der Stadt herum. Um einen klaren Kopf zu bekommen.«

»Aber das sind Jungensachen.«

Jungensachen. Keine Hello-Kitty-Sachen.

»Sie ist nicht im Einklang«, sagte Don, als säße ich nicht dort.

»Nicht im Einklang?«, fragte ich.

»Ja, mit dem Leben.«

Ja, klar, weil ich die Wochenenden nicht damit verbrachte, an meinem Auto herumzubasteln und bei anderen Leuten zu Hause abzuhängen und Super Mario zu spielen.

»Dad, sind da Nüsse drin?«, fragte Don, der einen Schweinefleisch-Spinatkloß auseinandergerissen hatte. Er stocherte mit den Stäbchen an einem Stück Schweinefleisch herum und wendete es auf der Suche nach verborgenen Nüssen.

Ich starrte seinen Teller an, auf dem Reste vernichteter Klöße verstreut herumlagen. Dann starrte ich ihn an.

»Ich bin gegen Nüsse allergisch.«

»O ja, mein Sohn ist gegen Nüsse allergisch«, wiederholte sein Vater.

Großartig.

»Nein, keine Nüsse«, sagte der Koch. Er machte diese Dinger. Wenn es irgendjemand wissen musste, dann er.

Abgesehen von meinen Eltern saßen sechs Leute zwischen mir und dem, was wahrscheinlich mein letzter abrechenbare-Stunden-loser, Don-loser, Dons-Familie-loser Samstagnachmittag hätte sein können. Sechs Leute und nur eine Flunietablette. Ich war zahlenmäßig hoffnungslos unterlegen. Andererseits konnte noch nicht einmal Sean ahnen, dass ich eine ganze Familie würde ausschalten müssen.

Ich fragte mich, was Sean gerade trieb, und wünschte, ich wäre bei ihm. Irgendwo, bloß nicht an diesem Ort. Bis Don zu sterben anfing.

Dons Augen verdrehten sich nach hinten. Er fasste sich an die Gurgel. Seine Zunge ragte ihm geschwollen und schwer aus dem Mund wie ein krankes Organ. Ein spitzbärtiger Mund, der wie eine Vagina aussah. Er schnappte nach Luft, hustete, atmete pfeifend und spuckte einen Mundvoll Kloß aus.

»Mein Sohn erstickt!«, schrie Dons Mutter.

Doch Don hatte keinen Erstickungsanfall. Er war am Sterben.

»Erdnüsse...«, keuchte Don.

Der Pfropfen aus gut zerkautem Schweinefleisch und Spinat, der aus Dons Mund geflogen kam, war auf dem Tisch gelandet, ein paar Zentimeter von meinem Teller entfernt. Die nasse Pampe war mit winzigen gelben Körnchen gesprenkelt. Fein gemahlene Erdnüsse.

Der Koch hatte sich bezüglich der Klöße getäuscht.

»Ruft einen Krankenwagen!«

Einen Krankenwagen, einen Arzt, einen EpiPen. Das Königreich des Koches für einen EpiPen.

Don glitt von seinem Stuhl direkt zu Boden. Sein Gesicht verfärbte sich zu einem hellen Purpurrot, wie verschüttetes Kool-Aid mit Traubengeschmack. Seine Mutter schlug ihm ständig ins Gesicht, während sein Vater seinen aufgedunsenen, wabbeligen Körper heftig hin- und herschüttelte wie eine Stoffpuppe. Seine kleine Schwester zog an seinen Beinen, während er bewusstlos am Boden lag.

Als könnten sie die Erdnüsse aus ihm herausprügeln. Doch die Nüsse siegten.

Armer Don.

Kein bisschen im Einklang mit dem Leben.

Das ganze Leben lang.

KAPITEL 12

Seans Segelboot roch nach verwesenden Eichhörnchen.

Im Laufe meines letzten Jahres in Yale waren zwei Eichhörnchen auf der Suche nach Wärme und Schutz vor einem Schneesturm in einen unzugänglichen Teil des Heizungskellers gehuscht. Sie verhungerten, gleich neben dem Heizkessel.

Das ganze Frühlingssemester hindurch war die Luft von einem schweren, widerwärtigen Geruch durchdrungen, was zu Kopfschmerzen, Übelkeit und Fieber führte. Jedes Mal, wenn ich den Kopf auf bestimmte Weise drehte, atmete ich ihn ein. Doch wie ein zu oft verwendetes Parfum roch ich es recht bald schon nicht mehr. Nach zwei Wochen musste ich ins Freie laufen, einen tiefen Atemzug an der frischen Luft tun und nach drinnen zurückkehren, um ihn erneut zu genießen.

Der süße Geruch des Todes. Mächtig, giftig, berauschend. Mir schwindelte davon. Ich bekam schwache Orgasmen.

Seans Boot, *The Countess* (wobei das »o« merkwürdigerweise weggekratzt war), stank allerdings noch nach etwas anderem, etwas, das das Aroma des Todes verunreinigte. Es erinnerte mich an schmutzige Thunfischkonserven.

»Netter Name, Sean.«

»Danke, aber ich habe sie nicht getauft. Und es bringt Pech, einen Bootsnamen zu ändern. Also werde ich ihn nicht los.«

»Scheint so zu sein. Sean, was in aller Welt riecht da so?«

»Woher zur Hölle soll ich das denn wissen? Ich rieche nichts, schon vergessen?«

Richtig. Dank des Bleistifts, den dir Darrell in die Nase gebohrt hat.

Ich redete mir ein, dass es sich um den Geruch des Meeres handelte. Und sämtlicher Meerestiere, die hineinschissen.

»Ich glaube, es ist der Hafen, Sean.«

Achselzuckend richtete Sean das Hauptsegel ein. »Hier, halt die Ruderpinne und sorg dafür, dass wir auf Kurs bleiben. Halte auf die kleine Bergspitze auf Angel Island zu, Fi.«

Angel Island. Sie ist die größte Insel in der Bucht von San Francisco und etwa eine Meile von der Halbinsel entfernt. Gras und Wald bedecken dreihundert Hektar der Insel, deren höchste Erhebung der zweihundertvierzig Meter hohe Mount Livermore ist, von dem man eine atemberaubende Aussicht auf Marin County, San Francisco, die Golden Gate und die gesamte Buchtregion hat.

Den Miwok-Indianern gefiel es dort ebenfalls. Sie fischten und jagten über sechstausend Jahre lang, bis europäische Siedler herausfanden, welch großartiger Ort es war, um dort vor Anker zu gehen und ihre Schiffe zu reparieren. Folglich mussten die Indianer verschwinden.

Jetzt war es ein großartiger Ort für ein Picknick auf einem Boot.

Sean machte eine Segelpartie mit mir auf seinem J-33-Segelboot, um meine neue Stelle bei Beamer & Hodgins LLP zu feiern. Land der lachenden Personen. Die Ruderpinne gepackt blickte ich am Hauptsegel empor und wünschte, ich hätte mich bei der Berufswahl für die Hymenalrekonstruktion entschieden. Kein Firmenanwalt konnte sich ein solches Boot leisten.

»Himmel noch mal, schönes Boot, Sean. Ich hätte auf meine Eltern hören und Medizin studieren sollen.«

»Und Babys holen?«

»Ja. Etwas in der Richtung.«

»Dieses Boot hat eigentlich einem Bekannten von mir gehört.«

»Er hat es dir verkauft?«

»Nicht ganz. Er ist gestorben.«

Ich fragte nicht nach, wie oder warum. Wie Sean stets sagte, jeder muss einmal sterben. Und man kann nichts mitnehmen, im Gegensatz zu dem, was die Ägypter glaubten.

Tote brauchten nichts, also nahmen es sich die Lebenden.

Nur nichts vergeuden.

Wir segelten in die Bucht hinaus und winkten jedem zu, der an uns vorbeifuhr. Wie höfliche Matrosen.

Jeder winkt jedem anderen zu, der an Deck eines Bootes steht. Teil der richtigen Etikette in der Fisch-Kultur. Es ist wie bei Piloten, die anderen Piloten gegenüber den Daumen hochhalten und ihnen »einen guten Flug« wünschen, weil sie das Gleiche hören wollen. Niemand will einen schlechten Flug haben. Und nein, im Cockpit gibt es kein Prozac in Aerosolform. Es ist einfach Teil der Vogel-Kultur.

Unter der Golden Gate Bridge segelte eine Jacht vorüber. Die kleine Gruppe Leute an Deck war ganz in Schwarz gekleidet.

»Oh, sieh nur, Fi. Es ist unser Glückstag. Wir dürfen die Toten einatmen.«

»Was?«

»Die Jacht da. The Naiad. Sie gehört der Neptune Society. Sie nehmen sie her, um Leute hier rauszubringen und Asche auf dem Meer zu verteilen.«

»Wie ironisch.«

»Was?«

»Der Name, Sean. Najade war so eine griechische Gottheit, die für den Schutz des Lebens in Gewässern zuständig war. Und jetzt bringt sie Leute hier heraus und erstickt ihre Fische mit dem Tod.«

»Sie ist ihre Fische wohl leid geworden.«

Sie war es wohl leid geworden, ihren Fischen zu sagen, dass sie die besten Fischlein auf der ganzen Welt waren. So wie Pepito das beste Vögelchen auf der ganzen Welt war. War es leid geworden, sie zu verhätscheln, sie zu beschützen.

Najade. Welch Miststück!

»Möchtest du eingeäschert werden, Sean?«

»Zur Hölle, aber ja! Besser, als sich die Radieschen von unten anzusehen und eine Wurmfarm zu züchten.«

»Und dich vom Deck der *Naiad* unter der Golden Gate verstreuen lassen?«

»Verdammt, nein. Ich will in meiner Nachbarschaft verstreut werden. Damit Betty an mir ersticken kann. Das wird das alte Mädchen auf Trab bringen.«

Sean wollte nicht an Fische mit glasigen Augen vergeudet werden, die in ihrem eigenen Mist schwammen. Er dachte immer an andere.

Lächelnd winkten wir den Passagieren auf der *Naiad* à la Fisch-Kultur zu. Sie winkten nicht zurück. Unverschämte Meute.

Sean verschwand unter Deck. Ich hörte ihn herumstöbern. Ein paar Minuten später zog er etliche merkwürdig geformte, in Müllbeutel von Glad eingepackte Bündel aus einer Kühlbox mittlerer Größe. Er wartete ab, bis wir weiter von der *Naiad* weggesegelt waren, und stieß sie nach Steuerbord ins Meer. Sie tanzten ein oder zwei Sekunden auf der Wasseroberfläche, bevor sie in den Wellen verschwanden.

Sean sah mich an, auf die Art, auf die ein Freund einen ansieht, wenn er gerade am Esstisch gefurzt hat.

»Keine Sorge, Fi. Das ist alles biologisch abbaubar.«

Genau das hatte er Schwester Maria erzählt, als sie ihn dabei erwischte, wie er seine Notdurft in Pater Mallory's Blumenbeeten neben dem Schulhof des St. Sebastian verrichtete. Jemand hatte einen Feuerwerkskörper in einem Klo auf der Jungentoilette hinuntergespült und es unter Wasser gesetzt. Also zwang Schwester Maria die Jungen zur Strafe, die Mädchentoilette zu benutzen. Sie mussten warten, bis sämtliche Mädchen draußen waren. Aber es gab immer ein Mädchen, das sich die Hände waschen, die Haare richten, den Lipgloss auffrischen, eine Zigarette rauchen musste.

Und Sean musste mal.

»Wenn man gehen muss, muss man gehen, Schwester.«

Fragen Sie bloß den Sensenmann.

»Was hast du dir dabei gedacht, Sean?«, fragte Schwester Maria.

»Ich habe an Jesus gedacht. Dass ich der Erde das zurückgebe, was Jesus mir gestern Abend zu essen gegeben hat. Es ist Recycling, Schwester. Keine Sorge. Das ist biologisch abbaubar.«

Er dachte stets an Mutter Erde, dieser Sean.

»Solange die Fische es schmackhafter finden als die Asche«,

erwiderte ich und richtete meine Aufmerksamkeit kurzzeitig nach Backbord, als das Hauptsegel von einem starken Windstoß gepackt wurde. Ich ließ die Spitze auf Angel Island, auf die ich zuhielt, nicht aus den Augen und achtete nicht weiter auf die Bündel, die nach unten ins Wasser glitten.

Genau wie wenn man so tut, als bemerkte man den Gestank nicht, mit dem der Furz des eigenen Freundes das Zimmer erfüllt, selbst wenn man kaum atmen kann. Leute-Kultur.

Seans Boot roch nicht mehr so stark nach toten Eichhörnchen.

Auf Seans Anweisung hin hatte ich einen stattlichen Vorrat an Sushi, Sashimi und Jiaozi mitgebracht. Komplett mit einer kleinen Tupperdose voller Sojasoße und Wasabi. Und Wegwerfstäbchen.

Sean stellte die Getränke bereit. Wasser, Apfel-Preiselbeer-Saft, Wodka und noch mehr Wodka. Und Jim Beam und Johnny Walker. Seans Boot war eine schwimmende Bar.

»Alkohol und Bootfahren gehen Hand in Hand, Fi.«

Natürlich. Es gibt MADD, die Elternvereinigung gegen Trunkenheit am Steuer: *Mothers Against Drunk Driving.* Nicht *Drunk Boating.* Darüber regt sich niemand auf. Teil der Fisch-Kultur.

In Ayala Cove segelten wir an mehreren Booten vorüber, die an Bojen vertäut waren. Junge, gebräunte Körper sonnten sich an Deck, durch Gucci-Sonnenbrillen vor der Sonne geschützt. Tranken in Metalleimern gekühlten Wein. Knabberten an Mini-Sandwiches. Durchtrainierte, muskulöse Körper vollführten Hechtsprünge vom Bug und Heck in das ruhigere Hafenwasser.

»Herzlichen Glückwunsch, Fi. Du musst in deinem Vorstellungsgespräch *mörderisch* gut gewesen sein«, sagte Sean, nachdem wir neben einem Segelboot gedockt hatten, das viel kleiner als Seans war. Es ließ seines größer wirken. Viel größer. Besser.

Sean goss uns Drinks ein, während ich das Essen ausbreitete.

»Danke. Sie haben sich wohl gedacht, dass ich gut in die Firma passen würde.«

»Oh, ich bin mir sicher, du wirst Unglaubliches für Wieheißt-er-gleich-noch-mal leisten.«

»Jack.«

»Jack.«

Sean schob sich eine California Roll in den Mund, während er das kleinere Segelboot und dessen Passagiere an Bord musterte, ein Pärchen – er in fortgeschrittenem Alter, sie *sehr* jung. Ein März-Dezember-Paar.

Die verführerische junge asiatische Frau warf Sean einen Blick zu und strich sich die langen schwarzen Haare über die Schulter, bevor sie wieder zu ihrem älteren Begleiter schaute, der mit dem Rücken zu uns saß. *Sehr* jung – so etwa siebzehn oder achtzehn, aber einen auf dreißig machend. Sonnenstudiogebräunt, nicht gebleicht wie Cousine Katie. Lang und geschmeidig, in einem gestreiften Bikini. Das Gesicht mit einer Kruste aus MAC-Make-up überzogen. Rote manikürte Acrylnägel. Sie verkörperte genau das, was Sean hasste.

Mir war unbehaglich zumute, und ich betete, dass sie nicht herüberkäme. Sie tat so, als bemerke sie nicht, dass er sie mit seinem unverwandten, verunsichernden Blick anstarrte.

»Vergiss es, Sean.«

»Vergiss was? Sie hat angefangen.«

Zehn Minuten später kam sie herüber, nichts von der Gefahr ahnend. Man kann dem Wolf keinen Vorwurf machen, wenn das Lamm darauf besteht, ihn zu begrüßen.

»Hallo, nettes Boot!«, sagte sie und klimperte nachdrücklich mit den Wimpern.

»Danke«, erwiderte Sean.

Der Begleiter der Frau erhob sich dort, wo er sich an Deck gerekelt hatte, und drehte sich zu uns um. Ich wünschte, er hätte es nicht getan.

Jack Betner. Mein neuer Seniorpartner, in einem Hawaiihemd mit riesengroßen Tukanen und Shorts, auf seinem Segelboot mit seiner Süßen.

Ich errötete und hoffte, dass er mich in meinem Polohemd und den Shorts nicht wiedererkennen würde. Doch er tat es.

»Sie ist wirklich wunderschön«, sagte er zu Sean, wobei er sich auf das Boot bezog. »Ja, Fiona! Wenn das keine nette Überraschung ist!«

War es nicht.

Dem neuen Boss am Wochenende über den Weg zu laufen ist nie eine nette Überraschung. Ich hätte ein Jack-freies Wochenende vorgezogen, zumal ich ganz bestimmt an all meinen zukünftigen Wochenenden bei Beamer & Hodgins LLP eine Überdosis Jack abbekäme.

»Mr Betner. Jack. Hi, habe nicht gedacht, dass ich Sie vor morgen sehen würde. Sean, das hier ist mein Boss in der neuen Kanzlei, von dem ich dir erzählt habe. Jack Betner.«

»Hi, ich heiße Sean.«

»Schön, Sie kennenzulernen. Fiona, Sie haben mir gar nicht gesagt, dass Sie gern segeln.«

»Nur wenn Sean Zeit hat, mich auf eine Partie mitzunehmen.«

»Das hier ist meine Freundin, Mei«, sagte Jack und legte den Arm um Mei. Jack hatte also einen Asia-Fetisch. Er stand auf Hello Kittys.

»Tja, Fiona, ist das also Ihr …«

»Überfürsorglicher großer Bruder, ja«, warf Sean ein.

Jack und Mei sahen mich an. Und lachten.

»Ja, das stimmt. Ich bin seine Schwester. Sehen Sie denn nicht die Familienähnlichkeit?«, witzelte ich, wobei ich Mei die Hand hinhielt.

»Natürlich. Absolut«, sagte sie.

»Hätten Sie Lust auf einen Drink? Wir haben viel zu viel Wodka und Apfel-Preiselbeer-Saft dabei. Lust auf einen Cosmo, Mei?«, fragte Sean.

»O mein Gott, ich liebe Cosmos.«

»Ja, tut sie«, sagte Jack. »Die Dame hier wird Sie noch um Haus und Hof trinken.«

»Sean, kannst du mir auch einen machen? Ich liebe Cosmos auch«, sagte ich.

»Aber sicher doch, Schwesterchen«, erwiderte er mit einem Zwinkern.

Sean ging unter Deck zur Kühlbox. Nach ein paar Minuten kam er mit den Drinks nach oben. Er streckte den Arm über den Verbindungssteg aus und reichte Jack und Mei die Drinks. Auf einmal rümpfte Jack die Nase und schnupperte.

Der Geruch nach totem Eichhörnchen war immer noch da.

Der schlechte, süßliche Duft nach Fäulnis. Der Geruch, an den ich mich auf dem Weg zu der Insel gewöhnt hatte.

Der Geruch, der ein wenig nachgelassen hatte, als Sean seine biologisch abbaubare Fracht in die Bucht entladen hatte, der aber immer noch wahrnehmbar war. Mir drehte sich der Magen um. Ich sah Jack an, wie Sean mich angesehen hatte, als hätte ich gerade eben mitten in einer wichtigen Mandantenbesprechung laut gefurzt.

Doch Jack hustete nur und nippte an seinem Cosmo.

»Guter Drink. Chopin Wodka, Sean?«

»Aber selbstverständlich. Alles andere ist Mist.«

Jack lachte und achtete nicht auf den Furzgeruch, den Geruch nach Tod und Zerfall. Mei kicherte vor sich hin und leerte ihren Drink in ein paar Zügen.

»Bitte, Herr, kann ich noch etwas mehr haben?«, fragte sie, wobei sie versuchte, ihr Kichern im Zaum zu halten.

»Mehr?«, antwortete Sean mit hochgezogener Augenbraue. »Aber ja, Oliver Twist. Natürlich kannst du noch *mehr* haben.« Er nahm ihren Becher und stand auf, um nach unten zur Kühlbox zu gehen.

»Bitte hauptsächlich Wodka«, sagte Mei. »Herrgott, woher kommt dieser schreckliche Gestank?«

»Gestank, welcher Gestank denn?« Sean blieb stehen und drehte sich zu ihr um.

»Ach, Süße, das ist bloß der Hafen. Wahrscheinlich irgendwelcher Müll, den Touristen über Bord geworfen haben. Manche Leute denken kein bisschen an die Umwelt«, sagte Jack. »Und du hast wahrscheinlich zu viel Wodka gehabt. Sieh dich bloß einmal an. Du bist ja ganz rot.«

Und das war sie tatsächlich.

Diese Art der Alkoholintoleranz wird *Asian flush* genannt. Ein bisschen Alkohol, und schon werden Asiaten am ganzen Körper rot. Wie der scharlachrote Buchstabe zeichnet er uns, weil wir ein bisschen Spaß in uns aufgesogen haben. Jeder einzelne Tropfen zeichnet sich auf unserer gelben Haut ab und kündet der ganzen Welt davon, dass wir keinen Alkohol vertragen.

Ich leide nicht an *Asian flush*. Ich muss eine unasiatische Konstitution haben.

»Nein, es riecht, als wenn etwas krepiert wäre«, meinte Mei hartnäckig.

Sie hatte keinen Sinn für Leute-Kultur.

»Ich rieche nichts«, log ich und tat so, als schnupperte ich.

»Ich schon. Es stinkt«, wiederholte Mei.

»Hm, ich frage mich, was es sein könnte. Lassen Sie mich Ihren Drink holen gehen«, sagte Sean und verschwand mit ihrem Becher im Boot.

Ich stand da und versuchte, mir etwas einfallen zu lassen, um das betretene Schweigen zu durchbrechen. Doch Jack kam mir zuvor.

»Und, Fiona, freuen Sie sich schon, morgen mit der Arbeit anzufangen?«

»Oh, total. Es war schön, alle in der Abteilung kennenzulernen. Klingt nach einer abgefahrenen Truppe. Kann es kaum erwarten, mich ihnen in den Schützengräben anzuschließen.«

Jack lachte. »Gut. Abrechnen, abrechnen, abrechnen. Das gefällt mir.«

Abrechnen, abrechnen, abrechnen. Das Mantra privater Anwaltskanzleien.

Sean kam mit Meis Drink hoch und reichte ihn ihr über den Verbindungssteg zwischen den Booten. Das grelle Sonnenlicht schien durch die dunkelrote Flüssigkeit, sodass sie eher wie Kool-Aid mit Kirschgeschmack aussah.

Wie das Zeug, das Jim Jones seinen 909 Gefolgsleuten in Jonestown zu trinken gab. Sie wollten nichts, als harmonisch zusammenzuleben. Sie wollten nichts als Utopia. Letztlich bekamen sie nichts als Kool-Aid mit Zyanidgeschmack.

Ich spielte mit dem Gedanken, aufzuspringen und Mei den Drink aus der Hand zu schlagen. Doch sie trank ihn bereits in langen Zügen. Was soll's.

»Das war gut. Ich hab solchen Durst gehabt«, sagte Mei, wobei sie nach hinten torkelte. »Puh, ich glaub, ich hab's übertrieben, Schatz.« Sie streckte die Hand aus und hielt sich an Jack fest, der sie auf den Decksitz gleiten ließ.

»Ach, Süße. Verträgst einfach keinen Alkohol, nicht wahr?«

»Alles in Ordnung?«, fragte Sean.

Mei legte sich auf die Bank und schloss die Augen.

»Ach, ihr geht's prima«, sagte Jack.

Doch dem war nicht so.

Weil sie eine Frage zu viel gestellt hatte. Also musste Sean seinen eigenen Hintern retten.

Und weil sie einem der wichtigsten Grundsätze der Leute-Kultur zuwidergehandelt hatte: Man sagt den Leuten nicht, dass ihre Fürze stinken. Oder dass ihr Boot nach Tod riecht.

KAPITEL 13

»Don will dich zum Krabbenfischen mitnehmen, um die Sache beim Dim Sum wiedergutzumachen«, erklärte mein Vater, als ich vom Segeln nach Hause kam.

Die gemahlenen Erdnüsse in den Klößen hatten Don doch nicht umgebracht. Er überlebte trotz all ihrer Anstrengungen, ihn zurück zu Jesus zu schicken. Sturer Bastard.

»Ist schon gut, Dad. Das muss er wirklich nicht.«

»Aber er will. Er ist so ein lieber Junge.«

»Dad, er ist langweilig. Und ich will wirklich nicht noch einmal mit seiner ganzen Familie herumhängen.«

»Nein, Fiona. Es werdet nur ihr beide sein. Und ein paar Freunde von ihm.«

Und ein paar Freunde von ihm. Großartig. Seine Freunde wollten die potenzielle zukünftige Frau ebenfalls begutachten.

»Sag ihm nein danke, Dad. Ich habe kein Interesse.«

»Fiona, sei nicht unverschämt. Er fühlt sich wirklich schlecht wegen dem, was beim Mittagessen passiert ist. Und ich bin mit seinem Vater befreundet. Das Mindeste, was du tun kannst, ist höflich zu sein und Ja zu sagen.«

»Schön. Was auch immer.«

Ich stimmte zu, weil es leichter war, als mich mit meinem Vater herumzustreiten. Alles schon gehabt. Dem würde ich mich ganz bestimmt nicht aussetzen, solange ich ernstere Probleme am Hals hatte, wie das Schicksal der Freundin meines neuen Chefs. Ich hatte so getan, als wäre ich zu voll mit Cosmos und Sushi, um auf unserem Rückweg von Angel Island viel zu reden. Zu müde, um irgendetwas zu tun, als uns zurück in den South Beach Harbor zu steuern.

Man fängt niemals einen Streit mit dem Fahrer an, wenn der Wagen inmitten eines Gewitters eine dunkle Landstraße entlangfährt. Man wirft seinem Freund niemals vor, er habe einem das Leben ruiniert oder einen zur Komplizin bei einer Straftat gemacht, wenn man allein mit ihm mitten in der Bucht von San Francisco auf seinem Segelboot dahintreibt. Es sei denn, man möchte als frisches Fischfutter enden.

Also wartete ich mit meinem Anruf bei Sean, bis ich sicher in meinem eigenen Schlafzimmer war.

»Sean, sag mir, dass Mei sich wieder erholen wird.«

»Tut mir leid, Fi. Das kann ich nicht.«

»O Gott. Sie war die Freundin meines neuen Chefs. Bist du wahnsinnig?«

»Ein bisschen, aber ich betrachte mich selbst lieber als lediglich etwas interessanter als andere.«

»Nicht witzig. Knast, Sean. Leben im Gefängnis. Hast du dir das schon mal überlegt?«

»Wird nicht passieren, Fi.«

»Und woher willst du das wissen, Sean?«

»Hast du nicht Jacks Ehering gesehen?«

»Was?«

»Ehering, Fi. Der Kerl hat einen Ehering getragen, und Mei war ganz bestimmt nicht Mrs Betner.«

»Dann ist er also mit seiner Geliebten zusammen gewesen. Na und?«

»Du glaubst also, er wird ein minderjähriges, betrunkenes, bewusstloses Mädchen in der Notaufnahme abliefern? Stell dir mal vor, was das bezüglich seines Rufs und seiner Ehe anrichten würde.«

»Sie war nicht minderjährig, das glaub ich nicht. *Ausgesehen* hat sie wie mindestens achtzehn.«

»Ich meinte unter dem gesetzlichen Mindestalter für Alkoholkonsum. Stell dir einmal vor, wie das in der Zeitung käme.«

»Sean, die Sache ist ernst. Jack wird uns wahrscheinlich bei der Polizei anzeigen.«

»Nein, wird er nicht. Man wird ihn für alles verantwortlich machen, was mit ihr geschieht. Abgesehen davon hat er wahrscheinlich zu viel Kohle, um das Risiko einzugehen, dass seine Frau ihm auf die Schliche kommt. Eine Scheidung würde ihn umbringen.«

»Dann glaubst du also, dass er einfach nichts tun wird?«

»Oh, nicht nichts. Ich glaube, dass er alles in Ordnung bringen wird.«

»Sean, das ist verrückt.«

»Nicht unsere Schuld, dass sie getrunken hat. Und es ist auf Jacks Boot gewesen, nicht auf unserem.«

»Herrgott, ich muss ihm morgen früh unter die Augen treten. Was soll ich tun?«

»Nichts, weil nichts passiert ist.«

Ich wollte ihn fragen, was sonst noch in diesem Drink gewesen war. Doch ich tat es nicht. Teils aus Selbsterhaltungstrieb und teils, weil ich es bereits wusste. Er hatte eine tödliche Dosis Flunies in Meis Cosmo gemischt, weil sie nicht aufgehört hatte, von dem Geruch nach Tod zu reden, der seinem Boot entstieg. Weil sie sich nicht an die Regeln der Leute-Kultur gehalten hatte.

»Du glaubst, Jack ist so ein großes Arschloch, Sean?«

»Sag du's mir.«

Montagmorgen erschien ich früh in einem dreiteiligen Anzug von Tahari und Achtzentimeter-Stöckelschuhen von Dior. Annette, die Personalchefin, brachte mich in David Keeners altes Büro.

Aus den Bürofenstern im zwanzigsten Stock sah man auf die Bucht von San Francisco. Die Bucht, der Himmel, die Hügel, die City. Ich brauchte keine Bilder an der Wand. Die City würde mein lebendiger Wandschmuck sein. Keener hatte sich außerdem eines Spitzencomputers und eigenen Druckers erfreut. Alles, was er benötigte, um achtzig, neunzig Stunden die Woche bei höchster Effizienz abzurechnen. Keener hatte es gut gehabt.

»Na, Fiona, wie gefällt Ihnen Ihr neues Büro?«

»Jack, guten Morgen. Es ist fantastisch. Ich werde hier bestimmt sehr glücklich sein.«

»Gut, gut. Könnten Sie einen Augenblick in mein Zimmer kommen?«

Eine Welle der Übelkeit überkam mich. Ich war mir sicher, dass mich zwei Detectives der Mordkommission dort erwarten würden. Und ausgerechnet an meinem ersten Arbeitstag. Ich würde es auf die Titelseite von *The Recorder*, der Juristenzeitung, schaffen.

Doch beim Betreten von Jacks Büro sah ich, dass es leer war, abgesehen von den gewaltigen Stapeln an Akten, Büchern und Papieren auf seinem Schreibtisch, der Couch und dem Boden. Mir fiel außerdem etwas auf, das mir während meines ursprünglichen Bewerbungsgesprächs entgangen war: ein Familienfoto auf dem Sideboard hinter seinem Schreibtisch.

Ein lächelndes Foto einer Frau fortgeschrittenen mittleren Alters mit grauen Locken, die zwei sommersprossige Frauen Mitte zwanzig umarmte. Jacks Ehefrau, Mrs Betner. Und ihre zwei Töchter. Seine Familie. Und ein Foto eines Golden Retrievers, seines Hundes.

Aber keine Fotos von Mei. Seiner Geliebten.

Ach was!

Ich wollte Jack schon fragen, ob es Mei gut gehe. Doch ich überlegte es mir anders und überließ es ihm, das Gespräch zu lenken.

»Na, Fiona, wie war Ihr letztes Wochenende in Freiheit?«

»Entspannend und frei. Aber ich bin zur Arbeit bereit.«

»Haben Sie etwas Schönes unternommen?«

Jack legte den Köder aus. Er wartete ab, ob ich anbeißen würde.

»Nicht wirklich. Habe bloß ein bisschen abgeschaltet und Zeit mit einem alten Freund verbracht. Ich wollte mich für meinen großen Tag ausruhen.«

»Schön für Sie. Ich habe Samstag mit meiner Frau und den Kindern verbracht. Kriege die Mädels jetzt nicht allzu oft zu Gesicht. Die jungen Leute heutzutage scheinen ihr eigenes Leben zu haben. Und Sonntag war ich den ganzen Tag hier und habe gearbeitet. Der Teufel schläft nicht.«

Er stieß ein unbehagliches Lachen aus und starrte mich dann an. Unerbittlich. Ich kapierte.

»Wow! Sie müssen ja viel zu tun haben. Apropos, meine Aufträge?«

Jack strahlte. Er schleuderte mir zwei Fusionsverträge hin. »Das sollte sie reichlich auf Trab halten, Fiona.«

Sean hatte recht. Ich brauchte mir keine Sorgen zu machen. Jack war ein Riesenarschloch. Und bei einem Arschloch kann man sich immer darauf verlassen, dass es ein Arschloch bleibt.

Am Abend fing ich mein neues tägliches Ritual an und las die Nachrichten. Nachrichtensprecher mit ihren perfekten TV-Haaren, Make-up und Anzügen konnte ich nicht ausstehen. Ihr Colgate-sauberes Lächeln. Die blinkenden Logos der Fernsehsender. Die übertriebene Lautstärke der Werbesendungen. Also las ich meine Nachrichten online, im gepriesenen Internet, auf SFGate.com.

Unter dem Nachrichtenticker entdeckte ich einen interessanten Artikel mit der Überschrift:

> **Asiatin in Bucht von SF ertrunken:** Eine unbekannte asiatische Frau, unter zwanzig, wurde heute am frühen Morgen von Seglern in der Bucht von San Francisco tot aufgefunden. Ermittler der Polizei gehen davon aus, dass die junge Frau nach dem Konsum einer großen Menge an Alkohol und unbekannten Beruhigungsmitteln vermutlich von einem Boot fiel und ertrank. Die Polizei sucht nach möglichen Zeugen des Vorfalls.

In dem Artikel ging es weiter mit der gewöhnlichen Debatte, dass übermäßiges Trinken eine Gefahr beim Segeln darstelle, dass junge Leute heutzutage zu viel Alkohol tränken, dass

Eltern genauer auf das Partyverhalten ihrer Kinder achten sollten und dass die Polizei härter gegen das Trinken von Jugendlichen unter dem gesetzlichen Mindestalter für Alkoholkonsum vorgehen müsse.

Doch das interessierte mich nicht im Geringsten.

Also hatte Jack alles in Ordnung gebracht, indem er Mei von seinem Boot geworfen hatte. Niemand wollte eine tote Hello Kitty voller Wodka und Flunies. Niemand außer den Fischen.

Nur nichts vergeuden.

»Siehst du? Ich hab dir doch gesagt, dass nichts passieren wird.«

»Ja, Sean. Sieht aus, als hättest du recht gehabt.«

»Wie war dein erster Arbeitstag?«

»Ich bin immer noch hier.«

»Fi, es ist fast elf Uhr.«

»Mhm. Und ich bin immer noch hier. Jack hält mich ziemlich auf Trab.«

»Du weißt ja, was man über Müßiggang und den Teufel sagt.«

»Ja, klar.«

Abrechnen, abrechnen, abrechnen.

Das war alles, was ich wusste. Nichts von einer Segelpartie nach Angel Island. Nichts über Jack in einem Hawaiihemd voller Tukane. Nichts über Apfel-Preiselbeer-Saft und Wodka. Nichts über Mei.

Und ich wusste außerdem nicht das Geringste über Krabbenfischerei.

»Don nimmt dich am Wochenende zum Krabbenfischen mit in die Bucht von San Pablo, Fiona.«

»Ist das dein Ernst, Dad? Ich würde wirklich lieber nicht mitfahren.«

»Tja, schade. Du hast schon Ja gesagt. Und ich habe es ihm schon ausgerichtet.«

»Dad, ich muss am Wochenende arbeiten. Neue Stelle. Will nicht, dass der neue Chef mich für faul hält.«

»Du kannst dir einen Abend freinehmen. Ihr fahrt Freitagabend.«

»Freitagabend?«

»Ja, das habe ich gesagt, Fiona.«

»O Gott.«

»Man weiß nie, vielleicht gefällt er dir«, warf meine Mutter ein.

»Ich habe ihn bereits kennengelernt, und er gefällt mir nicht. Ich bin ›nicht im Einklang‹, schon vergessen?«

»Fiona, hör auf deinen Vater. Geh einfach und amüsier dich. Dann hast du deinen Kollegen am Montag etwas Aufregendes zu erzählen.«

Unsere Anwälte gehen Krabbenfischen. Sie fangen die Meeresfrüchte, die sie verspeisen. Sie sind nötigenfalls vielseitige Jäger, Sammler, Fischer. Sie können verhandeln, Schriftstücke aufsetzen und ihr eigenes Essen auf den Tisch bringen. Buchstäblich. Sie sind die zweihundertfünfundsiebzig Dollar wert, die Sie bezahlen werden.

Krabbenfischen in der Bucht von San Pablo.

Während meiner Flugstunden flog ich oft über das San Pablo Reservoir. Besser, als in der Gegend um den Mount Diablo zu fliegen. Keine Hügel oder Berge, die Luftturbulenzen verursachen. Schön gleichmäßiger Luftstrom über dem Wasser. Ein idealer Ort, um Wendemanöver in gleichbleibender Flughöhe zu üben. Mir war nie bewusst gewesen, dass ich über Krabbenfischer tief unter mir hinweggeflogen war.

Krabbenfischer wie Don.

Laut etlicher Anglerseiten im Internet besteht das Krabbenfischen im Grunde darin, dass man herumhockt und darauf wartet, dass einem Krabben in die Falle kriechen, während man mit seinen Kumpeln Karten spielt. Man benötigt eine geeignete Krabbenfalle mit etwa dreißig Metern Seil und einer kleinen Boje oder einer weißen Putzmittelflasche aus Plastik oben dran. Beides ist möglich. Außerdem muss man sich ein Boot mieten, um die Falle dort aufzustellen, wo die Krabben draußen im Wasser herumtrippeln.

Damit lassen sich Rote Klippenkrabben und Kalifornische Taschenkrebse fangen. Rote Klippenkrabben sind kleiner, haben weniger Fleisch und einen stärkeren Geschmack. Aber man darf sie behalten. Kalifornische Taschenkrebse haben einen süßen, milden Geschmack und reichlich saftiges Fleisch, genug für eine ganze Mahlzeit – also das, was man wirklich fangen will. Folglich ist das Fangen oder der Besitz Kalifornischer Taschenkrebse in der Bucht von San Francisco und der Bucht von San Pablo natürlich illegal.

Aber nicht eine Website gab einem Mädchen darüber Auskunft, was es beim Krabbenfischen anziehen sollte.

»Was zur Hölle trägt man bei einem Krabbenfischausflug, Sean?«

»Lass Prada zu Hause. Das ist mal sicher.«

»Herrgott, es klingt, als würden wir bloß am Arsch der Welt herumhocken, draußen am kalten Wasser, und darauf warten, dass wir uns eine Lungenentzündung holen.«

»Das klingt in etwa richtig. Jeans, T-Shirt, Sweatshirt, Jacke, Handschuhe. Was jedes Mädchen auf einem Krabbenfischausflug tragen würde.«

»Scheiße. Warum haben die Erdnüsse ihn nicht umgebracht?«

»Weil Gott ihn für dich errettet hat, Fi.«

»Erinner mich daran, Gott dafür zu danken.«

Sean lachte.

»Vielleicht ist es gar nicht so schlimm. Du kommst wieder aufs Wasser. Das Segeln hat dir doch gefallen, oder?«

Sicher.

Also packte ich mich in eine dicke Daunenjacke von North Face, Jeans, Sweatshirt von GAP und darunter ein T-Shirt. Keine Handschuhe. Ich fand sie nicht. Ich fand bloß meine Schneeflockenfäustlinge, die ich in der dritten Klasse getragen hatte.

Don fuhr am frühen Freitagabend bei mir vor und klingelte an der Tür. Als ich die Treppe zur Hälfte unten war, kam mir mein Vater schreiend hinterhergerannt und fuchtelte mit etwas in der Hand herum.

»Fiona! Fiona!«

»Was denn?«

Er reichte mir den Lippenstift meiner Mutter. Cranberry Blush von Mary Kay.

»Trag Lippenstift.«

KAPITEL 14

Henry David Thoreau schrieb ein ganzes Buch darüber, wie großartig es sei, allein in der Natur zu weilen, dass der Waldensee das Auge der Erde darstelle, wie fantastisch es sich anfühle, inmitten der Bäume zu sein, dass er lieber allein auf einem Kürbis sitze als auf einem Samtkissen umgeben von anderen Leuten.

Das Problem besteht darin, dass Thoreau niemals im modernen Zeitalter gelebt hat. Wenn er es getan hätte, wäre er vielleicht mehr wie Theodore Kaczynski gewesen, besser bekannt als der Unabomber. Kaczynski verfasste nicht bloß Tagebücher über das Leben im Wald. Er saß nicht bloß gern auf einem Kürbis oder einem Samtkissen. Er verkroch sich im Wald und wurde von Tag zu Tag verrückter, bis er schließlich Briefbomben bastelte, um Menschen umzubringen.

Heutzutage ist die Natur die Lieblingsverbündete von Mördern, Vergewaltigern, hausgemachten Terroristen und allerlei anderen Spinnern. Die Waldenseen verbergen die Leichen und Autos ihrer unglückseligen Opfer. Die reizenden Bäume und Sträucher, die Thoreau so entzückten, bieten diesen Schurken nun reichlich Verstecke und geben Gelegenheit zu Hinterhalten, Chaos, Mord und Terror. Helfen ihnen dabei, Gottes Werk zu verrichten.

Thoreau hatte Glück. Er starb vor dem modernen Zeitalter.

Wenn einen nicht irgendein Psychopath wie der Unabomber im Wald drankriegte, erledigte dies die Natur selbst. Mit ihren Reißzähnen, ihren Stacheln, ihren Krallen, ihren Mäulern, ihren Giften. Und ihrer Kälte, ihrem Regen, ihrer Dunkelheit und ihrem eiskalten Wind. Für den Fall, dass ihre anderen Waffen versagten.

Der Mensch brauchte Jahrtausende, um aus den Wäldern zu kriechen. Warum jemand dorthin zurückgehen und das Wochenende damit verbringen wollte, auf dem Boden zu schlafen, war mir völlig schleierhaft.

»Keine Sorge, Fiona. Meine Freunde und ich haben uns Zelte gekauft. Meines ist groß genug für uns beide.«

»Zelt? Welches Zelt?«

»Zum Campen heute Nacht, nachdem wir die Krabbenfallen aufgestellt haben.«

»Was?«

»Du weißt schon, Camping.«

»Mein Vater hat keinen Ton gesagt, dass wir über Nacht wegbleiben.«

»Hat er dir nicht Bescheid gegeben?«

»Nein.«

Mein Vater hatte keinen Ton gesagt, dass wir campen und ich mir ein Zelt mit Don teilen würde. Oder dass ich die Nacht mitten am Arsch der Welt ohne Schlafsack verbringen musste.

»Don, ich habe noch nicht einmal einen Schlafsack.«

»Oh, ich habe einen zusätzlichen dabei.«

Großartig.

Ich hasse Campen.

Meine Vorstellung von Camping ist, im Motel 6 mit

funktionierender Toilette, Dusche und Strom zu wohnen. Und einem beschissenen Bett mit Bettzeug und Kopfkissen, um mich vor dem Dreck von Mutter Natur zu bewahren, weil ich auf alles allergisch bin. Auf Gräser, Pollen, Dreck, Fell, die Welt der Pflanzen, die Welt der Tiere, schmutzige Schlauchboote, Zelte und sogar manche Exemplare aus der Welt der Menschen wie etwa Don.

»Wo campen wir überhaupt, Don? Ich dachte, im Schutzgebiet dürfe man nicht über Nacht zelten.«

»Nein, nicht im Schutzgebiet. Wir fahren zum China Camp.«

China Camp. Vier Meilen östlich von San Rafael an der Küste der Bucht von San Pablo befindet sich der China Camp State Park auf dem Gelände einer alten chinesischen Garnelenfischersiedlung, die einst in den 1880er Jahren ihre Blütezeit hatte. Ursprünglich war dieses Dorf das Zuhause von etwa fünfhundert Einwanderern aus Kanton, China, gewesen. Während ihres goldenen Zeitalters hatte die Siedlung drei Gemischtwarenhandlungen, einen Laden mit Bootszubehör und sogar einen örtlichen Friseur vorzuweisen.

Diese kantonesischen Fischer fingen mit ihren Netzen Fische und Garnelen, trockneten sie und verschifften sie zurück nach China oder an andere chinesische Gemeinden in den Vereinigten Staaten. Dann schlug der Staat Kalifornien zu und verwandelte die Siedlung in einen Park, der eine Vielzahl wild lebender Tiere, darunter Hochwild, Eichhörnchen und viele Vögel, beheimatete. Folglich mussten die Chinesen verschwinden.

Abgesehen von einem Kerl, Frank Quan, der dort immer noch fischen geht. Er ist der letzte lebende Nachkomme der alten Fischerfamilien im China Camp. Alle Macht Frank!

Da schaut ihr, Miwok-Indianer!

»Wo sind nun also die Krabben, Don?«

»Ach, irgendwo in den nördlichen Niederungen im China Camp. Du wirst schon sehen. Es macht Spaß.«

»Bist du dir sicher, dass du draußen in der Kälte sein solltest, draußen auf dem Wasser? Ich habe gehört, dass dich die Erdnüsse beinahe umgebracht haben.«

»Ach, jetzt geht's mir wieder gut. Tut mir leid, was beim Dim Sum passiert ist.«

Kein Problem.

Ich wurde auf einem Schlauchboot mittlerer Größe mit Don und seinen Freunden Carl und Joe hin- und hergeschaukelt. Sie stellten Krabbenfallen in den Gewässern der nördlichen Niederungen auf, mit Hühnerhälsen als Köder. Anscheinend lieben Krabben Hühnerhälse, die sich zudem leicht an den zusammenklappbaren Metallschachteln aus Kettengeflecht befestigen lassen.

Carl und Joe warfen ihre Fallen ins Wasser und markierten sie mit schwimmenden Clorox-Bleichmittelflaschen. Doch Don ließ sich Zeit und band seine Hühnerhälse mit sorgfältigen, filigranen Knoten fest, bevor er die Fallen über Bord warf. Er hatte eine im Laden gekaufte rot-weiße Boje. Ganz der professionelle Krabbenfischer.

Carl und Joe. Unsere Anstandswauwaus. Beides Chinesen. Beide um die eins fünfundsiebzig. Beide ein wenig untersetzt. Beide gebräunt. Beide geil aufs Krabbenfischen mit Don.

»Ist das dein erstes Mal beim Krabbenfischen, Fiona?«, fragte Carl.

»Ja, so ziemlich.«

»Gefällt es dir bisher?«

»Ähm, sicher. Was machen wir jetzt?«

»Ach, wir warten ab, dass die Krabben hineingekrochen kommen.«

»Nein, ich meine, was machen wir, während wir abwarten?«

»Tja, für gewöhnlich spielen wir am Strand Hearts«, sagte Joe.

Hearts. Das hätte ich mir ja denken können.

Hearts ist ein Kartenspiel für vier Spieler, in dem Stiche gemacht werden. Es ist auch als Black Lady, Chase the Lady, Crubs, Black Maria und Black Bitch bekannt. Auf der Highschool war es das bevorzugte Spiel der Mathe-, Schach- und Naturwissenschaftsstreber. Diese Leute hockten immer gruppenweise herum und spielten in den Fluren, bis ein Sportler vorbeikam und ihnen fürsorglicherweise die Karten wegkickte.

»Spielst du, Fiona?«, fragte Don.

»Nein.«

Ich zog mein Handy hervor und betete um Empfang. Ich wollte Sean anrufen, selbst wenn ich bezweifelte, dass er geneigt wäre, den ganzen Weg hier herauszufahren, um mich vor Hearts zu bewahren. Doch ich hatte kein Netz.

»Telefone funktionieren hier draußen nicht gut«, sagte Don. »Du kannst uns beim Spielen zusehen.«

Wie aufregend.

Don dabei zuzusehen, wie er mit seinen Freunden Karten spielte, und darauf zu warten, dass Krabben kamen und an Hühnerhälsen knabberten. Auf einmal vermisste ich Jack und meine Verträge, Formulare, Vereinbarungen. Doch ich hatte bloß einen Flunie übrig. Und ich befand mich am Arsch der Welt.

Man setzt niemals die Leute unter Drogen, die einen aus der Wildnis zurück in die Zivilisation mitnehmen werden. Die den zusätzlichen Schlafsack, das Zelt und die Nahrungsmittel haben.

Folglich gab ich stundenlang ein Interesse an Hearts vor. Ich versuchte mir vorzustellen, glückselig auf einem Kürbis am See hier draußen bei Mutter Natur zu hocken. Doch als Don, Carl und Joe am Abend beschlossen, in ihren Fallen nachzusehen, wollte ich nur noch eines: die Politik der verbrannten Erde in der gesamten unmittelbaren Umgebung durchziehen.

»Ach, Mann. Ich habe nichts«, rief Joe, der seine leere Falle stirnrunzelnd betrachtete.

»Ooh, ich habe eine, aber sie ist zu klein. Ich muss sie zurückwerfen«, sagte Carl, während er die Falle öffnete und die Dollarstück-große Babykrabbe im Wasser freiließ.

Eifrig zog Don seine Falle hoch, indem er sie mithilfe seiner schicken Boje einholte. Als er sie aus dem Wasser hievte, vernahmen wir laut protestierendes Geklapper von den überkrusteten Beinen und Scheren zweier riesiger Roter Klippenkrabben, die in dem Metallkäfig rasselten.

»Juchuuu! Oh, meine Mutter wird begeistert sein!«, stieß Don hervor. »Sie liebt Krabben.«

»Du bist so ein Glückspilz, Mann«, sagte Carl wehmütig.

»Was du nicht sagst. In mehr als einer Hinsicht«, gluckste Joe, der einen verstohlenen Blick in meine Richtung warf.

Herrgott.

Ich merkte mir vor, Sean unbedingt um mehr Flunies zu bitten, wenn ich ihn das nächste Mal sah. Außerdem merkte ich mir vor, nie mehr Krabbenfischen zu gehen. Nie wieder. Nicht mit Don, nicht mit sonst wem.

Nach einem Abendessen, das aus selbst gemachten Schinken-Käse-Broten bestand, die Dons Mutter eingepackt hatte, saßen wir um ein Lagerfeuer und tranken Bier, während Don und seine Freunde mir Löcher in den Bauch fragten, was mein Leben und meine Arbeit betraf.

»Dann bist du also wirklich Anwältin?«, fragte Carl.

»Ja.«

»Hast du eine Zulassung?«, fragte Joe.

»Ja.«

»Bist du gern Anwältin?«, fragte Carl.

»Wieso denn nicht?«

»Ja, klar. Anwalt zu sein, ist so was von cool.«

»Wie hast du eigentlich Don kennengelernt?«, fragte Joe.

»Mein Dad kennt seinen Dad.«

»Oh«, sagten Carl und Joe einstimmig.

»Mann, ich bin fix und fertig. Ich gehe mich ins Zelt legen«, sagte Don.

Carl und Joe lächelten und sahen mich an.

»Hier, geh schon mal rein. Ich besorg dir einen Schlummertrunk«, sagte ich und machte mich auf den Weg zur Kühlbox. »Meine Mom sagt, es ist immer gut, direkt vor dem Schlafengehen Flüssigkeit zu sich zu nehmen.«

»Ach, danke, Fiona. Das ist echt lieb.«

Trink eine Flunietablette in etwas Bier und meld dich am Morgen.

Gute Nacht, Don.

Am nächsten Morgen erwachte ich mit trüben Augen und pelzigem Mund dank des Mangels an wohltuendem Schlaf und Colgate-Kariesschutz-Zahnpasta.

»Heilige Scheiße. Ich habe wie ein Murmeltier geschlafen! Ich muss müde gewesen sein.« Don trug die schlimmste Bettfrisur zur Schau, die ich je gesehen hatte.

»Ja. Als ich mich in die Falle gehauen habe, hast du schon gepennt«, sagte ich.

»Hoffentlich hab ich nicht die ganze Nacht hindurch geschnarcht.«

»Nö.«

Joe kam aus seinem Zelt getaumelt, streckte sich und rieb sich die Augen. Er sah sich um und fragte: »Hat einer von euch Carl gesehen?«

»Nein, wir sind eben erst aufgewacht«, sagte ich.

»Er ist heute Morgen nicht im Zelt gewesen. Ich frage mich, wo er hin ist.«

»Vielleicht macht er einen Spaziergang am Strand.«

Don zuckte mit den Schultern und machte sich daran, seine Sachen zu packen, wobei er vor allem sicherstellte, dass er die Kühlbox mit dem gestrigen Fang hatte.

»Ich hoffe bloß, er hat sich nicht verlaufen oder so. Ich suche mal besser nach ihm«, sagte Joe.

Ich lächelte und stellte mir vor, was Carl zugestoßen sein könnte. Er konnte von einem Bären, einem Wolf, einem Berglöwen oder einem Jeffrey Dahmer aufgefressen worden sein, der wieder zurück zur Natur wollte.

»CARL!«, brüllte Don. »Wo steckst du, Mann?«

»Zum Teufel mit dem Kerl. Wo steckt er?« Joe kratzte sich. »Ich muss duschen.«

Ich auch.

Ich hatte immer noch das Make-up vom Tag davor im Gesicht. Meine Reinigungsmilch von Clinique stand an meinem Waschbecken zu Hause und versprach Frische und reine Poren. Und ich war hier am Arsch der Welt mit Don und seinen beiden Roten Klippenkrabben.

»Sieh mal, Don. Ich muss wirklich los. Ich muss noch zurück ins Büro und arbeiten. Die Arbeit einer Anwältin ist nie fertig.«

»Sicher, Fiona. Wir machen uns gleich auf den Heimweg.«

Don war eigentlich doch gar nicht so übel.

Also stiegen wir in Dons Wagen und fuhren zurück in Richtung Zivilisation, Asphaltdschungel, der fabelhaften City by the Bay – wir zusammen mit einer feinen Schicht aus Erde, Ruß und Schmutz in den Haaren und mit zwei Roten Klippenkrabben in der Kühlbox im Kofferraum.

Und ohne einen Carl.

KAPITEL 15

Mittwochnachmittag erhielt ich eine E-Mail von Don mit guten und schlechten Nachrichten.

Hey Fiona,
schlechte Nachrichten. Sie haben Carl gefunden. Er ist tot. In Küstennähe ertrunken. Er muss wohl im Laufe der Nacht ausgerutscht und ins Wasser gefallen sein, als er zum Pinkeln gegangen ist. Als man ihn herausgefischt hat, haben Krabben an ihm geknabbert.

Gute Nachrichten. Meine Mom fand die Krabben, die ich gefangen habe, super. Sie sind köstlich gewesen.

Don

Also hatte Mutter Natur Carl doch erwischt. Im Namen ihrer ermordeten Vorfahren und mit ein bisschen Hilfe von Bier und Carls eigener Blödheit, hatten sich die Krabben der Bucht von San Pablo an ihm gerächt. Wenigstens war er nicht einem Sittenstrolch oder einem sadistischen Psychopathen zum Opfer gefallen. Das wäre schlimmer gewesen. Mehr Papierkram und Laufereien für die Polizei, wenn das passiert. Niemand lastet es Mutter Natur an, wenn sie jemanden umbringt.

Wenigstens war bei unserer tödlichen Exkursion eine gute Mahlzeit für Dons Mutter herausgesprungen.

Sean lachte, als ich ihm von dem Krabbenausflug erzählte.

»Ich hab's dir doch gesagt, Fi. Geh niemals ohne deine Flunies aus dem Haus.«

»Du hast völlig recht. Da fällt mir ein: Ich hab keine mehr übrig. Kann ich noch mehr haben?«

»Oh, natürlich.« Er gluckste wieder. »Armer Don. Er dachte, er würde seinen Spaß mit dir in dem Zelt haben, weißt du?«

»Was soll's.«

»Verabredest du dich wieder mit ihm?«

»Was? Teufel, nein, Sean! Ich hatte mehr Don, als mir lieb ist.«

»Sicher?«

»Oh, ich bin mir ziemlich sicher.«

»Cool. Komm Freitag vorbei. Wir feiern deine Rückkehr aus der Wildnis.«

Ich war der Meinung, dass ich fortan nichts mehr von Don sehen oder hören würde. Doch da irrte ich mich.

Meine Eltern stellten sich mir in den Weg, als ich Freitagmorgen auf dem Weg in die Arbeit zur Tür hinaus wollte. Die Augen meines Vaters funkelten vor Freude und Aufregung. Meine Mutter strahlte mich an.

»Was?«

»Du magst Don also, stimmt's?«

»Nein.«

»Was meinst du damit, ›nein‹? Du hast die Nacht mit ihm verbracht.« Mein Vater sah mich mit einem schelmischen Grinsen an.

»Mir blieb keine andere Wahl. Du hast mich hereingelegt und dazu gebracht, mit ihm campen zu fahren.«

»Aber du hast die Nacht mit ihm verbracht.«

»Nein, habe ich nicht.«

»Habt ihr beiden euch denn kein Zelt geteilt?«

»Ja, klar, weil mir keiner gesagt hat, dass ich mein eigenes Zelt mitbringen soll. Weil mir keiner gesagt hat, dass es sich um einen Ausflug mit Übernachtung handelt.«

»Ihr beiden seid also im selben Zelt gewesen.«

»Ja, aber wir hatten getrennte Schlafsäcke, Dad. Don hatte einen zusätzlichen mit dabei.«

»Aber ihr beiden habt miteinander geschlafen.«

»O mein Gott, Dad, für so was hab ich echt keine Zeit. Es ist nichts passiert. Wir hatten keinen Sex oder was auch immer. Don ist auf der Stelle eingepennt. Sobald er sich hingelegt hatte.«

»Aber du magst ihn, stimmt's?«

»Nein. Don ist scheiße.«

»Fiona, hör auf zu lügen. Ich weiß, dass du ihn magst.«

»Ist schon in Ordnung, Fiona. Es ist nichts Schlimmes, einen Jungen zu mögen«, sagte meine Mutter.

»Mom, ich mag ihn kein bisschen. Ernsthaft. Ich Don nix mögen.«

Meine Eltern wechselten verwirrte Blicke.

»Warum bist du dann über Nacht mit ihm zum Krabbenfischen gefahren?«, fragte meine Mutter.

»Weil Dad mich dazu gedrängt hat. Und er hat kein Sterbenswort von wegen Übernachtung gesagt.«

»Oh.«

Genau. Mein Vater war schuld. Mach ihn verantwortlich.

»Tja, rate mal, Fiona. Deine Hochzeit ist nächsten Monat, am achtundzwanzigsten. Deine Mutter und ich werden sämtliche Vorbereitungen treffen. Trag Lippenstift.«

»Was? Meine was?«

»Hochzeit.«

»Mit wem denn, zum Teufel noch mal?«

Mein Vater starrte mich an und blinzelte überrascht. »Mit Don natürlich.«

»Ich werde Don nicht heiraten, Dad! Das ist lächerlich. Wie kommt ihr darauf, dass ich ihn heiraten werde?«

»Du hast die Nacht mit ihm verbracht.«

»Na und? Wir haben nichts gemacht. Das hier ist nicht China. Man heiratet nicht, bloß weil man die Nacht miteinander verbracht hat. Zur Hölle, hier heiratet man noch nicht einmal, wenn man zusammen drei Kinder in die Welt gesetzt hat.«

Ich war so froh, dass ich meinem Vater nicht von all meinen anderen Dates erzählt hatte. Ja, Dad, ich schufte mich bloß im Büro ab.

»Fiona, du bist Chinesin.«

»Na und? Ich lebe in Amerika.«

»Dons Vater und ich haben schon eingewilligt.«

»Gut. Dann kannst du ja Don heiraten gehen. Oder noch besser, seinen Vater. Ich gehe in die Arbeit.«

Ich stürmte aus dem Haus und suchte Zuflucht in Jacks Welt, meiner Welt, der Welt im Sechsminutentakt abrechenbarer Stunden. Doch meine Konzentration ließ nach, und ich war in Gedanken bei dem Streit am Morgen mit meinem Vater und spielte ihn immer wieder vor meinem geistigen Auge ab.

Es stimmt. Wenn man den Minutenzeiger einer Uhr beobachtet, rückt er nie weiter. Ja, je mehr man ihn anstarrt, desto mehr scheint er sich rückwärts zu bewegen. Der Freitagnachmittag zog sich hin, Sekunde um Sekunde, während ich ständig nach der Uhrzeit sah wie ein nervöses Kind, das auf die Schulglocke wartet, die zum Unterrichtsschluss läutet. Damit ich zu Sean nach Hause laufen und über die Ankündigung meines Vaters am Morgen herziehen und sie beklagen konnte.

»Kacke, Sean, ich werde das Jungfernhäutchen doch noch brauchen.«

Bei dem Versuch, sein Lachen zu zügeln, spuckte Sean seine Cola mit Rum aus.

»Kein Witz, Sean. Ich meine es ernst. Meine Eltern schmieden gerade Hochzeitspläne für mich. Sie haben bereits einen Termin festgesetzt. Sie findet nächsten Monat am achtundzwanzigsten statt.«

Sean konnte nicht reden. Er krümmte sich und hielt sich den Bauch, während er weiter über meine missliche Lage lachte.

»Freundchen, du gehst mir auf den Keks. Du bist mir überhaupt keine Hilfe.«

»Tut mir leid, Fi. Es ist einfach zu lächerlich.«

»Genau. Es ist absurd. Wer zum Teufel erwartet von einem, dass man nach einem Krabbenfischausflug mit Übernachtung heiratet?«

»Dein Dad.« Sean brach erneut in Gelächter aus.

»Er hat es ernst gemeint!«

»Ich weiß. Hast du schon mit Don geredet?«

»O Gott, nein. Das ist mir gar nicht in den Sinn gekommen. Meinst du, er ist mit der Sache einverstanden?«

»Das wirst du schon ihn fragen müssen, Fi.«

»Aber ich will nie wieder mit Don reden.«

»Sieht nicht so aus, als bliebe dir eine andere Wahl.«

Sean hatte recht.

»Fi, warum sagst du deinem Vater nicht einfach Nein?«

Weil ich das schon eine Million Mal getan habe. Und es hat noch kein einziges Mal funktioniert. Außerdem hatte ich keine Lust darauf, zur Strafe von meinem Vater angeschwiegen zu werden, oder auf die unangenehme angespannte Stimmung zu Hause. Und vor allem wollte ich nicht, dass er meine Mutter für meine Unverschämtheit verantwortlich machte.

Um mir ins Gedächtnis zu rufen, dass ich immer noch in Amerika war, dem Land der unbegrenzten Möglichkeiten, der Nation, in der man nicht den Jungen heiraten musste, der einen über Nacht auf einen Krabbenfischausflug mitnahm, kaufte mir Sean Fünfzehn-Dollar-Drinks im XYZ, einer angesagten Bar im Stadtteil South of Market. Der Szenetreffpunkt für Investmentbanker, Firmenanwälte, Leute, die es sich leisten können, über zehn Dollar für einen Drink zu berappen.

»Sieh dir diese Leute an, Fi. Sie glauben, dass sie ewig leben werden.«

»Diese Dummerchen.«

Ich legte den Kopf auf meine verschränkten Arme und spürte die Wirkung des Raging Bull und der Ereignisse des Tages.

»Kopf hoch, Fi! Die Lage ist nicht aussichtslos. Dein Dad wird dich nicht umbringen lassen, bloß weil du Don nicht heiratest. In diesem Land jedenfalls nicht. Und betrachte die Sache doch mal von der positiven Seite: Niemand lebt ewig.«

»Tja, ich habe keine Lust, demnächst zu sterben.«

»*Du* musst es auch nicht. Wo wohnt dieser Don überhaupt?«

Ich wusste, was Sean eigentlich fragte, aber ich wollte es ihm nicht sagen. So sehr hatte sich die Lage noch nicht zugespitzt.

»Irgendwo in Menlo Park«, log ich.

Sean sah mich an. Ich lief rosa an. Ihm war ganz bestimmt klar, dass ich log. Er merkte es immer, wenn jemand log, besonders, wenn dieser Jemand ich war.

»Keine Sorge, Fi. Ich überlasse Don ganz dir. Aber bloß, damit du es weißt, es gibt keinen Mangel an Flunies oder Erdnüssen.«

»Gut zu wissen, Sean.«

Erdnüsse.

Die Erdnuss, die unter Wissenschaftlern auch als *Arachis hypogaea* bekannt ist, ist die am meisten konsumierte Nuss in ganz Amerika. M&M's. Snickers. Nutrageous. PayDay. Planters. Erdnüsse sind überall. Sie sind reich an Eiweiß und Niacin, die förderlich für die Gesundheit und die Durchblutung des Gehirns sowie den ganzen Blutstrom sind. Es sei denn natürlich, man ist stark allergisch auf Erdnüsse. In dem Fall sind sie nur förderlich für den eigenen Tod.

Wie bei Don.

Manche Leute sind empfänglich für den Tod. Andere nicht. Schieß ein Dutzend Mal auf Rambo, und der Kerl macht weiter. Verabreiche Don eine Erdnuss, und er stirbt einfach. Sinnlos, es sei denn, man ist Nutznießer seiner Lebensversicherung. Oder müsste aus einer arrangierten Heirat mit ihm herauskommen.

Sean seufzte laut und riss mich aus meinen Gedanken über Erdnüsse. »Fi, mir ist langweilig.«

»Du meine Güte, Sean, du sitzt in der ersten Reihe bei der Fleischbeschau der Reichen und Berühmten. Sieh dir die ganzen törichten Leute an, die glauben, sie würden ewig leben, wie sie ihre teuren Drinks runterkippen und darauf warten, dass jemand sie aus ihrem Elend erlöst.«

Sean lachte. »Oh, Fi. Du bist die Beste.«

»Jep. Beispielsweise diese sexy Brünette am Ende der Bar. Die mit dem silbrig-rosafarbenen Schal um den Hals. Die kommt fertig ausgestattet mit Todesaccessoires. Sind das nicht die Besten?«

»Du hast dazugelernt, Fi. Verwende stets etwas, das ihnen gehört. Denk immer dran.« Sean zwinkerte mir zu.

»Oh, das werde ich.« Während Sean seinen Drink leerte, kam mir eine Frage in den Sinn. »Warum Schönheitschirurgie, Sean? Warum Frauen hübscher machen, wenn …?«

»Ich habe mich schon die ganze Zeit gefragt, wann du dich danach erkundigen würdest. Ich mache Leute nicht hübscher. Ich führe hauptsächlich Rekonstruktionen durch. Ich repariere, was auch immer beschädigt oder zerstört wurde. Wie etwa Jungfernhäutchen.« Er lachte. »Muss los. Gottes Werk wartet auf niemanden.«

Sean ging schnurstracks auf die Brünette zu. Ich leerte den Rest meines Drinks und machte mich auf den Heimweg.

Rekonstruktion. Das erklärte wohl alles.

Vor dem Einschlafen bat ich Don in einer E-Mail, mich Samstag anzurufen. Als er am Nachmittag bei mir anrief, war ich immer noch zu Hause, zu verkatert, um mich ins Büro zu schleppen.

»Hi, Fiona. Findest du es nicht aufregend, dass wir heiraten?«

»Nein, Don. Ich heirate dich nicht. Wir werden nicht heiraten.«

»Aber es ist schon alles arrangiert. Unsere Eltern haben sich geeinigt.«

»Dann arrangiere es um. Sag ihnen, sie sollen einander heiraten.«

»Bist du sauer? Du klingst sauer.«

»Ja, Don. Ich bin sauer. Keiner hat mich gefragt. Ich bin nicht damit einverstanden. Ich liebe dich nicht. Und ich werde dich nicht heiraten.«

»Oh.«

»Das kannst du deinen Eltern ausrichten. Keine Heirat.«

»Was sagt dein Dad dazu?«

»Das ist egal, es sei denn, er ist derjenige, der ›Ja, ich will‹ sagt. Und dem ist nicht so.«

»Ach, dann willst du gar nicht heiraten?«

»Nein. Nicht dich.« Zum millionsten Mal.

»Aber ich habe gerade erst mein eigenes Haus hier in San Bruno gekauft. Es liegt einen Block entfernt vom Haus meiner Eltern.«

»Herzlichen Glückwunsch, Don. Schön für dich. Ich wünsche dir ein schönes Leben in deinem Haus.«

»Es ist ein wirklich schönes Haus. Um eine Familie darin großzuziehen.«

»Gut. Dann zieh eine Familie darin groß. Solange ich nicht beteiligt bin.«

»Fiona, warum benimmst du dich so?«

»Wie denn?«

»Als würdest du nicht heiraten wollen.«

»Weil ich nicht will. Ich weiß nicht, wie oft ich es noch sagen muss, aber ich mache bei der Sache nicht mit. Und nichts, was du sagen könntest, wird mich umstimmen.«

»Oh.«

»Haben wir uns verstanden?«

»Mein Dad will mit dir sprechen.«

Großartig.

Don reichte das Telefon an seinen Vater weiter.

»Hallo? Fiona? Hier spricht Dons Vater.«

»Hi, ich werde Don nicht heiraten.«

»Hat dir das Krabbenfischen keinen Spaß gemacht?«

»Nicht wirklich. Kalt und nass. Und sein Freund ist gestorben.«

»Aber Don hat gesagt, ihr beiden hättet euch die ganze Nacht lang amüsiert.«

»Nein, haben wir nicht. Don ist früh am Abend eingeschlafen, nachdem er seine Krabben hochgezogen hatte.«

»Aber mein Sohn ist ein prächtiger Junge.«

»Ganz bestimmt.«

»Er hat gerade erst sein eigenes Haus gekauft. Warum kommst du nicht her und schaust es dir an? Wir veranstalten nächste Woche eine Einweihungsfeier.«

»Nein, ist schon gut. Ich habe zu tun. Arbeit. Viel Arbeit.«

»Bloß ganz kurz. Es ist ein reizendes Haus. Es wird dir gefallen.«

»Das spielt keine Rolle. Ich werde Don nicht heiraten.«

»Fiona, kann ich einen Moment mit deinem Vater reden?«

Großartig.

Ich winkte meinem Vater, der gerade aus dem Badezimmer gekommen war, mit dem Hörer zu. Ihm folgte ein beißender Geruch nach menschlichen Fäkalien in den Flur. Ich sagte nichts. Leute-Kultur eingehalten, selbst zu Hause.

»Dons Vater, Dad. Sag ihm, dass ich Don nicht heiraten werde. Das hier ist bescheuert.«

»Fiona, sei nicht unverschämt.«

Mein Vater griff nach dem Telefon, wobei er sich mit der anderen Hand die Schlafanzughose hochhielt, weil der Gummizug ausgeleiert war.

»Hilo?«

Ich ging in mein Schlafzimmer zurück, um mich hinzulegen und meine heftigen Kopfschmerzen auszukurieren. Gestern Abend hatte ich einen Raging Bull zu viel gehabt. Ich dämpfte die Geräusche vor meinem Zimmer, indem ich mich unter meinem Bettzeug verkroch. Es war mir wirklich gleich, was mein Vater Dons Vater erzählte. Ich hatte meine Absichten bereits klargemacht.

»Wow, wirklich? Das ist wunderbar«, hörte ich meinen Vater sagen. Ich schlug die Decke zurück. Auf einmal stieg mein Interesse an der Unterhaltung wieder.

»Natürlich kommen wir. Don ist so ein guter Junge.«

Nein, ist er nicht.

»Ich gebe Fiona Bescheid. Sie wird es toll finden.«

Nein, werde ich nicht, was auch immer »es« ist.

»Okay. Bis morgen.«

Mein Vater kam in mein Zimmer getappt, immer noch die Schlafanzughose hochhaltend.

»Weißt du was? Don hat uns morgen Abend zu sich nach Hause zum Essen eingeladen.«

»Dad, ich komme nicht mit.«

»Fiona, sei nicht unverschämt.«

»Ich bin nicht unverschämt. Ich bin ehrlich. Ich werde den Jungen nicht heiraten. Es ist sinnlos, sich sein Haus anzusehen oder mit seiner Familie zu Abend zu essen.«

»Tja, ich habe bereits zugesagt, also wirst du mitkommen müssen.«

»Nein, Dad, du hast zugesagt. Also fahr du hin.«

»Fiona, es ist bloß ein Abendessen.«

»Nein, ist es nicht. Don will, dass ich zu ihm in das Haus ziehe und seine kochende Hure werde.«

»Fiona! Es reicht. Es besteht kein Grund, vulgär zu werden. Es schadet nichts, einfach nur zu Abend zu essen, und wir werden gefälligst hinfahren.«

»Ich kann nicht. Ich muss arbeiten.«

»Es ist Sonntag.«

»Ja, und ich bin Firmenanwältin. Sonntag ist ein Werktag.«

»Du wirst trotzdem essen müssen. Kannst ebenso gut umsonst bei Don essen.«

»Umsonst ist der Tod, Dad. Ich komme nicht mit.«

»Wir essen und fahren dann wieder.«

»Nein, werden wir nicht. Wir werden nach dem Essen herumhocken und irgendwelchen Scheiß mit ihnen reden.«

»Nein, versprochen. Das werden wir nicht.«

»Und ich werde Don nicht heiraten.«

»Na, dann kannst du es ihm morgen Abend beim Essen persönlich sagen.«

Als wenn das besser ankäme.

»Schön, Dad.«

»Du kommst mit?«

»Um Don und seiner Familie zu sagen, dass ich ihn nicht heiraten werde.«

Eine Sekunde später wurde mir bewusst, dass ich mich zu einem dritten Date mit Don hatte breitschlagen lassen. Und dieses Mal in seinem neuen Haus.

Ich brauchte mehr als eine Packung Flunies. Ich brauchte ein Snickers.

KAPITEL 16

Prozessanwälte wiederholen manchmal wieder und wieder dieselbe Frage, ohne auf die Entgegnung zu achten, weil sie versuchen, einem die Antwort zu entlocken, die sie hören wollen. Es ist eine alte Kreuzverhörtaktik, bei der man versucht, den Zeugen mürbe zu machen. Bei Gericht nennen Richter und Anwälte es ›dem Zeugen zusetzen‹. Und die Gegenseite kann Einspruch erheben. Denn die Frage ist bereits gestellt und beantwortet worden.

Fahren Sie fort, Herr Anwalt.

Leider gelten die kalifornischen Prozessregeln nicht bei chinesischen Familienmahlzeiten. Oder bei chinesischen Eltern, die darauf erpicht sind, ihren Nachwuchs zu verheiraten.

Sonntagabend holten meine Eltern mich im Büro ab. Sie hatten Angst, ich könnte mich heimlich davonstehlen. Genau das hatte ich vorgehabt. Ihr überraschendes Eintreffen machte meine Fluchtpläne zunichte. Also landete ich im Familienwagen auf dem Weg nach San Bruno, mit einem Snickers in der Handtasche.

Nur für den Fall aller Fälle.

»Rein und wieder raus. Ich bleibe keine Minute länger, Dad.«

»Sei nicht unverschämt, Fiona.«

Denn Hello Kitty ist niemals unverschämt.

»Dad, ich bin nicht unverschämt. Ich sage dir nur geradeheraus, was ich beschlossen habe. Ich werde Don nicht heiraten. Und ein Abendessen wird daran nichts ändern.«

»Sieh dir nur zuerst einmal sein Haus an.«

In der Welt von Jane Austen funktioniert das tatsächlich. Lizzie Bennet wird erst bewusst, wie sehr sie in Mr Darcy verliebt ist, als sie sieht, wie imposant Pemberley ist. Beim Anblick seines großen Besitzes wird ihr auf einmal klar, wie stark sie ihn liebt. Und keine Sekunde früher. Schon komisch, die Liebe. Selbst zu Jane Austens Zeiten.

Doch im Gegensatz zu Lizzie verdiene ich mir meinen Lebensunterhalt. Ich rackere mich für Jack Betner ab, damit ich niemanden wie Don heiraten muss, um drei Mahlzeiten und ein Dach über dem Kopf zu haben. Wahrscheinlich verdiene ich mehr als Don. Und das Erbe einer Familie wird hier in Amerika nicht nur in männlicher Linie weitergegeben.

Gott segne Amerika. Ganz Amerika, selbst San Bruno. Weniger Macht dem Penis.

San Bruno ist ein Vorort in Buchtnähe mit etwa vierzigtausend Einwohnern. Zu den Highlights der Stadt zählen der San Francisco International Airport, der Golden Gate National Cemetery und Tausende ein- und zweistöckiger Häuser. Don hatte ein zweistöckiges, mit Stuck verziertes Haus, bei dem das Erdgeschoss in eine Garage umgewandelt worden war. Eine Parkgelegenheit zu finden, wäre also niemals ein Problem für den Herrn und die Herrin des Hauses. Doch es war nicht Pemberley.

»Was meinst du, Fiona?«, fragte Dons Vater.

»Es ist ein sehr nettes Haus«, erwiderte ich tonlos.

»Warte, bis du es von innen siehst.«

Hurra.

Das Innere von Dons neuem Haus verdankte seine Ausstattung Home Depot und IKEA, nicht Ethan Allen. Das Ergebnis war amerikanischer Vorstadtchic mit einem Hauch altes Asien inklusive eines Altars, der Dons Ahnen geweiht war. Schwarz-Weiß-Fotografien seines Urgroßvaters und Großvaters standen in vergoldeten Rahmen auf dem Kaminsims, zusammen mit Räuchergefäßen und Obsttellern. Orangen, Äpfel, Bananen, Birnen. Das essen die Geister chinesischer Ahnen. Und den Rauch aus den Räucherfässern.

Bon appétit.

Ein Satz freier Gewichte und eine Flachbank zum Bankdrücken standen in einer Ecke des Wohnzimmers. Eine Gewichtstange lehnte an der Wand und wirkte deplatziert in dem ansonsten völlig durchschnittlichen Raum.

»Wer stemmt denn Gewichte?«, fragte ich.

»Ich«, erwiderte Don.

Ich starrte seine wabbeligen Arme an, Arme, die wie Götterspeise zitterten und wackelten, sobald er sie bewegte. Wenn Don Gewichte stemmte, dann war ich Meisterbodybuilderin.

»Na ja, ich fange gerade erst an«, räumte Don verlegen ein.

Tatsächlich.

»Ich will gut aussehen, weißt du, für das alles«, fuhr er fort.

Für unsere Hochzeit.

Ich machte den Mund auf, bereit, Don zum millionsten Mal zu widersprechen, doch mein Vater ergriff als Erster das Wort.

»Es ist wichtig, fit zu bleiben, Don. Du solltest Fiona hier ermuntern, Sport zu treiben. Sie hockt den ganzen Tag nur vor dem Computer rum. Nicht gut für sie. Sie muss auch etwas für ihr Aussehen tun«, sagte mein Vater.

»Dad, ich sehe völlig in Ordnung aus. Und vor dem Computer herumzusitzen heißt bei mir Arbeit.«

»Du arbeitest zu viel.«

»Das machen Anwälte nun einmal, Dad.«

»Ich finde es so beeindruckend, dass du Anwältin bist«, sagte Don.

»Ähm, danke.«

»Du solltest trotzdem gesund leben, Fiona«, beharrte mein Vater.

»Wieso? Es ist ja nicht so, als müsste ich in einem Hochzeitskleid eine gute Figur machen.«

Ach, Mist. Da hatte ich mal wieder den Elefanten im Porzellanladen losgelassen. Und er furzte. Laut.

Jetzt musste jeder Notiz von seiner Anwesenheit nehmen – oder in seinem Furz ersticken.

»Fiona, sieh dich um. Es ist ein reizendes Haus. Du wirst hier so glücklich sein«, sagte mein Vater.

»Nein, werde ich nicht. Weil ich Don nicht liebe. Tut mir leid, Kumpel. Nicht persönlich gemeint.«

»Ähm, ich muss mal nach den Hühnchen sehen«, erwiderte Don. Er sah seinen Vater an und senkte den Kopf.

»Fiona, sei nicht unverschämt. Don ist ein guter Junge«, wiederholte mein Vater.

»Das ist richtig. Mein Junge wird einen wunderbaren Ehemann und Vater abgeben«, sagte Dons Vater.

»Gut. Dann verheiraten Sie ihn mit einem anderen Mädchen. Ich will keinen Ehemann, und ich hasse Kinder. Die saugen einem schlicht und einfach das Leben aus. Nein danke.«

»Fiona, wie kannst du das sagen? Kinder machen Familien aus«, sagte meine Mutter.

»Meine Vorstellung von einer Familie besteht aus Pepito. Gewöhn dich dran. Er kann euer Enkelsohn sein.«

Ich hasse Kinder.

Sogar als ich selbst noch eines war, hasste ich all die anderen Kinder. Kinder sind immer dreckig, mit klebrigen Händen, Rotznasen und hässlicher Kleidung. Kinder machen sich in die Hose, bohren in der Nase, essen ihre Rotze und kotzen ihre Schokobrownies aus. Und sie weinen und greinen ständig nach ihren Müttern. Wenn ich Kinder weinen sehe, will ich ihnen einfach nur Scheißhaufen in die offenen Münder stopfen. So würden sie schnell lernen, den Mund zu halten.

Oder das machen, was in russischen Krankenhäusern gemacht wird.

In der Stadt Jekaterinburg im südlichen Ural ersann das Krankenhauspersonal eine einfache, aber dennoch geniale Methode, um mit weinenden Säuglingen fertig zu werden. Sie knebelten sie, indem sie ihnen die schreienden Mäuler zuklebten. Problem gelöst.

Man warf dem Krankenhaus Kindesmisshandlung vor, obwohl doch die Babys angefangen hatten. Kinder misshandeln ständig ihr Umfeld und kommen damit durch.

Ich habe bereits Jack, der mich misshandelt. Ich brauche keine Kinder.

»Mach dich nicht lächerlich, Fiona. Don, hör nicht auf sie. Sie liebt Kinder«, sagte mein Vater rasch.

Ich achtete nicht auf ihn.

»Pepito ist großartig. Wenn ich ihn leid bin, kann ich ihn einfach in seinen Käfig mit einer Samen- und einer Wasserschale stecken. Mit Kindern kann ich das nicht wirklich machen, oder?«

»Wer ist Pepito?«, fragte Dons Vater.

»Niemand. Ihr Wellensittich«, sagte meine Mutter.

»Oh.«

»Es ist ganz egal. Ich werde Don trotzdem nicht heiraten. Ich habe mir gedacht, ich sollte es Ihnen allen persönlich sagen.«

Und ich tat es. Don, seinem Vater, seiner Mutter, seiner Großmutter, seiner Tante und seiner kleinen Schwester, die mich mit traurigen Blicken bedachten. Wahrscheinlich weil ich ihnen allen sagte, dass ich nicht in diesem reizenden Haus in San Bruno leben wollte.

»Aber Don hat erzählt, du hast viel Spaß beim Krabbenfischen mit ihm gehabt«, sagte Dons Vater.

»Habe ich nicht. Es war scheiße. Es war kalt, langweilig und ekelhaft. Und sein Freund ist gestorben.« Alle schienen vergessen zu haben, dass Carl gestorben war.

»Aber die Krabben, die Don gefangen hat, waren köstlich.«

»Davon weiß ich nichts, Sir. Ich habe nichts davon gegessen.«

»Oh, Don hat sie für seine Mutter gekocht. Mein Junge kann nämlich kochen.«

»Dann heiraten Sie ihn doch.«

»Fiona! Sei nicht unverschämt«, schalt mich mein Vater.

»O nein, ist schon in Ordnung. Ich begreife jetzt«, sagte

Dons Vater. »Du bist eifersüchtig, weil er die Krabben nicht für dich aufgehoben hat.«

»Ich hasse Krabben. Ich wollte seine dummen Krabben gar nicht essen.«

»Ist schon in Ordnung. Er wird dir ein andermal Krabben kochen.«

»Nein, es ist nicht in Ordnung. Sie hören nicht zu. Ich will seine Krabben nicht essen. Ich will ihn nicht heiraten!«

Bereits gestellt und beantwortet, bereits gestellt und beantwortet! Einspruch, Euer Ehren. Jemand, irgendjemand. Am liebsten hätte ich losgeschrien.

Don kam wieder ins Wohnzimmer und verkündete, dass das Abendessen fertig sei. Ein vollständiges chinesisches Familienessen, zubereitet von Dons Vater. Hühnchen, chinesischer Brokkoli, Rinder-Stir-fry, sautierte Garnelen, Gemüse-Medley, gebratener Wolfsbarsch. Und natürlich gedämpfter weißer Reis. Eine Mahlzeit ist keine Mahlzeit ohne gedämpften weißen Reis.

»Siehst du, welch wunderbare Dinge Don kochen kann? Ist Don nicht großartig?«, sagte Dons Mutter.

»Don, hast du das alles allein gekocht?«, fragte ich.

»Nun, mein Dad hat mir ein wenig geholfen.«

Während du in der Küche wahrscheinlich mit Essen beschäftigt warst. Ein wenig, von wegen!

Ich stopfte mir chinesischen Brokkoli in den Mund, bevor mir eine Unverschämtheit herausrutschen konnte, und hielt den Blick auf meine Schüssel gerichtet. Ich zählte die Reiskörner, die ich mit meinen Stäbchen aufgenommen hatte, und versuchte, höflich zu bleiben, wie eine brave Hello Kitty.

»Fiona kann überhaupt nicht kochen«, sagte mein Vater.

»Ich bin mir sicher, dass sie es lernen kann«, sagte Dons Mutter.

»Nein, ich hasse kochen. Ungefähr so sehr, wie ich Kinder hasse.«

»Ich konnte nicht kochen, als ich Dons Vater geheiratet habe. Aber ich habe es gelernt. Man muss nur gewillt sein zu lernen. Ständig essen zu gehen, ist sehr teuer und ungesund.«

Ich sagte nichts und aß weiter.

»Dein Dad sagt, dass du im Waschsalon aushilfst, stimmt's?«, fuhr Dons Mutter fort. »Das ist wunderbar. Du weißt, wie man Wäsche wäscht.«

»Ich nehme die Wäschereizettel entgegen und bediene die Kasse, während ich mit der Kundschaft schwatze. Ich wasche keine Wäsche.«

Ich zerstöre Ehen, säe Zwietracht und amüsiere mich über die Pein und die Qualen sich streitender Pärchen, Lady.

»Keine Sorge. Don hat einen wirklich schönen Waschtrockner im Keller. Du wirst keine Kleidung zum Waschsalon schleppen müssen.«

Ich sah Don an, der damit beschäftigt war, sein Hühnchen auseinanderzunehmen. Am liebsten hätte ich die Hand ausgestreckt und ihm eine Ohrfeige in sein teigiges dickes Gesicht verpasst. Ihm das Hühnchen aus den Fingern gerissen und es ihm auf den Kopf geschlagen. Damit er etwas sagen würde, irgendetwas.

Doch Don mampfte bloß weiter und leckte sich die öligen Finger. Er hielt den Kopf gesenkt, um jeglichen Blickkontakt mit mir zu vermeiden, was all meine Befürchtungen bestätigte. Er würde seinen Eltern nicht die Stirn bieten. Feige Memme. Entweder das, oder er steckte zu sehr in der Falle.

Vielleicht wollte auch er nicht dafür geächtet werden, dass er seinen Eltern nicht gehorchte. Vielleicht waren wir gar nicht so verschieden.

»Dieses Haus ist ideal, um eine Familie zu gründen«, sagte Dons Mutter.

Ich sagte nichts und kaute mein Gemüse. Ich dachte an das Snickers in meiner Handtasche und fragte mich, ob es geschmolzen war.

»Die Schulen hier sind prima, und es ist ein ziemlich sicheres Viertel«, fuhr sie fort.

»Na und? Ich habe die Schule hinter mir.«

»Für die Kinder, Fiona.«

»Ich werde keine Kinder kriegen. Jedenfalls nicht mit Don.«

»Kinder sind etwas Wunderbares. Sie machen eine Familie aus.«

»Nein, tun sie nicht. Sie ruinieren einem das Leben.«

Sie essen einen arm, bis man sich keine Dior-Schuhe und Gucci-Handtaschen mehr leisten kann. Dann werden sie groß und kriegen ihre eigenen Blutsauger und Parasiten, die sie einem jederzeit ohne Vorwarnung über Nacht dalassen, damit sie noch mehr dieser Geschöpfe produzieren können. Und dann verbringen sie ihre Zeit damit, bei Target einzukaufen und bei Applebee's essen zu gehen. Es sei denn, natürlich, sie stellen sich als der nächste Ted Bundy oder Jack Unterweger heraus und befreien die Gesellschaft von überschüssigen Frauen. Dann werfen einem die Leute bloß Eier gegen die Tür und halten einem vor, das kleine Monster zur Welt gebracht zu haben.

Nein danke.

»Fiona meint das nicht so«, sagte mein Vater. Er lachte nervös. »Hört nicht auf sie. Sie sagt Nein, wenn Sie Ja meint.«

Die klassische Verteidigung von Vergewaltigern.

Ich verdrehte die Augen, da ich es leid war, immer wieder das Gleiche zu wiederholen. Weil niemand sich die Mühe machte, überhaupt zuzuhören. Kein einziges Mal.

Gleich nach dem Abendessen stand ich auf, da ich es nicht erwarten konnte zu gehen. Meine Eltern taten so, als bemerkten sie nicht, dass ich mit dem Fuß auf Dons beigefarbenem Teppich aufstampfte.

»Hat dir das Abendessen geschmeckt, Fiona?«, fragte Dons Vater.

»Ja, es war köstlich. Danke.« Dem war auch so.

»Siehst du, Don ist wunderbar, nicht wahr?«

Nicht schon wieder.

»Ich bin mir sicher, dass Sie so denken, Sir. Danke für das Abendessen, aber jetzt muss ich wirklich zurück in die Arbeit.«

»Okay, ich lasse euch beide unter vier Augen Gutenacht sagen.« Dons Vater zwinkerte mir zu, und seine Mutter fing zu kichern an. Sie traten mit meinen Eltern auf die vordere Veranda, sodass ich mit Don allein zurückblieb.

Fiona und Don, verliebt, verlobt, verheiratet.

»Gute Nacht, Don. Danke für das Abendessen. Du bist sehr nett. Aber ich werde dich nicht heiraten. Ich bin mir sicher, dass du eine Passendere finden wirst.«

Da, ich hatte es so klar und direkt wie möglich gesagt. Es konnte keine weiteren Missverständnisse oder Kommunikationsstörungen mehr geben.

Er nickte lächelnd. »Und, willst du nächsten Samstag vorbeischauen?«

»Was?«

»Nächsten Samstag. Wieder zum Abendessen.«

»Nein. Kein Abendessen. Nicht nächsten Samstag. Niemals. Mach's gut, Don.«

Ohne auf eine Reaktion seinerseits zu warten, marschierte ich aus der Haustür und stieg hinten in den Wagen meiner Eltern.

»Fahren wir nach Hause.«

»Habt ihr beiden euch geküsst?«, fragte meine Mutter.

»Nein. Ich habe ihm gesagt, dass ich mich nicht noch einmal mit ihm treffen werde. Kein Abendessen. Keine Hochzeit. Kein Kuss.«

So viel dazu.

KAPITEL 17

»Es geht gar nicht einmal so sehr darum, für sich selbst einzutreten, Fi. Es geht darum, ihnen zu geben, was sie verdient haben. ›Man braucht nur den Willen, das zu tun, was die anderen nie wagen würden‹«, zitierte Sean Keyser Söze. *Die üblichen Verdächtigen* war Seans Lieblingsfilm, gefolgt von *American Psycho* und *Uhrwerk Orange*.

Sean wusste stets, wie mit Tyrannen umzuspringen war, ob nun auf dem Spielplatz oder woanders. Auch das dank seines alten Herrn. Gib ihnen, was sie verdient haben. Wie er beispielsweise Stephanie gegeben hatte, was sie verdient hatte.

Und Evan, den alle Kinder in Seans altem Viertel Evan den Schrecklichen nannten, fand heraus, was Keyser meinte. Durch Sean persönlich.

Evan war zwei Köpfe größer als jedes andere Kind in der Gegend und versetzte sämtliche Kinder mit ein wenig Hilfe von Buddy, seinem übergroßen Schäferhund, in Angst und Schrecken. Seine Eltern, die zu sehr damit beschäftigt waren zu arbeiten, wenn nicht gerade eine Partie schöner altmodischer Gewalt in der Familie angesagt war, achteten nicht auf die Launen ihres Sohnes. Evan machte seine Runde in der Nachbarschaft und kassierte Geld für das Pausenbrot ein, verteilte Tritte, schlug Köpfe gegen den Bordstein, während Buddy das blutverschmierte Opfer einen Baum hinauf oder über einen Zaun jagte oder ihm Schlimmeres antat.

Sean wurde zu Evans Lieblingszielscheibe. Folglich beschloss er, dass Evan und Buddy verschwinden mussten. Er wartete jeden Tag nach Schulschluss auf der vorderen Veranda seines Hauses auf sie, gemeinsam mit einer Sprühflasche mit Feuerzeugbenzin, seinem Zippo und dem Baseballschläger seines Vaters.

»Heimvorteil«, erklärte mir Sean hinterher.

Eines Tages ging Seans Wunsch in Erfüllung. Binnen einer Viertelstunde hing der Gestank nach verbranntem Hund in der Luft, während Evan mit gebrochenem Schlüsselbein und Schädelfraktur am Boden lag. Sean sicherte sich Buddys versengte Hundemarke und gab sie mir, nachdem wir Freundschaft geschlossen hatten. Nachdem ich Jeremy gründlich eins verpasst hatte.

»Denk dran, Fi. Keine Angst. Tu einfach, was der andere niemals wagen würde.«

Sean tat, was Evan niemals gewagt hätte.

Das Problem besteht darin, dass Schulhoftyrannen erwachsen werden. Sie lassen den Spielplatz, die Schule und die Nachbarschaft hinter sich und werden zu behandelnden Ärzten, Seniorpartnern, Vizepräsidenten und Generaldirektoren. Statt einen grün und blau zu schlagen oder das Mittagessen zu verdreschen, zwingen sie einen dazu, Überstunden zu machen, den eigenen Zeitplan umzustellen, nennen einen unfähig, drohen, einen zu feuern, setzen einen vor den eigenen Kollegen herab, verhängen unmögliche Abgabetermine und warten darauf, dass man versagt. Sie werden zu Leuten, die man nicht in Brand stecken oder mit einem Brecheisen verprügeln kann.

Und man selbst wird zu alt für die Jugendstrafanstalt.

Aber sie sind immer noch Tyrannen. Und man muss immer noch mit ihnen fertig werden. Oder sie werden einem bei jeder Chance, die sich ihnen bietet, auf die Zehen treten, selbst wenn man mittlerweile unzählige Titel vor dem Namen angehäuft hat.

Wie Sean hasste auch ich Tyrannen.

»Das muss alles bei Geschäftsschluss überprüft sein, Fiona. Kommen Sie mir nicht mit der Scheiße von wegen nicht genug Zeit!«, schrie Jack bei weit offener Bürotür.

»Jack, es gibt fünf Kartons von dem Zeug. Die Unterlagen sind erst heute Mittag eingetroffen.«

»Das sind fünf Stunden, Fiona. Himmel, meine Frau hat in kürzerer Zeit ein Kind zur Welt gebracht. Eine Stunde pro Karton.«

»Jack, uns liegen Tausende von Seiten vor. Das schaffe ich auf keinen Fall allein. Warum kann ich mir die Stapel nicht mit einem anderen Anwalt aufteilen?«

»Weil wir auf eine einheitliche Überprüfung aus sind.«

Blödsinn.

Wir führten die Kaufprüfung bei einer großen Fusion durch. Jack wollte, dass ich sämtliche Unterlagen der Gegenpartei prüfte, katalogisierte und jedes einzelne Dokument in einer ordentlichen Tabelle zusammenfasste, alles bis fünf Uhr am selben Tag. Alles allein. Tausende von Abmachungen, Pachtverträgen, Finanzbüchern, Lizenzen, Arbeitsverträgen.

»Faulheit und Unfähigkeit werden hier bei Beamer & Hodgins nicht toleriert. Sie sollten das im Handumdrehen erledigt haben. Ich kann nicht glauben, dass Sie an der Yale studiert haben.«

Yale.

Mein Klotz am Bein. Leute, die keine Eliteuniversität besucht haben, nutzen jede Gelegenheit, einen herunterzumachen, um sich selbst zu beweisen, dass sie cleverer und besser sind. Dass die Elitestudenten gar nicht so toll sind, und man selbst eben auch nicht.

Wenn man also nicht auf Wasser wandelt, Gedanken lesen kann, die finanzielle Zukunft vorhersagt oder Vierundzwanzig-Stunden-Projekte in fünf erledigt, ist man unfähig, dumm, faul, weniger als die anderen und der lebende Beweis, dass die Besten und die Gescheitesten nicht Yale, Harvard oder Princeton besucht haben. Sie haben die University of California, Los Angeles, oder die University of California, Berkeley, besucht, wie Jack eben.

Jack schleuderte mir meine halb fertige Tabelle hin.

»Schaffen Sie mir diesen Scheiß aus den Augen und holen Sie mir einen heißen, entkoffeinierten Kaffee. Zucker, keine Sahne. Ich muss meine Herztabletten einnehmen.«

Jack hatte Probleme mit dem Herzen. Sein Herz zog sich nicht richtig zusammen, also nahm er Digoxin, eine Form von Digitalis. Er zog sein Arzneifläschchen hervor und öffnete den Verschluss zu heftig. Die Pillen kullerten auf seinen Schreibtisch und den Boden.

»Verfluchte Scheiße. Sehen Sie nur, was ich wegen Ihnen gemacht habe! Gehen Sie! Jetzt!«, schrie er, als ich mich bückte, um ihm dabei zu helfen, die Pillen aufzuheben.

Also ging ich mit meiner unzulänglichen Analysetabelle und vier Tabletten Digoxin. Ich ging in den Pausenraum und holte Jack seinen heißen, entkoffeinierten Kaffee, gesüßt und ohne Sahne. Und mit Digoxin. Zermahlen, aufgelöst und perfekt umgerührt, bis nichts mehr davon zu sehen war.

»Bitte schön, Jack.«

Wenn das nicht den Grundsatz erfüllte, dass man stets etwas verwenden sollte, was dem Opfer gehörte!

Weil ich ihn nicht in Brand stecken oder ihn mit einem Montiereisen verprügeln konnte. Doch Jack hatte es verdient. Weil er auf Fiona herumgetrampelt hatte.

Ich kehrte in mein Büro zurück und fragte mich, wo ich Buddys Hundemarke vor all den Jahren hingetan hatte.

Ich betrachtete das gemalte Porträt einer Dame mit langem Gesicht und nach hinten gebundenen Haaren, das meinen Computerdesktop zierte. Statt Ted Bundy hatte ich Marie Delphine Macarty gewählt, oder Delphine LaLaurie, oder, wie sie in die Annalen der Geschichte eingegangen war, Madame LaLaurie.

Delphine war die Paris Hilton von New Orleans in den frühen 1830er Jahren und veranstaltete verschwenderische Feste für die oberen Zehntausend, von denen sie abgöttisch geliebt wurde, bis man herausfand, dass sie auf ihrem Dachboden mit ihren Sklaven Schönheitschirurgin gespielt hatte. Sie verpasste einem eine Geschlechtsumwandlung, verwandelte einen anderen in einen menschlichen Krebs und einen in eine Raupe, indem sie ihre Opfer mithilfe ihres Ehemannes, der Arzt war, in Scheiben und Würfel schnitt und Glieder an anderer Stelle wieder annähte. Eine Frau fesselte sie sogar mit deren eigenen Eingeweiden. Sie benutzte definitiv Dinge, die den Opfern gehörten. Also vertrieb man sie aus der Stadt.

»Wer ist das?«, fragte meine neue Sekretärin, als ich Delphines Bild installierte.

»Ein echtes Vorbild für Frauen.«

Girl Power.

Auf einmal schrie jemand draußen im Korridor und brachte das Geklapper von Tastaturen und Mäusen und das Geplapper am Trinkwasserbehälter zum Verstummen. Jemand anders brüllte, man solle einen Krankenwagen holen. Jemand schnappte nach Luft. Jemand lief draußen herum. Alles lärmte und regte sich, und plötzlich kam in jeden bei Beamer & Hodgins Leben, in jeden außer Jack.

Da der Abgabetermin für mein Kaufprüfungsprojekt auf unbestimmte Zeit verschoben war, nahm ich mir den Nachmittag frei und ging nach Hause.

»Warum bist du so früh zu Hause?«, fragte meine Mutter. »Du bist doch nicht gefeuert worden, oder?«

»Nein. Ich habe mir den Nachmittag freigenommen.«

»Warum?«

»Mein Boss hat ein Herzversagen erlitten. Schlechte Vibes in der Kanzlei.«

»Oh, das ist ja schrecklich! Aber es ist gut, dass du zu Hause bist. Dein Vater hat dir etwas zu sagen.«

Mein Vater kam ins Esszimmer geschlurft, in dem meine Mutter gerade die Krümel von seinem Mittagessen aufkehrte.

»Du bist früh zu Hause. Du bist doch nicht gefeuert worden, oder?«

»Nein. Mom hat mich das eben schon gefragt.«

»Oh. Okay. Tja, ich habe gute Nachrichten.«

»Was denn?«

»Wir haben deine Hochzeitsfeier im Empress Restaurant

gebucht. So ein Glück, dass sie an dem Wochenende noch nicht belegt waren.«

»Welche Hochzeitsfeier? Ich habe dir doch gesagt, dass ich Don nicht heiraten werde.«

»Warum hast du dann eingewilligt, mit Don und seiner Familie zu Abend zu essen?«

»O mein Gott! Dad, du bist unglaublich! Ich bin hingegangen, weil du mich mitgeschleift hast. Ich bin hingegangen, um ihnen ausdrücklich ins Gesicht zu sagen, dass ich Don nicht heiraten werde! Was zur Hölle ist eigentlich mit euch Leuten los?«

»Aber habt ihr beiden nicht miteinander geredet und euch geküsst, als du fort bist?«

»Nein! Nein! Nein! Haben wir nicht. Ich habe ihm gesagt, dass ich ihn nie wieder sehen möchte.«

»Tja, wir haben das Restaurant bereits gebucht.«

»Dann macht die Buchung rückgängig! Es sei denn, du möchtest Don heiraten.«

»Fiona, hör auf zu schreien.«

»Dann hör auf zu versuchen, mich mit Don zu verheiraten. Er ist ein totaler Loser.«

Ich marschierte aus dem Haus und knallte die Tür hinter mir zu. Blind vor Zorn setzte ich einfach einen Fuß vor den anderen. Ich hatte keine Ahnung, wohin ich wollte, nur, dass ich von meinem Zuhause wegwollte, weg von jeglichen Gesprächen über eine Hochzeit mit Don. Ich ging, bis meine Beine müde waren und die Sonne allmählich unterging. Und wieder einmal landete ich vor Seans Haus am Russian Hill.

Doch Sean war nicht zu Hause.

»Dr. Killroy hat gerade eine Patientin«, sagte die Sprechstundenhilfe, als ich ihn in seiner Praxis anrief. »Kann ich ihm etwas ausrichten?«

Nein, können Sie nicht.

Tyrannen gibt es in jeglichen Formen, Größen, Gestalten. Jeremy, Stephanie, Evan, Buddy, Jack, mein Vater, Don. Und ich musste allein mit ihnen fertig werden. Wie Sean es tat, furchtlos, unbarmherzig, ohne Mitleid. Weil sie es nicht anders verdient hatten. Weil ich es leid war, es einfach hinzunehmen.

»Don?«

»Fiona?«

»Ja, hey, steht deine Einladung zum Abendessen am Samstag noch?«

»Ähm, sicher. Mein Dad hat gesagt, dass du es dir schon noch anders überlegen würdest.«

»Tatsächlich? Da hat er wohl recht gehabt. Aber hör mal, treffen wir uns doch zu zweit zum Abendessen. Bei dir zu Hause.«

»Oh, okay. Ich werde Krabben kochen.«

»Mach das.«

Mir fiel ein Stein vom Herzen, zusammen mit der ganzen Wut und Frustration. Da ich mich nun entschlossen und für eine Lösung meines Problems entschieden hatte, fühlte ich mich nicht länger hilflos, sondern hoffnungsvoll. Meine müden Beine erhielten frische Energie, und ich machte mich gestärkt auf den Heimweg.

Bei meiner Rückkehr hatte meine Mutter das Abendessen auf dem Tisch. Einer der Vorzüge, wenn man noch bei den Eltern wohnte. Meine Mutter hatte Lendensteak mit Reis und Gemüse gekocht. Meine Leibspeise.

»Fiona, wo warst du?«

»Ach, nirgends, Mom. Ich habe bloß einen Spaziergang gemacht.«

»Dein Vater und ich haben uns Sorgen um dich gemacht.«

»Ach, mir geht es gut. Ich werde am Samstag mit Don zu Abend essen.«

Meine Mutter sah mich überrascht an.

»Ich dachte, du hast gesagt, du würdest dich nicht wieder mit ihm treffen.«

»Na ja, ich habe es mir anders überlegt. Ich glaube, ich muss ein paar Dinge mit ihm klären.«

»Oh, gut, dein Vater wird sich sehr freuen.«

»Aber ich werde allein mit ihm in seinem Haus zu Abend essen.«

»Allein? Ihr beide?«

»Ja. Wir haben uns bereits ein Zelt geteilt, schon vergessen? Am Ende der Welt unter den Sternen. Mit einem Abendessen in San Bruno lässt sich das wohl kaum überbieten.«

»Fiona, mach keine Scherze. Es ist aber sicher eine gute Idee, wenn ihr beiden jungen Leute unter vier Augen redet.«

»Ja, Mom. Reden ist gut.«

Nach dem Abendessen zog ich mich in die Stille meines Zimmers zurück und ließ meinen Gedanken freien Lauf. Gedanken an Don, Gedanken an Erdnüsse, Gedanken an Don und Erdnüsse. Ich ging im Dunkeln auf und ab mit meinem iPod und Cobain, der mir leise in die Ohren säuselte.

I've been locked inside your heart shaped box, for weeks

Wahnsinn.

Es gehört dazu, wenn man chinesisch-amerikanisch ist,

mit dem Wahnsinn umgehen zu müssen. Ob man nun von den Eltern in den Wahnsinn getrieben wird, von den Altersgenossen, von Erwartungen, von unsinniger Logik, von kulturellem Aberglauben, das spielt keine Rolle. Letztlich landet man am selben Ort und überlegt sich, ob man Snickers oder PayDay auf unvorhergesehene Weise zum Einsatz kommen lassen soll.

Wie ich es mit Lidocain und Mr Happy getan hatte.

I've been drawn into your magnet tar pit trap

Don. Wie ein tödliches Krebsgeschwür bildete er langsam, heimtückisch, unbarmherzig Metastasen in meinem ganzen Leben. Man kann Krebs nicht einfach wegignorieren oder davor weglaufen oder ihn ausschimpfen. Krebs muss chirurgisch entfernt, herausgeschnitten und in eine Tüte für medizinische Abfälle geworfen werden. Und in einer Müllverbrennungsanlage verbrannt.

I wish I could eat your cancer when you turn black

Aufgrund meiner Kopfhörer hörte ich mein Handy kaum klingeln, doch ich hob es auf, als es sich von meinem Schreibtisch auf den Boden vibriert hatte. Es war Sean.

Ich zog meinen linken Kopfhörerstöpsel heraus.

»Hey, was gibt's, Fi?«

»Oh, hey, du wirst nicht glauben, was heute in der Arbeit passiert ist.«

Ich begann, Sean von Jack und dem Digoxin zu erzählen.

»Fi, okay, sprich nicht weiter. Die erste Regel beim Verrichten von Gottes Werk lautet: Man spricht nicht über das Verrichten von Gottes Werk. Mit niemandem, Fi. Verstehst du mich? Niemandem.« *Fight Club*, noch so ein Lieblingsfilm von Sean.

»Aber …«

»Kein Aber. Du weißt nie, wer dich verpfeift.«

»Aber du …«

»Nein, Fi. Einen Verdacht zu hegen ist eine Sache. Ausdrücklich darüber zu reden ist etwas ganz anderes. Noch nicht einmal mit mir, verstanden?«

»Verstanden.«

»Selbsterhaltung, Fi. Wir sind zu alt für den Jugendknast. Und man weiß nie, ob jemand das Gespräch abhört.«

Forever in debt to your priceless advice

»Alles klar.«

»Braves Mädchen. Jetzt sag mal, was treibst du am Wochenende?«

»Zweite Regel beim Verrichten von Gottes Werk, Sean. Man stellt nie eine Frage zu viel. Ich habe am Wochenende etwas zu erledigen.«

Sean lachte.

»Braves Mädchen, Fi. Jetzt lernst du allmählich. Brauchst du Flunies?«

»Nein, mir reicht ein Snickers.«

Sean lachte glucksend.

»Fi?«

»Ja, Sean?«

»Es ist höchste Zeit.«

KAPITEL 18

Jemanden zu vergiften gilt immer als Mord, weil es zeigt, dass man sich die Zeit genommen hat, ein Gift auszusuchen, es sich zu beschaffen und es seinem Opfer zu verabreichen. Man hat nachgedacht und geplant und hatte Zeit, es sich anders zu überlegen. Staatsanwälte nennen das vorsätzlichen Mord.

Und man kriegt fünfundzwanzig Jahre bis lebenslänglich für Mord.

Man kriegt weniger, wenn man aus dem Auto springt und der Person, die einen auf dem Highway geschnitten hat, mit einem Montiereisen den Schädel einschlägt. Man hatte keine Zeit sich zu beruhigen und wieder zu Verstand zu kommen. Man war zu wütend, um zu wissen, was man tat. Jemanden spontan umzubringen bringt einem Totschlag.

Und man kann es auf aggressives Verhalten im Straßenverkehr schieben oder eine verdrehte Auffassung von Selbstverteidigung. Man dachte, er oder sie habe es auf einen abgesehen.

Doch die sicherste Methode, Gottes Werk zu verrichten, besteht darin, es wie einen Unfall aussehen zu lassen. Ein Sturz die Treppe hinunter, ein Ausrutschen in der Badewanne, eine defekte Garagentür. Man muss es so aussehen lassen, als verrichte Gott sein eigenes Werk.

Eine versehentliche Überdosis an chemischen Substanzen funktioniert ebenfalls, solange es sich nicht um Arsen,

Strychnin oder das mittlerweile beliebte Suxamethonium handelt. Diese Chemikalien lassen dank der zu häufigen Verwendung in Literatur und richtigem Leben gleich auf Mord schließen. Und niemand steht morgens auf und wirft sich wie gewohnt seine beiden Tabletten Arsen ein. Es ist einfach nicht gesundheitsförderlich.

Im Gegensatz zu Digoxin. Menschen nehmen Digoxin, um am Leben zu bleiben. Und manchmal nehmen sie versehentlich ein bisschen zu viel. In Jacks Fall war zu viel des Guten ganz und gar nicht gut gewesen.

»O mein Gott, ich kann einfach nicht glauben, dass er tot ist«, schluchzte Margot, Jacks treue Sekretärin alter Schule. Sie war Mitte fünfzig und trug Blusen, die sich am Kragen zu einer Schleife zubinden ließen, und Röcke, deren Saum bis über das Knie reichte. Die ergrauten Haare hatte sie zu einem tief sitzenden Knoten zurückgesteckt. Mit ihrer Schildpattbrille sah sie aus wie eine Sekretärin aus dem Film.

»Was ist passiert?«, fragte ich.

»Er muss wieder zu viele von seinen Herztabletten genommen haben.« Margot putzte sich die Nase mit einem Kleenex.

»Wieder?«

»Er hat das schon mal gemacht, vor zwei Jahren. Damals haben wir ihn beinahe verloren.«

Der arme Jack.

Jack war also auch in der Vergangenheit schon nachlässig mit seinen Herzmedikamenten umgegangen. Und Margot, die ultratüchtige Sekretärin, hatte seine Kaffeetasse abgewaschen und sein Büro gesäubert, um seiner Rückkehr zu harren. Gott segne Margot.

Ich atmete erleichtert auf.

Mörder verschwenden keinen Gedanken daran, geschnappt zu werden und die Konsequenzen zu tragen, wenn sie sich entschließen, Gottes Werk zu verrichten. Wenn sie es täten, würde niemand es je tun. Die Todeszellen wären leer. Es ist wie mit dem Fliegen. Man kann nicht ins Cockpit einsteigen, wenn man Angst hat, vom Himmel zu stürzen. Man muss einfach glauben, dass einen die Gesetze der Physik und der Aerodynamik in der Luft halten werden, wenn man alles richtig macht.

Ich glaubte, die Gesetze des Karmas würden mich vor dem Gefängnis bewahren. Jack hatte es nicht anders verdient.

»Sie werden jetzt für mich arbeiten, Fiona«, sagte Doreen, eine Seniorpartnerin in der Abteilung für Firmenrecht und Wertpapiere.

Noch ein Jack, bloß in einem Rock. Der gleiche Scheiß, bloß ein anderer Partner.

»Die Fusion muss planmäßig über die Bühne gehen. Ich brauche diesen Bericht zur Kaufprüfung morgen.«

Ja, Doreen.

Was auch immer Sie sagen, Doreen. Solange sie höflich darum bitten.

Freitagabend wollte Sean zu Hause bleiben und sich den *Criminal Intent – Verbrechen im Visier*-Marathon im Fernsehen ansehen. Und ich brauchte Gesellschaft nach meiner recht traumatischen Woche.

»Wenigstens hast du immer noch deine Stelle, Fi«, sagte er zu mir.

»Ja, ich hab schon gedacht, sie würden mich entlassen, nachdem Jack fort ist.«

»Nö, vertrau mir. Doreen stößt bestimmt nur allzu gern herab und übernimmt Jacks Mandanten.«

»O mein Gott, Sean, genau das hat sie gemacht, sobald wir erfahren hatten, dass Jack nicht wiederkommt.«

»Wie skrupellos firmenmäßig. Und freust du dich schon auf das Abendessen mit deinem Verlobten morgen?«

»Jep. Ich habe eine Überraschung für Don, und ich kann es nicht erwarten, sie ihm zu verabreichen.«

Sean futterte nachdenklich einen Ruffles Sour Cream & Cheddar Chip. Eine ganze Minute lang sagte er nichts.

»Fi, sei vorsichtig. Wenn sich die Gelegenheit nicht bietet, dann lass es sein.«

»Ich weiß.«

»Im Ernst. Es dreht sich alles um Timing und die richtige Gelegenheit.«

»Ich weiß.«

»Ich möchte auf keinen Fall meinen Segelkumpel verlieren, Fi.« Sean knabberte weiter und spülte sich die Chips mit Bier hinunter. »Wo arbeitet dieser Typ?«

»Vergiss es, Sean.«

»Okay, aber im Ernst, sei vorsichtig. Was auch immer passiert, gerate nicht in Panik. Angst und Panik veranlassen einen, Fehler zu machen. Mach keine Fehler.«

»Ich weiß.«

»Und es lässt einen verdächtig wirken.«

»Ich weiß.«

»Gelegenheit und Timing. Denk dran.«

»Mach ich.«

Sean passte immer auf mich auf, seit damals, als er mich dazu inspirierte, Jeremy auf dem Schulhof zu verdreschen.

Samstagabend auf meiner Fahrt nach San Bruno, um mit Don zu Abend zu essen, vernaschte ich Snickersriegel. Snickers ist wirklich der beste Schokoriegel, der je hergestellt wurde: Erdnussbutternugat mit gerösteten Erdnüssen und Karamell obendrauf, umhüllt von Milchschokolade. Laut Wikipedia ist es der »meistverkaufte Schokoriegel aller Zeiten und hat weltweit einen Jahresumsatz von 2 Milliarden US-Dollar«.

Doch das Erdnussbutternugat mit dem Karamell führt dazu, dass einem Erdnussstückchen an Zähnen, Zahnfleisch und Zunge kleben bleiben, sodass es äußerst gefährlich ist, jemanden mit starker Erdnussallergie zu küssen. Versehentliches Vergiften mit Erdnüssen.

»Aber Officer, *ich* habe das Snickers gegessen. Nicht Don.«

»Haben Sie gewusst, dass er gegen Erdnüsse allergisch ist?«

»Ja. Deshalb habe ich ihm ja auch keins angeboten.«

Ups. Hello Kitty hat vergessen, sich den Mund mit Listerine auszuspülen, bevor sie ihren Freund geküsst hat.

Ich parkte den Wagen und warf die Snickersverpackungen in einen öffentlichen Mülleimer. Ich wollte nicht, dass jemand fünf leere Verpackungen in meinem Auto fand. So viele Snickers zu verdrücken, bevor ich zu Don fuhr, um Krabben zu Abend zu essen, würde verdächtig aussehen.

Ich spazierte den Block in einem Blümchenkleid und meinen Prada-Stöckelschuhen mit Zehnzentimeterabsätzen entlang. Meine Schritte hallten wuchtig auf dem Pflaster wider.

Die Schmerzen, die meine Waden emporschossen, bestärkten mich in meinem Entschluss, Gottes Werk ordentlich zu verrichten, effizient, so, wie es sich gehörte.

Don begrüßte mich in Trainingsklamotten. Achselshirt und Shorts. Seine dicken Arme wabbelten und strichen beim Gehen gegen seinen Körper. Sein Bauch hing über den Gummizug seiner Shorts. Die Risiken, wenn man Sohn eines Koches war.

»Die Krabben sind am Kochen.«

»Das ist großartig, Don. Kann das Abendessen kaum erwarten.«

»Ich wollte vor dem Essen ein bisschen trainieren. Willst du zuschauen?«

»Sicher.«

Welch aufregendes Vergnügen vor dem Abendessen. Die Gelegenheit geboten zu bekommen, Don beim Gewichtestemmen zuzusehen. Ich kam mir wie eines dieser Mädchen vor, die ihrem Freund beim Rugbytraining in der Highschool zuschauen durften. Eines der »coolen« Mädchen.

»Ich glaube, ich kann neunzig hochstemmen, Fiona.«

»Tatsächlich?«

»Ja. Willst du mir Hilfestellung leisten?«

»Sicher.«

Als würde ich ihn wirklich retten, wenn er abrutschte und die Stange auf seine Kehle fiel.

Don legte sich auf die Bank und packte die Gewichtstange, wobei es ihm ein wenig Mühe bereitete, seinen massigen Körper auf der schmalen Bank unter die Stange zu schieben.

»Kannst du zwei weitere Fünfkilogewichte draufschieben?«

Sicher.

Und da war sie. Die Gelegenheit bot sich, zusammen mit dem perfekten Timing, während Don überprüfte, wie er die Stange am besten umgreifen sollte.

Ich umging die Fünfkilogewichte, um die Don gebeten hatte, und schob rasch je ein Zehnkilogewicht auf beide Enden der Stange.

»Okay. Du kannst loslegen, Süßer.«

Und wenn du erst mal loslegst, gibt es kein Zurück mehr.

Don biss die Zähne zusammen und hob die Stange aus ihrer Halterung hoch. Die ganzen hundert Kilo. Seine Arme zitterten, als er das Gewicht seiner Brust annäherte und wieder nach oben stemmte. In sein Gesicht, das vor Anstrengung rot war, trat der Schweiß.

Eins.

»Alles bestens, Don?«

»Ja …«

Zwei.

Dons Wangen, mittlerweile puterrot, blähten sich immer wieder, während er sich abmühte, die hundert Kilo hochzustemmen. Doch er setzte die Gewichte nicht ab. Das musste ich ihm lassen. Don wäre lieber gestorben, als mich nicht zu beeindrucken. Buchstäblich.

Drei.

Vier.

Fünf.

Dann geschah es.

Don rutschte ab, und die Stange krachte auf seine Brust und rollte auf seine Kehle zu. Er würgte, als die hundert Kilo gegen seine Luftröhre drückten. Und seine Arme, die vom

Stemmen zu müde waren, ruderten hilflos durch die Luft, während er versuchte, die Stange von sich hochzuwuchten.

»Hilfe ...«

Wenn einem der Ehemann, die Ehefrau, das Kind, die Mutter oder der Vater ertrinkt, und man nichts unternimmt, ist man für ihren Tod haftbar. Weil man verpflichtet ist, sie zu retten oder es wenigstens zu versuchen, aufgrund der verwandtschaftlichen Beziehung zu ihnen. So will es das Gesetz.

Doch diese Verpflichtung gilt nicht für Umstehende, Fremde, Freunde, Bekannte oder den Jungen, mit dem einen der eigene Vater verheiraten will. Man ist nicht verpflichtet, einen Fremden zu retten, es sei denn, man fängt an, ihn zu retten. Dann muss man mit seinem Rettungsversuch fortfahren. Weil die eigenen Anstrengungen dazu führen, dass alle anderen denken, sie müssten nicht helfen.

Man frage nur einmal die achtunddreißig Leute, die zusahen, wie Kitty Genovese erstochen wurde, und nichts taten. Keiner ihrer Nachbarn machte sich strafbar.

»Die Stange ist zu schwer für mich, Don. Ich rufe die 911.«

Ich musste ihn noch nicht einmal küssen. Alles, was ich tun musste, war nichts, und das etwa fünf Minuten lang.

Dons Gesicht lief purpurn an. Aus seiner Kehle drang ein seltsames gurgelndes Geräusch, während er mühsam nach Luft rang. Doch die Stange drückte schwer und eng nach unten, bis seine Augen glasig, leblos zu mir emporblickten.

»Notruf? Ich brauche Hilfe. Ein Freund von mir hat eben einen Unfall mit seinen Gewichten gehabt. Bitte schicken Sie einen Krankenwagen. Schnell.«

Und es war ein Unfall. Irgendwie.

Die Sanitäter kamen und brachten Don ins Krankenhaus, aber es war bereits zu spät. Sein Gehirn hatte zu lang keinen Sauerstoff bekommen.

Gott sei Dank hatte ich all die Snickersriegel gegessen. Ich kam erst gegen Mitternacht nach Hause. Sobald ich die Tür aufgemacht hatte, bedrängte mein Vater mich mit Fragen.

»Warum kommst du so spät nach Hause? Wie war euer Abendessen?«

»Don ist gestorben.«

»Was? Was meinst du damit?«

»Don ist gestorben. Don ist tot.«

»Wie das denn? Was ist passiert?«

»Er hat Gewichte gestemmt, um mich zu beeindrucken. Er ist abgerutscht, und die Stange hat ihm die Kehle zerquetscht.«

»Fiona, das ist nicht komisch. Sag mir die Wahrheit.«

»Das ist die Wahrheit. Don ist tot.«

»Hast du einen Krankenwagen gerufen? Hast du versucht, ihm zu helfen?«

»Natürlich habe ich einen Krankenwagen gerufen. Aber es war zu spät.«

»O mein Gott«, jammerte meine Mutter. Auch sie war aufgeblieben und hatte auf mich gewartet. »Was ist mit seinen Eltern?«

»Das Krankenhaus hat sie benachrichtigt, Mom.«

»Hast du zu Abend gegessen, Fiona.«

»Nein. Ich bin tatsächlich ein bisschen hungrig.«

»Du armes Ding. Es ist nicht deine Schuld. Ich koche dir Ramen-Nudeln.«

Ramen-Nudeln. Chinesische Nervennahrung. Ich liebe

meine Mutter. Sie ist die Beste. Hat stets ein besänftigendes Wort und eine Packung Ramen-Nudeln und Hühnerbrühe parat.

In der folgenden Nacht schlief ich wunderbar und stand früh auf. Doch statt mich voller Tatkraft zu fühlen, erwachte ich mit Verstopfung, dank der ganzen Snickersriegel. Der Teufel sollte Don holen. Es war allein seine Schuld, dass ich den Samstagmorgen auf der Toilette verbringen musste, bevor ich mich auf den Weg in die Arbeit machte. Dieser Junge brachte einem nichts als Ärger.

Als ich in mein Büro kam, ging ich online und fand den folgenden Nachrichtenartikel:

> **Mann aus San Bruno zu Tode gequetscht:** Don Koo, 30, aus San Bruno verstarb gestern Abend in seinem Haus bei dem erfolglosen Versuch, 100 Kilo auf seiner Hantelbank hochzustemmen. Die Gewichtstange rutschte ab und stürzte auf seinen Hals, sodass seine Luftröhre zerquetscht wurde. Koos Verlobte, Fiona Yu, Anwältin in der renommierten Kanzlei Beamer & Hodgins LLP in San Francisco, rief den Rettungsdienst, doch die Sanitäter konnten Koo trotz wiederholter Versuche nicht wiederbeleben.

Der Artikel diskutierte des Weiteren die Bedeutung von Sicherheitsmaßnahmen beim Sport und Gewichteheben, einschließlich eines starken und geschickten Mitsportlers, der einem Hilfestellung leisten konnte. Das übliche Geschwätz.

Da fiel mir auf einmal ein, dass ich mich noch nicht einmal mit einem Reporter unterhalten hatte. Vielleicht hatten die Spinner recht, die glaubten, die Regierung dringe mit Funkwellen in ihr Gehirn ein. Vielleicht musste ich mir einen Hut aus Alufolie zulegen. Vielleicht auch nicht. Vielleicht hatten sie es aus den Polizei- oder den Krankenhausakten.

Ich hörte auf zu lesen, griff nach dem Telefon und rief bei Sean an.

»Ja?«, ging eine verschlafene Stimme an den Apparat.

»Ich bin's. Hast du die Nachrichten gelesen?«

»Nein. Ich habe noch nicht einmal meinen Kaffee getrunken, Fi. Wehe, wenn das hier nicht gut ist, Schätzchen.«

»Es ist ziemlich gut. Ich habe Schlagzeilen gemacht.«

»Du hast was?«

»Habe Schlagzeilen gemacht. Schau online nach. Gib Don Koo ein. K-O-O.«

»O Gott. Sag mir, dass du nicht im Gefängnis bist.«

»Sean, ich bin nicht im Gefängnis. Ich bin in meinem Büro und arbeite. Mach dir keine Sorgen. Gott hat sein Werk selbst verrichtet.«

»Wirklich?«

»Ja, wirklich. Google einfach Don Koo.«

»Okay, sobald ich wach bin.«

»Schlaf weiter, Sean.«

»Fi?«

»Ja?«

»Ich bin stolz auf dich.«

»Wie du schon gesagt hast, jeder muss mal sterben.«

KAPITEL 19

Ich liebe Beerdigungen. Sie sind zum Bersten voll mit positiver Energie, was für jeden Menschen mit poröser Seele ideal ist. Es ist, als badete man in reinem Sonnenschein.

Ich habe eine sehr poröse Seele.

Wenn man den Verstorbenen gehasst hat, ist man froh – ja, gar glücklich –, dass er tot ist. Wenn man den Verstorbenen geliebt hat, ist man traurig. Man vermisst ihn und trauert, weil man ihn geliebt hat. So oder so schlagen sich die daraus resultierenden Gefühle positiv nieder. Nichts als positive Energie. Keine Eifersucht, kein Neid oder Groll, wie man sie bei Hochzeiten antrifft.

Bloß reine Liebe und vielleicht eine geringfügige Portion Schadenfreude.

Niemand sagt je: »Ich war nun schon siebenundzwanzigmal Sargträger und noch nie der Verstorbene. Wann bin ich endlich derjenige, der vor den Altar getragen wird?«

Niemand sagt je: »Ich wünschte, ich wäre diejenige in der Kiste mit der vom Leichenbestatter draufgekleisterten Schminke und dem Duft nach Formaldehyd.«

Und die Topfgucker halten den Mund, weil niemand je fragt: »Und wann hast du vor, den Löffel abzugeben? Was für einen Sarg hättest du gern? Mahagoni oder Ebenholz?«

Vor allem aber rennt der Verstorbene nicht gestresst herum und plärrt Freunde und Familie an, sie sollten dafür sorgen, dass sein großer Tag genau so verläuft, wie er es sich seit seinem sechsten Geburtstag erträumt habe. Denn das kann er nicht. Er ist tot. Es ist ihm scheißegal, ob alle ihre Nägel richtig manikürt haben oder ob die Frisuren sitzen.

Und das Beste ist, dass man sich beim Leichenschmaus den Bauch vollschlagen kann, ohne sich Sorgen zu machen, was die anderen von einem denken. Man ertränkt einfach seinen Kummer in Essen.

Von Jacks Beerdigung kam ich mit rosigen Wangen und einem Magen voll hausgemachtem Hackbraten, Kartoffelsalat und Limettenkuchen.

Aber chinesische Beerdigungen verderben mir das alles.

Die zahlreichen abergläubischen Bräuche untergraben den ganzen Spaß. Sie können einen zu Tode erschrecken. Grund dafür ist, dass eine unschickliche Beerdigung der Familie des Verstorbenen sowie jedem anderen Trauergast Pech und furchtbares Unglück bringen kann.

»Vergiss nicht, ein Räucherstäbchen anzuzünden und dich tief zu verneigen, Fiona«, sagte mein Vater.

»Wenn wir ans Grab kommen und der Sarg aus dem Leichenwagen geholt und in die Erde gesenkt wird, musst du dich abwenden«, warnte mich meine Mutter.

Oder du wirst sterben.

Oder jemand aus deiner Familie wird sterben.

Tu etwas Unschickliches, und du wirst vom Pech verfolgt. Und vom Tod.

Und du wirst sterben.

Die Teilnahme an einer chinesischen Beerdigung ist ein gefährliches Unterfangen.

»Trag nicht diesen guten Hosenanzug, Fiona«, flüsterte meine Mutter.

»Wieso? Er ist doch schwarz.«

»Weil wir ihn nach der Beerdigung verbrennen müssen.«

»Was?«

»Um Pech zu vermeiden, das mit dem Tod einhergeht. Hier, ich habe dir einen billigen Anzug bei Ross gekauft.«

Meine Mutter reichte mir einen brandneuen schwarzen Neunzig-Dollar-Anzug von Tahari. Ein Sonderangebot, das einmal getragen verbrannt werden sollte. Alles wegen Don.

»Und vergiss nicht, Fiona, wir müssen noch zu Safeway, bevor wir wieder nach Hause kommen.«

Weil man nicht will, dass der Tod einem nach Hause folgt. Man fährt zu Safeway oder Albertsons, um den Tod zu verwirren, um ihn im Supermarkt im Gang mit den Zerealien hinter sich zu lassen, in der Hoffnung, dass ihn das Bonuskartensonderangebot und die Auswahl an Grape Nuts, Cheerios und Special K zu sehr ablenken werden.

»Dad, bist du dir sicher, dass wir auf Dons Beerdigung gehen sollten?«

»Wir müssen. Du warst seine Verlobte.«

Ach ja.

»Meinst du nicht, seine Familie könnte ein bisschen sauer auf mich sein?«

»Weshalb denn? Es war ein Unfall. Du hast versucht, ihn zu retten.«

Ach ja.

Bei unserer Ankunft im Bestattungsinstitut rief der für die Begrüßung zuständige Angestellte: »Gäste sind eingetroffen.«

Dons Familie saß neben dem Sarg. Sie sahen auf. Traditionellerweise hätten sie zum Zeichen der Trauer eigentlich weiße Tuniken und Kopfschmuck aus Sackleinen tragen sollen. Stattdessen hatte die Familie beschlossen, es wie der amerikanische Teil des chinesischen Amerika zu halten, und trug schwarze Anzüge oder Kleider.

»Erste Verbeugung«, sagte der Bestatter.

Wir verbeugten uns. Dann gingen wir auf den Sarg zu.

»Zweite Verbeugung.«

Wir verbeugten uns.

Ich zündete ein Räucherstäbchen an und hob es an die Stirn, bevor ich es in die Halterung vor dem Altar steckte.

»Dritte Verbeugung.«

Wir verbeugten uns.

»Familienmitglieder bedanken sich bei den Gästen.«

Dons Familie verbeugte sich zum Dank vor uns. Dafür, dass wir dem Tod selbst trotzten, indem wir Dons Beerdigung besuchten. Wir erwiderten die Verbeugung.

Danach saßen alle schweigend da. Dons Eltern konnten nicht für ihren Sohn beten. Laut chinesischem Brauch sollten ältere Leute niemals einem Jüngeren Respekt erweisen. Wenn man also jung, unverheiratet und kinderlos stirbt, hat man Pech gehabt. Keine Gebete.

Tote Babys haben es sogar noch schlechter. Überhaupt keine Bestattungsriten. Tote Babys werden schweigend in die Erde geworfen, weil alle anderen älter sind als sie.

Don konnte von Glück sagen, dass er überhaupt eine richtige Beerdigung erhielt.

»Müssen wir nicht irgendein Tuch oder so etwas tragen?«, fragte mein Vater hinterher, als wir bei Safeway im Gang mit den Molkereiprodukten standen.

»Nein. Weil er keine Kinder gehabt hat.«

Laut Brauchtum musste die Trauerzeit von Dons Familie noch einmal hundert Tage andauern, was durch das Tragen eines bunten Stück Tuches am Ärmel jedes einzelnen Familienmitglieds angedeutet wird. Schwarz tragen die Kinder des Verstorbenen, Blau die Enkel und Grün die Urenkel. Doch Don hatte keine Kinder. Also musste keiner etwas tragen.

Es ist allerdings keine Trauerzeit erforderlich, wenn es sich bei dem Verstorbenen um ein Kind oder eine Frau handelt. Es ist unnötig, um jemanden zu trauern, der sich ganz einfach ersetzen lässt.

»Oh, Fiona, ich hätte es beinahe vergessen. Aus Respekt Don gegenüber darfst du dich mindestens ein Jahr lang nicht mehr verabreden.«

»Was?«

»Du warst seine Verlobte. Das ist fast wie eine Ehefrau. Also kannst du ein Jahr lang keine Dates haben.«

»Ein Jahr?«

»Ein Jahr.«

Hai, Daddy.

Weil ich anderen Jungs den Schatten des Todes brächte. Es hatte nichts mit Respekt Don gegenüber zu tun. Doch so oder so würde ich ein Jahr lang die arrangierten Dates los sein. Das ist der Vorteil von chinesischen Beerdigungen. Wenn man alles richtig macht und sämtliche Regeln einhält, wird man vom Glück verfolgt.

Wirklich.

Montagmorgen in meinem Büro musste ich feststellen, dass all meine Akten und Bücher verschwunden waren. Als ich mich in meinen E-Mail-Account einloggte, fiel mir eine neue Nachricht aus der Personalabteilung auf.

Hi Fiona,
Doreen hat uns gebeten, Sie in ihre Nähe umzusiedeln, weil es bequemer für Doreen ist. Wir haben all Ihre Akten und Bücher in Büro C3 gebracht. Es befindet sich ein Stockwerk über Ihrem Büro. Es ist das Zimmer rechts von Doreen. Die EDV wird sich um das Telefon und den Computer kümmern. Keine Sorge.

Sollten Sie Fragen haben, so wenden Sie sich bitte an mich, okay?

Colleen, Personalmanagerin

Weil es bequemer für Doreen ist.

Ich ging hoch in mein neues Büro, ohne zu wissen, was mich erwartete, doch mit einem Gefühl der Erleichterung, weil man mir nicht gekündigt hatte.

»Gefällt es Ihnen?«

Ich drehte mich um und erblickte Doreen.

»Ja, es ist wunderschön. So groß.«

»Ich hoffe, Sie beklagen sich nicht darüber, dass es zu groß ist.«

»Nein. Nein. Das hier ist klasse.«

Das war es. Es war viel größer als Keeners Büro. Es hatte eine bessere Aussicht, da es ein Stockwerk höher lag. Und eine Couch. Eine Couch, auf der ich lesen konnte, meine müden, schmerzenden Füße nach Büroschluss hochlegen und ein Nickerchen machen konnte, wenn ich die ganze Nacht durchmachen musste.

»Gut, ich bin froh, dass es Ihnen gefällt. Sie werden heute hier übernachten. Ich brauche diese drei Verträge morgen früh.« Doreen reichte mir drei dicke Aktenordner und kehrte in ihr Büro zurück.

»Sicher.«

Alles, was Sie sagen, Doreen.

Ich ließ mich in meinem neuen Büro nieder und vergrub den Kopf in Doreens Verträgen. Mir blieb nicht einmal Zeit, ein neues Bild auf meinem Desktop zu installieren. Gräfin Elisabeth Báthory würde eben warten müssen.

Gegen halb elf am Abend klingelte mein Handy und riss mich aus einer vertragsbedingten Trance.

»Fi, ich bin's.«

»Hey, Sean. Was gibt's?«

»Kannst du heute Abend vorbeikommen?«

»Geht nicht, Sean. Ich habe ein neues Büro bekommen. Gleich neben Doreens, und sie sorgt dafür, dass ich mich bezahlt mache. Warum? Was gibt's?«

»Meinst du, du kannst morgen vorbeikommen?«

»Ähm, ich weiß nicht. Ist alles in Ordnung?«

»Kannst du wenigstens eine Pause machen und kurz morgen Abend bei mir vorbeischauen? Bitte.«

»Sicher. Worum geht es denn?«

»Ich erzähl es dir, wenn du hier bist.«

»Sean?«

»Ja, Fi?«

»Alles okay?«

»Nein.«

»Was ist los?«

»Du weißt doch, was man über das Glück sagt, dass es einen letztlich im Stich lässt?«

»Ja.«

»Tja, das ist mein Problem. Wann kannst du hier sein?«

»Wie schon gesagt, ich weiß es nicht. Wie wäre es mit sechs, halb sieben?«

»Danke. Bis dann.«

Das kurze Gespräch mit Sean beunruhigte mich und beeinträchtigte die restliche Nacht über meine Konzentrationsfähigkeit. Ich hatte noch nie erlebt, dass Sean sich Sorgen machte, dass er die Nerven verlor, dass er irgendwie anders als gelassen und völlig selbstbeherrscht war.

Vielleicht war Sean dabei durchzudrehen. Vielleicht ließ das Glück ihn tatsächlich im Stich. Was auch immer es war, es musste etwas Ernstes sein. Seine Angst und sein Unbehagen stanken wie menschliche Scheiße, wie damals, als er sich in die Hosen schiss, als sein Vater kam und ihn von der Schule abholte.

Schwester Maria hatte Sean beim Rauchen in seinem gewöhnlichen Versteck auf dem Schulhof ertappt. Doch diesmal konnte Sean nicht lügen und behaupten, die ausgetretenen Zigarettenstummel auf dem Boden gehörten jemand anderem. Er hatte eine Zigarette zwischen den Lippen, als Schwester Maria ihn an den Schultern packte und herumwirbelte.

»Liebe Klasse, Sean hat euch allen etwas zu sagen.«

»Nein, habe ich nicht.«

»Doch, das hast du. Erzähl allen, wobei ich dich gerade ertappt habe.«

»Beim Wichsen.«

Unsere Klasse brach in lautes Gelächter aus. Schwester Maria brachte uns wieder zum Schweigen, indem sie uns androhte, dass wir nachsitzen müssten.

»Sean, wenn du nicht allen erzählst, was du eben getan hast, musst du zwei Wochen nachsitzen und nicht nur eine.«

»Okay, Schwester. Hört mal, ich habe geraucht. Ja, geraucht.«

»Und was haben wir über das Rauchen gelernt, Sean?«

»Dass es böse ist. Dass wir dafür in die Hölle kommen.«

»Und warum ist Rauchen böse?«

»Weil wir davon Lungenkrebs kriegen. Und weil Lungenkrebs Jesus wehtut.«

»Das ist richtig. Und jetzt geh ins Direktorat.«

Ich tat so, als müsste ich auf die Toilette, um aus dem Klassenzimmer zu kommen. Sean saß auf der Bank vor dem Zimmer von Schwester Carmen, wo ich gesessen hatte, nachdem ich Jeremy verdroschen hatte.

Sean war bleich. Er rieb sich den Nacken. »Schwester Carmen hat meinen Vater angerufen. Er wird herkommen und mich abholen«, sagte er.

»Na ja, wenigstens kannst du früher nach Hause.«

»Mein Vater wird mich umbringen, weil ich seine Zigaretten geklaut habe.«

»Nein, wird er nicht, Sean. Wahrscheinlich wird er dir bloß Hausarrest verpassen oder dich dazu bringen, dein Zimmer aufzuräumen.«

»Du kennst meinen Vater nicht, Fi. Er wird mich grün und blau schlagen.«

Beim Eintreffen seines Vaters stand Sean auf, und sein

Sitzplatz roch nach Scheiße. Doch als wahre Freundin tat ich so, als hätte ich nicht bemerkt, dass er sich in die Hosen gemacht hatte. Selbst damals begriff ich Leute-Kultur.

Und ich begriff, dass Sean recht hatte, was die Prügel betraf, die ihn zu Hause erwarteten. Niemand kackt sich in die Hosen, weil er nicht fernsehen darf oder seine Telefonprivilegien gekürzt bekommt.

Die nächsten beiden Tage kam Sean nicht in die Schule. Schwester Maria trug ihn als krank ein. Als er wieder zum Unterricht erschien, hatte er eine Nachricht von seinem Vater dabei, die er mir zeigte, bevor er sie Schwester Maria aushändigte.

Liebe Schwester,
Sean ist die letzten beiden Tage krank gewesen. Mein Sohn hatte heftige Bauchschmerzen, Blähungen und unkontrollierbaren Durchfall. Bitte entschuldigen Sie ihn.
Frank Deacon

Damit streute Frank noch Salz in die Wunde. Frank war ein Arschloch.

Doch Sean hatte mich nicht gebeten, am nächsten Tag bei ihm vorbeizuschauen, weil er befürchtete, wieder einmal von seinem Vater verprügelt zu werden – Frank war tot.

Es klang, als bräuchte Sean eine große Portion Glück. Er hätte mit mir auf Dons Beerdigung kommen sollen.

KAPITEL 20

Jeder weiß, dass die beste Lüge eine Halbwahrheit ist. Denn eine Lüge, die mit einem Körnchen Wahrheit gewürzt ist, lässt die Lüge mehr nach der Wahrheit schmecken.

Solange die Person, die man belügt, nie herausfindet, welche Hälfte nun was ist.

Leider ist man selbst manchmal die Person, die eine Halbwahrheit aufgetischt bekommt, und es stellt sich einem die Frage, welche Hälfte nun was ist.

Ich klingelte am nächsten Tag gegen sechs Uhr abends an Seans Apartmenttür, ganz kribbelig vor Neugier und Aufregung. Da Sean am Telefon so eindringlich geklungen hatte, rechnete ich damit, dass er mir auf der Stelle aufmachen würde.

Doch dem war nicht so.

Ich klingelte wieder, wobei ich den Daumen so lange auf dem kleinen weißen Knopf ließ, dass es schon unverschämt war.

Keinerlei Reaktion.

Ich rief Sean auf seinem Handy an. Nachdem es zweimal geläutet hatte, ging er endlich an den Apparat. »Hey, Sean, ich habe halb erwartet, dass du mich in deiner Federboa begrüßen kommst. Aber ich würde mich eigentlich schon zufriedengeben, wenn du mir einfach aufmachst.«

»Bist du vor meinem Apartment, Fi?«

»Ja. Du hast mich gestern Abend gebeten vorbeizuschauen, schon vergessen?«

»O ja. Ich entsinne mich. Hör mal, Fi, ich habe gerade ein bisschen viel um die Ohren. Können wir uns stattdessen morgen treffen?«

Im Hintergrund vernahm ich Seemöwen und vermutete, dass Sean sich irgendwo in der Nähe des Kais oder Hafens befand.

»Sean, wo bist du?«

Sean reagierte nicht auf meine Frage, was ich als Hinweis verstand, mich nicht noch weiter nach seinem derzeitigen Aufenthaltsort zu erkundigen. Um jegliche Diskussion zu vermeiden, wechselte er das Thema.

»Wie war Dons Beerdigung?«

»Nicht so schön wie Jacks. Himmelherrgott, du hättest sehen sollen, wie viel Essen die Leute mitgebracht haben.«

»Leute bringen immer zu viel Essen zu einem Leichenschmaus mit. Wenn sie den Blick auf den Kirschkuchen gerichtet halten können, fühlen sie sich weniger betreten.«

»Wie ich.« Ich lachte. »Und es war Limettenkuchen.«

»Wann hast du eigentlich dein nächstes Date?«

»Nicht im Laufe des nächsten Jahres, dank Dons tragischem und vorzeitigem Ableben.«

»Ach?«

»Ja, mein Vater hat gesagt, es sei Sitte, dass die Verlobte ein Jahr lang trauert. Also 365 Tage lang keine Dates mehr für mich.«

»Die Verlobte. Das ist der Wahnsinn, Fi.«

»Sean, ist alles in Ordnung?«

»Ich muss mich um ein paar Dinge kümmern. Ich melde

mich bei Gelegenheit.« Sean legte auf. Er entschuldigte sich noch nicht einmal dafür, mich versetzt zu haben.

Ein Teil von mir wollte meine Nase in das stecken, womit Sean hinter dem Berg hielt. Ein Teil von mir wollte das Zauberwort aussprechen, das es Anwälten erlaubte, Topfgucker und Geheimnishüter zu sein, ohne anschließend das Gras von unten wachsen zu sehen.

»Anwaltsgeheimnis. Möchtest du mir etwas anvertrauen, Sean?«

Doch ich kannte Sean zu gut. Er hätte jegliche Andeutung, er habe die Vertraulichkeit des Anwaltsgeheimnisses nötig, nicht zu schätzen gewusst.

Trotz des Anwaltsgeheimnisses belügen die meisten Leute ihre Anwälte. Da kommen die Halbwahrheiten ins Spiel. Größtenteils fürchten sie, dass man ihnen nicht helfen wird, wenn sie einem alles erzählen. Und sie haben recht.

»Die erste Person, die Sie in einem Fall belügt, wird wahrscheinlich Ihr Mandant sein«, sagte Dean Perry.

Erst wollte ich nach Hause gehen, doch dann trat ich auf die Straße und winkte ein Taxi herbei. Das ist eines der fantastischen Dinge an San Francisco. Es gibt überall Taxis, solange man sich in einem Viertel befindet, in dem es irgendwelche Geschäfte gibt. Und um ein Taxi herbeizurufen, muss man bloß mit dem Arm winken.

»South Beach Harbor bitte.«

Ich wusste, dass ich kein Recht hatte, meine Nase in Seans Angelegenheiten zu stecken. Aber Hello Kittys sind nun einmal neugierige Wesen. Es war unvermeidbar.

Als ich den South Beach Harbor erreichte, ging ich zu Pier E hinüber. Weil ich keinen Schlüssel besaß, konnte ich nicht dorthin gelangen, wo die Boote anlegten. Ich wartete etwa eine Minute am Tor, aber die Anlegeplätze waren wie ausgestorben. Keine Menschenseele weit und breit.

Folglich rannte ich wieder die Stufen hinauf zur Gangway mit Ausblick auf die Boote. Ich zählte bis zum dreizehnten Abschnitt, wo eigentlich *The Countess* angedockt sein sollte. Der Abschnitt war leer.

Mein linkes Unterlid zuckte auf einmal heftig. Ein schlechtes Omen.

Laut chinesischem Aberglauben bedeutet es, dass ein gewaltiges Fest auf einen zukommt, wenn einem das Oberlid flattert. Wenn einem das Unterlid flattert, sollte man sich vom Acker machen. Schleunigst. Dann liegt Ärger in der Luft.

»Mom, mein Lid wackelt«, sagte ich, als es zum ersten Mal passierte. Ich war in der dritten Klasse.

»Unter- oder Oberlid?«

»Unterlid.«

»Geh dir Wasser draufspritzen. Und sage ›Gott behüte! Gott behüte! Gott behüte!‹«

»Was?«

»Fiona, tu einfach, was ich dir sage. Oder es wird etwas Schlimmes passieren.«

Okay.

Aber drei Tage später verlor mein Vater trotzdem seine Stelle. Das Wassergespritze bewahrte unsere Familie nicht vor Unglück.

So ist es mit Omen. Den Boten mit Wasser oder Flammen

zu übergießen, wird nichts an dem ändern, was einen erwartet. Ebenso wenig hilft es, Gott zu bitten, einen davor zu bewahren. Anstatt den Kopf im Sand zu vergraben, sollte man besser auf Draht sein und sich hüten. Im Grunde hilft nichts anderes, ganz egal, was einem die eigene Mutter erzählt.

Auf meinem Weg über den Hafenparkplatz zuckte mein Augenlid weiter. Ein heißer, pulsierender Nerv verkrampfte sich unter der Haut und erfüllte mich mit einem Gefühl von Verderben, obwohl mein Verstand mir das Gegenteil einredete.

Ich kehrte ins Büro zurück, um meine Arbeit für den Abend zu beenden, wobei ich mein Handy auf dem Schreibtisch liegen und mein E-Mail-Programm auf dem Desktop offen ließ.

Aber kein Sean.

Im Gegensatz zu dem, was er gesagt hatte, trafen wir uns nicht am folgenden Tag oder dem Tag darauf. Ich wartete auf einen Anruf, eine SMS, eine E-Mail – die nicht kamen.

Das Gute daran, auf eine katholische Schule zu gehen, war, dass man jegliches Fernbleiben begründen musste. Die Schwestern der Unbefleckten Empfängnis trugen nicht einfach nur ein, dass man fehlte. Sie riefen bei einem zu Hause an und wollten wissen, warum man nicht in der Schule war. Und montagmorgens musste man vor der ganzen Klasse erzählen, was man am Wochenende gemacht hatte, es sei denn, man hatte es damit verbracht, sich die Seele aus dem Leib zu kotzen oder in die Hose zu kacken. Man konnte nicht einfach tagelang ohne Nachricht oder irgendeine Art von Erklärung verschwinden.

Keine Ausnahmen. Noch nicht einmal für Sean.

Freitagnachmittag erhielt ich eine SMS von Sean. Kurz, unaufdringlich und ohne, dass man vor dem Computer sitzen musste. Für mobile Menschen. Ich liebe SMS, selbst wenn AT&T mir zehn Cent für jede einzelne berechnen.

Fahre übers Wochenende nach Tahoe. Um mein Glück zu versuchen. Drinks nach meiner Rückkehr.

Ich antwortete nicht, da ich ein wenig gekränkt war, weil Sean mich nicht zu seinem Ausflug an den Lake Tahoe eingeladen hatte. Mein Vater hatte keine Dates für mich geplant, und meine eigenen Wochenendpläne bestanden aus Arbeit, um viele abrechenbare Stunden anzusammeln und mir ein bequemes Polster zu schaffen. Falls ich krank werden oder ein Notfall eintreten sollte oder ich mir in dem Jahr einfach nur ein oder zwei Tage von Doreen freinehmen wollte. Oder für den Fall, dass Saks Fifth Avenue eine gewaltige Ein-Tages-Schlussverkaufsaktion veranstalten würden.

Nicht so schlimm.

Es würde nicht schaden, Doreen zu zeigen, dass ich am Wochenende arbeitete. Von sämtlichen Firmenanwälten wird erwartet, dass sie am Wochenende arbeiten. Das ist eine dieser Regeln, die im Jurastudium unerwähnt bleiben.

Doch an diesem Wochenende brach Erdbebenwetter über San Francisco herein. Noch ein schlechtes Omen.

Erdbebenwetter. So nennen wir heiße, feucht-schwüle, drückende, bewölkte Verhältnisse, die im späten September in der »City by the Bay« auftreten. Früher einmal genossen wir unsere Nachsommer, besonders nach einem kühlen Juli und August. Doch seit dem Loma-Prieta-Erdbeben 1989 werden wir alle jedes Mal nervös, wenn es nach dem Labor

Day in der Stadt heiß wird. Wir legen Vorräte an Wasserflaschen, Sportriegeln, Duracell-Batterien, Verbandskästen an. Wir werden unruhig und paranoid und warten auf das nächste große Beben.

Es ist wie das Warten auf die Wiederkunft Christi. Seismologen versprechen das nächste Große Beben seit dem von 1906. Das war das letzte große. Dann kam Loma Prieta. Es war nicht groß genug, denn es verwandelte San Francisco nicht in eine neue Insel im Pazifik. Also warten wir immer noch.

Auf Jesus und auf das Große Beben.

Doch anstatt unsere Sünden zu bereuen, schickte mein Vater mich zu Safeway, damit ich Wasserflaschen und Brot der Marke Wonder Bread besorgte.

»Kauf die riesige Familienpackung, Fiona.«

»Ich weiß, Dad.«

Sean rief an, als ich gerade vor dem Getränkeregal stand und mich zwischen Alhambra und Arrowhead entschied.

»Du machst was, Fiona?«

»Ich decke mich mit Wasser ein. Dieses Erdbebenwetter bereitet jedem Unbehagen.«

»Stimmt. Es war heiß hier.«

»Am Lake Tahoe?«

»Ähm, nein, ich bin wieder in der Stadt.«

»Ich dachte, du würdest das ganze Wochenende über dortbleiben.«

»Planänderung.«

Im Hintergrund vernahm ich die Geräusche von Wellen, Seemöwen, Booten. Hafenmusik.

»Sean, wo bist du?«

»Ach, bloß an der frischen Luft bei einem Abendspaziergang in der Nähe meines Apartments.« Das meilenweit vom South Beach Harbor entfernt war. »Fi, möchtest du später was trinken gehen?«

»Sicher. Bist du nicht müde von deiner Reise?«

»Was?«

»Bist du nicht müde nach dem Lake Tahoe?«

»O nein, alles bestens. Ich bin nur kurz dort gewesen, war ein bisschen wandern, mir ist aber langweilig geworden, und ich bin zurückgekommen.«

»Wandern? Seit wann bist du Naturfreund?« Die Vorstellung, wie sich Sean seine italienischen Lederschuhe in der Erde und dem Schmutz von Mutter Natur ruinierte, fiel mir nicht leicht.

Sean lachte. »Fi, bist du je da oben gewesen? Nette Wälder, tolle Aussichten. Viele Wanderwege.«

»Nein, bin ich nicht. Meine Cousins fahren dort Ski. Und ich bin keine Skifahrerin.«

»Wie schade. Der See würde dir gefallen. Er ist sehr klar und tief.«

»Du hast gemeint, du würdest hinfahren, um dein Glück zu versuchen. Ich gehe einmal davon aus, dass du ein wenig Glücksspiel betrieben hast?«

»Ein wenig. Ich habe mich wohl getäuscht. Das Glück ist mir immer noch hold. Willst du nun also was trinken gehen oder nicht, Fi?«

»Okay. Wo?«

»Irgendwo am Bootshafen. Wie wäre es mit dem Matrix Fillmore? Kennst du den Laden?«

»O ja, reizende Fleischbeschau mit riesigem Kamin in der

Mitte. Ich bezweifle aber, dass der bei dieser Hitzewelle in Betrieb ist.«

»Weil wir ja auch wegen der Ausstattung hingehen.«

Richtig.

Ich kehrte mit einem Kasten Arrowhead-Wasser, drei Laiben Wonder Bread, einem Dutzend Packungen mit Stouffer's Tiefkühlkost und Seans Halbwahrheiten nach Hause zurück. Ich wusste, dass er gern segelte, aber er hasste das Wandern, seitdem er im Sachunterricht von Zecken gehört hatte.

»Man legt es bloß darauf an, sich Borreliose einzufangen«, sagte er einmal.

Vielleicht hatte Sean seine Meinung über Zecken, über die Natur geändert. Vielleicht war er beim Lake Tahoe in den Wäldern gewesen. Vielleicht nicht. Ich wusste nur, dass er weg gewesen war und in der Nähe eines Gewässers.

Ich redete mir ein, dass es im Grunde einerlei war.

Die drückende, schwüle Hitze – Anzeichen eines bevorstehenden Erdbebens – legte sich zwei Tage später wieder, und die Bewohner von San Francisco atmeten erleichtert auf. Das Warten auf das Große Beben würde weitergehen.

Montagnachmittag wurde Caroline Derbys aufgedunsene, von den Fischen angeknabberte Leiche am Ufer der Bucht von San Francisco angeschwemmt.

Da war auf einmal nichts mehr einerlei.

Zum ersten Mal hatte Sean nicht recht. Sein Glück war allmählich am Versiegen.

KAPITEL 21

Sean hasste sexbesessene Frauen und Schulhoftyrannen. So viel wusste ich. Doch warum er tat, was er während seiner nächtlichen Ausflüge tat, war mir ein Rätsel. Vielleicht wollte er die Welt verbessern. Vielleicht brauchte er den Nervenkitzel.

Wie Brenda Spencer, die einen Schulhof in San Diego zusammenschoss, weil sie Montage einfach nicht leiden konnte.

Es weiß also niemand *wirklich*. Noch nicht einmal Profilfahnder vom FBI. Sie bezeichnen diese Morde einfach als *thrill kills* – Nervenkitzelmorde. Weil die meisten Serienkiller es genießen, Gottes Werk zu verrichten. Und es macht Spaß – so wie Jesus zu foltern und der Polizei die Zunge rauszustrecken, weil sie Donut mampfende, Kaffee schlürfende Dummköpfe sind.

Das Problem besteht darin, dass man am Leben bleiben muss, um Gottes Werk zu verrichten. Um so produktiv wie der Green River Killer zu sein, muss man in Freiheit unter Menschen sein und mit seinen potenziellen Opfern verkehren, nicht hinter Gittern. Geschnappt zu werden bedeutete das Ende der eigenen Laufbahn.

Doch selbst für die Besten der Besten »hat alles einmal ein Ende«, wie das alte Sprichwort besagt. Man begeht einen Fehler. Jemand sieht einen. Man lässt etwas zurück. Und es ist alles zu Ende. Man bekommt sein Etagenbett im Todestrakt, vor allem, wenn man Gottes Werk in Kalifornien verrichtet hat.

Oder das Glück verlässt einen eben. So einfach ist das. Irgendein Beagle gräbt an einer Stelle, an der er nicht graben sollte. Erdrutsche speien deine Skelette auf den öffentlichen Bürgersteig. Starke Strömungen und Wellen reißen deine Geheimnisse vom Meeresboden empor und schleudern sie an Land. Dann wissen alle Bescheid.

In Seans Fall geriet alles nach der Entdeckung von Carolines Leiche aus den Fugen.

Caroline Derby, Single, reich, weiß, jung. Jetzt zu hübsch und zu tot. Die letzte Nacht ihres Lebens brachte sie damit zu, von einer Bar zur nächsten zu ziehen in der Hoffnung, bei einem oder zwei Bellinis ihren Seelengefährten zu finden. Stattdessen fand sie den Tod, nachdem sie mit einem attraktiven weißen Mann mitgegangen war, der laut etlicher betrunkener Augenzeugen starke Ähnlichkeit mit Pierce Brosnan, Brad Pitt und Benicio Del Toro hatte.

Viel Glück mit dieser Beschreibung, San Francisco Police Department!

Doch die Medien waren fasziniert von dem toten Mädchen mit den hübschen Wangenknochen und den dunkelblonden Haaren. Die tote Barbie, die wie Tang angespült wurde, war definitiv nachrichtentauglich. Folglich brachten die Medien etwa ein Dutzend Geschichten, in denen junge Frauen vor Flunies gewarnt wurden und davor, allein Bars zu besuchen.

Dank Caroline blieben die ganzen jungen Frauen zu Hause.

Seans Jagdausflüge in die stinkvornehmen Bars erlebten eine Auszeit, also unternahmen wir stattdessen eine lange nächtliche Fahrt durch verschiedene Stadtteile.

Wir fuhren nach Tenderloin, San Franciscos Rotlichtbezirk, und musterten die Damen der Nacht in ihren Vinylminiröcken, Netzstrümpfen, Plateaustöckelschuhen, Stolen aus Kunstpelz und mit ihrem billigen Make-up. Alle strahlten sie Sexappeal aus.

Ich überprüfte noch einmal, dass die Beifahrertür richtig abgesperrt war, indem ich sie mit dem Knopf an der Armlehne von Seans Mercedes ent- und wieder verriegelte.

»Keine Sorge, Fi. Du bist sicher«, sagte Sean, ohne herüberzusehen.

Trotz der zweifelhaften Gegend fühlte sich ein Teil von mir immer dann am sichersten, wenn ich mit Sean zusammen war. Vielleicht war das der Grund, weshalb ich einwilligte, ihn in die Bars zu begleiten. Und weshalb ich mit ihm im Wagen saß. Niemand würde es wagen, mich irgendwo zu kitzeln. Nicht, solange Sean in der Nähe war.

»Sean, gehen wir im Big Four etwas trinken.«

»Im Big Four?«

»Bar im Huntington Hotel für alte, reiche Käuze.«

»Ich weiß, wo es ist, Fi. Es hat mich nur überrascht, dass du diesen Laden vorschlägst.«

»Er ist nett, ruhig und voller reicher Weißer. Und sicher.«

»Ach, du weißt doch, dass du bei mir sicher bist. Ich bringe dich nach Hause, nachdem du deinen Part gespielt hast.«

Er hatte recht. »Meinen Part?«

»Mach dir nicht in die Hose. Du bist eine Amöbe, das weiß ich. Ich möchte nur, dass du mir bei der Auswahl behilflich bist.«

»Verstehe.«

Manche Serienmörder töten, um die Welt von ihren Übeln zu befreien. Sie entsorgen Abschaum wie Dealer, Zuhälter, Kinderschänder. Leute, deren eigene Verworfenheit sie bereits zu einem frühen Tod verdammt hat.

Alle Macht diesen selbst ernannten Hütern der Moral.

Doch Sean hatte es jetzt auf Prostituierte abgesehen, weil sein Angebot an noblen, versnobten Frauen dank Caroline Derby versiegt war.

»Du brauchst mich nicht, Sean.«

»Nein, aber so macht es mehr Spaß. Uns beiden.«

Seans Glückssträhne mochte vorüber sein, doch er hatte immer noch recht. Es macht immer mehr Spaß, Dinge gemeinsam mit einem Freund zu unternehmen.

Mir fiel ein großes schwarzes Mädchen mit Tina-Turner-Haaren auf, das ein rotes Lycraoberteil mit tiefem Coeur-Dekolleté trug. Minirock mit silbernen Pailletten. Keine Strumpfhose. Für leichteren Zugriff. Und rote Lacklederstöckelschuhe.

»Das ist meine Ecke, hey! Verschwinde zum Teufel noch mal von meiner Ecke!«, schrie sie ein anderes Mädchen an, das zu Tode erschrocken aussah. Sie schwang ihre Handtasche in Richtung der Konkurrenz. Schließlich lief das andere Mädchen weg.

»Die da«, sagte ich, als wir an ihrer Ecke vorbeifuhren.

»Warum?«

»Du weißt, warum.« Weil sie sowohl eine Sexbombe als auch eine Tyrannin ist.

Sean warf einen Blick hinüber und nickte zustimmend.

»Sehr gut, Fi. Jetzt such noch eine aus.«

»Was?«

»Eine zweite.«

»Sean, immer mit der Ruhe.«

»Du bist eine Spielverderberin. Okay, nach Hause mit dir. Es ist gut, dass du ganz in der Nähe wohnst.«

Das tue ich. Ich wohne zusammen mit meinen Eltern in einer riesigen, komfortablen Wohnung in Nob Hill, im Grunde zu einem Bruchteil der marktüblichen Miete, dank Mietpreisbindung.

Sean setzte mich ab und raste zurück nach Tenderloin. Als ich zusah, wie seine roten Rücklichter in die dunkle Nacht verschwanden, machte sich ein flaues Gefühl in meinem Magen breit.

Übersteigertes Selbstbewusstsein, sich übernehmende Arroganz, Stolz, die Weigerung, auf Warnungen zu achten. Deshalb stürzte Ikarus ab.

Ich redete mir ein, dass Sean klarkäme. Niemand war cleverer, umsichtiger, berechnender als er. Er würde schon zurechtkommen.

Zu Hause gab es ein neues Problem.

»Das ist schrecklich. Warum sollte sie ihn darum bitten, so etwas zu tun?«, sagte meine Mutter, als ich durch die Tür kam.

Meine Eltern saßen dicht aneinandergedrängt am Esstisch, tief im Gespräch. Mein Vater drehte sich zu mir um.

»Wer tut was, Mom?«

»Deine Cousine Katie. Die in L. A. wohnt.«

»Ja, ich erinnere mich an Katie.« Katie, die mir riet, das Gesicht zu bleichen und abzunehmen. Katie, die mit ihrem jungen chinesischen Ehemann vor mir prahlte, als ich sie das letzte Mal besuchte. »Was ist mit ihr?«

»Sie will keine Kinder haben.«

»Dann ist Katie also doch gar nicht so blöd.«

»Fiona, ich meine es ernst. Sie will, dass Peter unfähig ist, Kinder zu kriegen.«

»Sie will, dass er sich operieren lässt«, stellte mein Vater klar.

Schnipp-schnapp. Armer Peter. Er hatte wohl nicht viel übrig für die Vorstellung, sich kastrieren zu lassen. »Sagt ihnen einfach, sie sollen sich einen Vorrat an Gummis zulegen.«

»Fiona! Sei nicht geschmacklos!«, sagte meine Mutter.

»Bin ich nicht. Ich bin pragmatisch.«

»Wir begreifen nicht, warum sie keine Kinder will. Katie ist Chinesin. In Hongkong geboren. Ich begreife nicht, warum sie ihn bitten sollte, so etwas zu tun. Er ist so ein netter Junge«, jammerte meine Mutter.

Weil Katie eine Kostprobe von Amerika gehabt hat.

Weil sie ihr Leben so mag, wie es ist, und nicht will, dass es sich ändert. Hello Kitty wollte kein kleines Kätzchen, das ihre festen Titten in schwingende Pendel verwandelte.

Ich verstand die Verwirrung meiner Mutter. Chinesen lieben Kinder. Schließlich ist das der Grund, warum sie überall auf der Tagesdecke des Hochzeitsbettes Erdnüsse verteilen. So viele Nachkommen, wie Erdnüsse vorhanden sind. Und das kantonesische Wort für »Erdnüsse« klingt sogar wie das Wort für »gebären«.

Kinder sind wunderbar. Besonders männliche Kinder. Söhne, Söhne, Söhne. Obwohl es keine Söhne ohne Töchter geben kann, zieht jeder trotzdem Söhne vor. Sie denken nicht darüber nach, wen ihre Söhne heiraten sollen, wenn sie einmal groß sind.

Gehirnakrobatik.

Manche Sitten schreiben vor, dass eine Ehefrau nicht mit der Familie am Esstisch zu Abend essen darf, wenn sie nicht einen Sohn zur Welt gebracht hat. Sie hat sich nicht als würdig erwiesen.

»Mom, Dad, es ist ganz einfach. Katie steht kurz davor, sich von Peter scheiden zu lassen.«

»Das ist lächerlich. Scheidung! Sprich das noch nicht einmal aus.«

»Machen wir uns nichts vor. Peter hat eine Greencard gebraucht. Katie wollte das Geld. Das ist der einzige Grund, weshalb er sich Katies Mist hat bieten lassen. Und warum sie sich den seinen hat bieten lassen. Sie wird nicht ewig mit ihm verheiratet bleiben.«

»Katie ist ein braves Mädchen. Sie will Kinder.«

Nein, will sie nicht. Sie will Peter unters Messer schicken. Weil sie weiß, dass Kinder sie bloß für immer an ihn ketten würden.

Ich mochte Peter noch nie. Ich hielt ihn für wenig besser als eine Greencard-Hure, was er im Grunde war. Seine Familie zahlte Katies Mom vierzigtausend Dollar, damit sie ihn ein Semester lang beherbergte, als er von der UC Berkeley angenommen wurde. Das war jedenfalls ihre Version.

Ich mochte Katie noch nie. Ich hielt sie für wenig besser als eine Geld-Hure, was sie im Grunde war. Eine Geld-Hure, die von Hautaufhellern und Diätpillen besessen war.

Ein paar Monate später heirateten Peter und Katie in einer Hochzeitskapelle in Las Vegas. Keine missmutigen Brautjungfern. Keine Feier. Keine dreistöckige Hochzeitstorte. Kein Verlobungsring. Doch Katie bekam einen brandneuen Achtzigtausend-Dollar-Lexus.

Nachdem ich etwas Zeit mit den Jungvermählten verbracht hatte, taten sie mir im Grunde beide leid. Mir wurde klar, dass sie einander ertragen mussten.

»Was macht ihr beiden denn so an den Wochenenden?«, fragte ich Peter eines Nachmittags, als Katie gerade unterwegs war.

»Wir gehen bei Target einkaufen, putzen das Apartment, gehen in der Stadt shoppen. All so was.«

»Warum macht ihr keinen gemeinsamen romantischen Urlaub?«

»Kein Geld. Katie ist allein nach Europa gefahren.«

»Was?«

»Wir hatten nicht genug Geld für zwei Leute, also ist sie allein gereist.«

Okay.

»Und was hast du zu Hause gemacht, Peter?«

»Reparaturen am Haus, auf sie gewartet.«

Himmelherrgott.

Dann musste Peter noch mit Katies Wutanfällen fertig werden und den endlosen Forderungen ihrer Mutter, was das Haus betraf, Fahrten hierhin und dorthin und wieder zurück, Einkäufe. Er wurde zum designierten Laufburschen,

Chauffeur, Koch, Heimwerker. Und nun wollte er Vater werden.

Doch Katie hegte kein Interesse an Mutterschaft. Sie wollte andere Dinge.

Kein Wunder, dass der arme Kerl rauswollte.

»Mom, Katie behandelt ihn wie den letzten Dreck. Sie ist eine Tyrannin.«

»Sie hat ihre Launen, ich weiß.«

»Und jetzt will sie, dass er an sich herumschnippeln lässt.«

Meine Mutter sagte einen Moment lang nichts. Sie dachte nach und warf schließlich frustriert die Hände empor.

»Weißt du was, vergiss es! Hör nicht weiter auf die dummen Ideen deines Vaters, Fiona.«

»Was?«

»Heiraten und all das. Geh und leb dein Leben. Kauf dir noch ein paar Dior-Schuhe, küss Pepito, hab ein tolles Leben.«

Hai, Mom.

»Es ist es nicht wert. Sieh dir Katie an. Die jungen Leute von heute! Ein braves chinesisches Mädchen, das von seinem Ehemann verlangt, er solle sich in seinem Alter unfähig machen lassen, Kinder zu zeugen. Du hast recht, Fiona. Sie will sich von ihm scheiden lassen.«

»Scheidung ist besser, als kopflos in einem Straßengraben zu enden, Mom.«

»Sag so etwas nicht.«

»Es stimmt. Sag Katie, sie soll sich einen guten Anwalt nehmen.«

Doch letztlich war es Peter, der einen Anwalt brauchte.

Etwa einen Monat später verhaftete das Los Angeles Police

Department Peter, nachdem meine Tante Katie mit gebrochenem Genick am Fuß der Treppe vorgefunden hatte. Das Pärchen hatte sich im ersten Stock gestritten. Über das Kinderkriegen. Über das Nicht-Kinderkriegen.

Die Nachbarn hörten sie. Meine Tante hörte sie. Das Nächste, was jeder wusste, war, dass Katie die Treppe hinunterstürzte. Peter behauptete, sie sei über ihr Nachthemd gestolpert. Meine Tante sagte, er habe sie gestoßen.

Also verhaftete das LAPD ihn wegen Mordes.

Willkommen in Amerika. Peter würde bleiben. Und er brauchte noch nicht einmal eine Greencard.

Was Katie betraf, die bekam eine Gratisreise ins Leichenschauhaus. Denn das geschieht mit Hello Kittys, die sich nicht an die Spielregeln halten. Wenn man nicht tut, was die Eltern einem sagen, wird man aus dem Haus geschickt. Wenn man keine Kinder kriegt, wenn der eigene Ehemann Kinder haben will, endet man mit einem gebrochenen Genick.

Und Katies CPA-Examen in Unternehmensrechnung und ihre Sammlung an Designerschuhen halfen ihr einen Scheißdreck dabei, den Sturz die Treppe hinunter zu verhindern.

Katies Tod ließ mich an Don denken. Wie ich mir ein ähnliches Schicksal erspart hatte. Er oder ich. Es hätte keinen anderen Weg gegeben, es sei denn, ich wollte meiner Cousine in den Räumlichkeiten des ärztlichen Leichenbeschauers Gesellschaft leisten. Kein guter Ort. Dort bekommt man keine Fünfzehn-Dollar-Bellinis serviert.

»Siehst du, Dad? Katie hätte sich einfach von ihm scheiden lassen sollen. Das wäre besser als ein gebrochenes Genick gewesen.«

»Du hast recht gehabt.«

»Was?«

»Du hast bezüglich Peter recht gehabt. Arme Katie.«

»Siehst du? Hör auf, mich mit einem Peter verkuppeln zu wollen. Ich mag mein Genick so, wie es ist.«

Ich dachte schon, mein Vater würde mich wegen meiner Bemerkung tadeln, doch dem war nicht so. Stattdessen lachte er.

»Ich auch, Fiona.«

Und ich erst.

KAPITEL 22

Seans Wagen roch eigenartig. Nicht nach toten Eichhörnchen, aber nach Pfirsichgärten, Kiefernzapfen, Vanille-Minze, Meeresbrise, Zitrusgemisch. Ein olfaktorischer Regenbogen an Raumsprays.

Doch nicht einmal die gemeinsamen Anstrengungen von Oust, Lysol und Febreze konnten die billigen Parfums überdecken, die Seans jüngst verstorbene Fahrgäste getragen hatten.

»Freundchen, such dir einen Duft aus und bleib dabei«, sagte ich ihm.

»Was?«

»Dein Auto. Es riecht nach Vanille-Zitrus-Meeresbrise.«

»Das ist gut.«

Solange es nicht nach toten Eichhörnchen oder toten Nutten roch, war es Sean egal. Weil er es sowieso nicht riechen konnte.

Sean gabelte mittlerweile zahlreiche Prostituierte in seinem schicken Mercedes auf. Nach einem Blick auf seinen Wagen und auf ihn ergaben sie sich freiwillig in ihr Schicksal. Es wurde zu einfach.

Ich hoffte, er würde seinen neuen Zeitvertreib leid werden. Stattdessen wurde er süchtig danach.

Das wurde mir bewusst, wenn er mich an den Wochenenden mitnahm, nachdem ich Doreens Arbeit erledigt hatte.

Wir besuchten Bars, tranken Fünfzehn-Dollar-Drinks und machten Ausfahrten durchs Nuttenland.

»Wie geht's Doreen?«

»Immer noch am Leben und erteilt mir Aufträge.«

»Wie schade. Du könntest deinen Kumpel viel öfter begleiten und noch mehr Spaß haben.«

»Noch mehr Spaß?«

Sean sagte nichts. Wir fuhren an etlichen Frauen in mini Miniröcken und Plateau-fick-mich-Schuhen vorbei. Sie lachten uns höhnisch zu und winkten mit den Armen.

»Ich mach's auch mit Pärchen, Süßer!«, rief uns eine nach.

Ich drehte mich zu Sean, der den Blick wie ein braver Fahrer auf die Straße gerichtet hielt. Dachte immer an die Sicherheit der anderen, dieser Sean.

»Hast du das gehört? Die klingt nach deiner Art von Spaß.«

»Nee.«

»Warum denn nicht?«

»Die Letzte ist schwarz gewesen. Vor zwei Tagen.«

»Vor zwei Tagen?«

»Ja, sorry, Fi. Konnte nicht warten, bis du mit von der Partie bist.«

»Und die hier ist nicht gut?«

»Sie ist auch schwarz. Entwickle nie einen zu deutlichen Typ oder ein Muster. Das verkürzt nur die eigene Karriere.«

Alles klar.

Also fuhren wir noch eine Weile herum, bis Sean eine Rothaarige in einem schwarzen Lederrock, mit pinkfarbenem Boaschal und gewaltiger Haarspray-Hochfrisur entdeckte. Sie fluchte einem Wagen hinterher, der sie nicht mitnehmen wollte. »Fahr nach Hause und nuckel an den Titten deiner Mama!«, schrie sie, wobei sie ihre großen Brüste schüttelte.

»Also das ist genau mein Typ Mädchen, Fi.«

»Rothaarig?«

»Fies und gemein.«

Sean fuhr direkt vor ihr an den Bordstein, doch bevor er das Beifahrerfenster herunterließ, sagte er: »Keine Sorge, Fi. Ich setz dich beim Big Four ab. Wartest du dort auf mich?«

»Was hast du vor?«

»Keine Sorge, Fi. Vertrau mir. Heute Abend lassen wir die Sau raus.«

Die Frau bückte sich und spähte durch das heruntergelassene Fenster zu uns herein, wobei sie mich mit einem unfreundlichen Blick bedachte. Ich achtete nicht auf sie, sondern starrte unverwandt geradeaus.

»Tut mir leid, Leute. Ich mach's nicht mit Pärchen.« Sie wickelte sich ihren Kaugummi um den Finger, bevor sie ihn zurück in den Mund steckte.

»Nee, die hier setze ich gleich ab. Wie würde es dir gefallen, eine Nacht im Mark Hopkins Hotel zu verbringen?«

»Mark Hopkins?«

»Ja, steig ein.«

Und das tat sie.

Sean setzte mich einen Block von der Bar entfernt ab und zwinkerte, als ich die Tür zuschlug. Die Nutte lachte mir höhnisch von der Rückbank zu. Mir war unbehaglich zumute, besonders, weil Sean mich als Prostituierte ausgegeben hatte.

Ich fragte mich, was Sean vorhatte. Das Mädchen an einen Ort wie das Mark Hopkins zu bringen, wo der Portier oder Hotelpage sich an die beiden erinnern würde. Riskant, dumm, es passte gar nicht zu Sean.

Ich sah ihnen nach. Ich sah ihnen nach, wie der Wagen direkt am Mark Hopkins vorbeifuhr und einen Hügel hinunter in Richtung Bucht verschwand. Die roten Rücklichter seines Mercedes blitzten wie dämonische Augen aus einem Film auf.

Ich war mir nicht so sicher, ob diese Frau ihr Schicksal verdient hatte. Sie wollte bloß für ihren Lebensunterhalt sorgen. Es war ihr Körper, ihr Leben, ihre Berufswahl. In Kalifornien gilt: Wenn du es hast, dann stell es zur Schau, vermarkte es, verkauf es. Alles an den Höchstbietenden. Man frage nur einmal die Leute in Hollywood. Das ist Westküsten-Kultur.

Ich hegte den Verdacht, dass es Sean mittlerweile gleichgültig war. Ob jemand es verdient hatte oder nicht. Inzwischen machte er es wegen des Nervenkitzels. Ich betete, dass er nicht abglitt, alle Vorsicht in den Wind schlug, sich völlig der Dunkelheit anheimgab. Denn das würde ihn direkt ins Staatsgefängnis San Quentin bringen.

Ich ging ins Big Four und setzte mich an einen kleinen Tisch. Ich holte mein Handy heraus und ließ es vor mir liegen.

»Was darf ich Ihnen bringen?«, fragte eine Kellnerin mit russischem Akzent.

»Ein Glas Riesling, bitte.«

Und ein Glas Cabernet Sauvignon.

Etwa anderthalb Stunden später rief Sean an. Ich zuckte zusammen, als mein Handy aufblinkte und zu vibrieren begann.

»Bist du jemals nachts segeln gewesen?«

»Geht man überhaupt nachts segeln, Sean?«

»Ich hol dich gleich ab.«

Er legte auf, ohne meine Antwort abzuwarten.

Nachts auf dem Wasser zu sein, hatte für mich etwas Gespenstisches und Unnatürliches. Beinahe, als ließe man nachts bei Regen einen Drachen steigen. Also musste ich selbstverständlich mit.

»Darf es noch etwas sein, Miss?«

»Ja, ein starker Kaffee.«

Was auch immer Sean vorhaben mochte, ich wollte einen klaren Kopf haben und wach sein für den Fall, dass es nötig sein sollte. Die Kellnerin brachte mir Kaffee. Ich trank ihn schwarz in raschen kleinen Schlucken und hoffte, so viel Koffein wie möglich in mich hineinzubekommen, bevor Sean auftauchte.

Wir fuhren zum South Beach Harbor. Er war menschenleer. Doch neben Sean kannte ich keine Furcht. Nichts fühlt sich sicherer an, als mit dem gefährlichsten Mann der Stadt herumzulaufen.

»Es ist eine ruhige Nacht, Fi. Hab mir gedacht, du hättest vielleicht Lust auf eine mitternächtliche Segelpartie.«

»Solange du uns nicht unter eine Brücke steuerst.«

Sean lachte.

Als wir am Ghirardelli Square vorübersegelten, überließ er mir die Ruderpinne. Am Ghirardelli Square gibt es die Ghirardelli Chocolate Factory und den Ghirardelli Soda Fountain & Chocolate Shop, der für seine weltbekannten Eisbecher berühmt ist, die ich nie probiert habe, wie so viele Einwohner in dem Glauben, ich könne das jederzeit noch tun. Aber Touristen suchen den Laden am Fisherman's Wharf scharenweise heim.

»Ist der Ghirardelli Square nachts nicht eindrucksvoll?«, fragte Sean mit funkelnden Augen.

»Ich habe ihn noch nie zuvor so schön gesehen. Ich kann den Blick gar nicht davon losreißen.«

Und das tat ich auch nicht.

Ich hielt den Blick stur auf die glitzernden Lichter des Kais gerichtet, die dunklen Umrisse der Häuser, Bäume, Autos unter dem gewaltigen Ghirardelli-Schriftzug, während Sean in den Schatten hinter mir herumschlurfte. Er bewegte Gegenstände steuerbord, verborgen durch das Hauptsegel.

Platsch.

Sean hatte etwas über die Bootsseite geschubst.

Ich achtete nicht auf das Geräusch. »Bist du je in dem Restaurant oben am Ghirardelli Square gewesen, Sean?«

»Nein, ist es gut?«

Platsch.

»Erinnerst du dich noch an Laurie aus meiner alten Kanzlei? Sie hat gesagt, dass es in dem Laden die besten Erdbeermilkshakes gibt.«

»Magst du Milkshakes, Fi?«

Sean trat mit dem Fuß gegen etwas. Es drehte sich herum und fiel ins Wasser. Platsch.

»Nein, ich hasse Milkshakes. Es ist, als würde man Rotze trinken. Erdbeer ist am schlimmsten. Das ist Rotze mit Kinderhustensaftgeschmack.«

Er lachte. »Dann gehen wir nicht in das Restaurant.«

»Sean, ich habe Hunger. Ich habe zu viel Wein im Big Four getrunken. Ich brauche etwas zu essen.«

»Was hat um die Uhrzeit geöffnet?«

»Restaurants in Chinatown. Ich kenne ein tolles.«

»Cool. Mir wird allmählich sowieso kalt. Kehren wir um und fahren wir zum Hafen zurück.«

Und das taten wir auch.

Durchfroren und durchnässt trafen wir im Yuet Lee ein, einem billigen Fischrestaurant in Chinatown, das bis spätnachts geöffnet war.

Ich bestellte Congee, eine chinesische Frühstücksreissuppe. Diesen würzigen Reisbrei gibt es nicht nur zum Frühstück. Er ist ideal als mitternächtlicher Snack und um eine Erkältung auszukurieren. Es ist unsere Version von Hühnersuppe. Es ist Seelennahrung, besonders, wenn man ein wenig Schweinefleisch, Meeresfrüchte und ein paar Scheiben eingemachtes Ei beimischt.

Eine sättigende Mahlzeit nach einer anstrengenden Nacht, in der man Gottes Werk verrichtet hat.

»Und wie sehen deine Urlaubspläne aus, Fi?«

»Tja, nächste Woche findet Katies Beerdigung in L.A. statt. Dann bleibe ich vielleicht noch dort, um zu sehen, was mit dem armen Peter geschieht.«

»Klingt lustig. Aber wer wird sich um deinen Vogel kümmern?«

Wenn ich zu lange von Pepito wegblieb, würde er mich zur Strafe mit seinen Donuts füttern. Oder noch schlimmer, er würde vor lauter Vernachlässigung sterben. »Scheiße. Egal. Fahre ich eben bloß zur Beerdigung. Wie ich meine Tante kenne, wird es sich um eine handfeste chinesische Veranstaltung handeln. Mit anderen Worten: Es wird beschissen sein.«

»Servieren sie denn nicht Pekingente oder Haifischflossensuppe beim Leichenschmaus?«

»Schön wär's. Es gibt billigen chinesischen Fraß.«

»Vielleicht hast du Glück und sie ziehen es amerikanisch auf.«

Ich kam spät nach Hause. Meine Eltern hatten mir das Licht im Korridor angelassen. Ich liebe sie.

»Möchtest du heißes Wasser?«, fragte meine Mutter. Sie hatte mich hereinkommen gehört.

Gekochtes Wasser. Gesundes abgekochtes Wasser nur mit toten Bakterien.

»Nein danke, Mom. Ich gehe ins Bett.«

»Okay.«

Sie fragte noch nicht einmal, wo ich gewesen war oder ob ich betrunken sei. Katies Tod hatte sie wohl davon überzeugt, dass sie mir meinen Spaß lassen sollte.

Denn die arme Katie hatte ihn nicht gehabt. Sie wurde verheiratet und umgebracht.

Kein Spaß.

Zu schade, dass Katie nicht hier gelebt hatte und unseren Waschsalon benutzte. Ich hätte ihr und Peter einen großen Gefallen tun können. Ich hätte ihr mit einem Spitzenunterhöschen oder einem kirschfarbenen Lippenstiftfleck das Leben retten können.

Doch dank ihr würde ich ein paar Tage in Los Angeles verbringen können.

»Denk dran, Peter mit keinem Sterbenswörtchen zu erwähnen, Fiona«, wies mich mein Vater im Flugzeug an.

Ach was. Als müsste er mir wirklich sagen, dass ich bei Katies Beerdigung nicht über Peter reden sollte. Das war ja wohl keine Frage.

»Und red nicht mit Peters Familie«, sagte meine Mutter.

»Peters Familie wird dort sein?«

»Ja, sie sind gestern von Hongkong hergeflogen.«

Um bei ihrem Sohn zu sein, während er wegen Mordes an seiner Frau vor Gericht stand.

»Wird Peter dort sein, Mom?«

»Ich glaube nicht. Ich glaube, die Polizei hat ihn noch in Gewahrsam.«

Oh.

»Fiona, hast du einen deiner schönen Anzüge dabei?«

»Nein, Mom. Ich habe einen billigen Rock und eine Bluse dabei.« Falls wir mein Outfit abfackeln mussten, damit der Tod nicht mit uns nach Hause kam.

»Hast du Schuhe dabei?«

»Ja.«

»Und Strümpfe?«

»Ja.«

»Braves Mädchen.«

Mein Vater schwieg, bis das Flugzeug landete. Als wir aus dem Flugzeug stiegen, drehte er sich zu mir um. Er sah aus, als sei ihm gerade etwas in den Sinn gekommen.

»Ach übrigens, Fiona.«

»Ja?«

»Vergiss nicht, Lippenstift zu tragen.«

KAPITEL 23

Katie lag in einem glänzenden Sarg und sah wie eine magersüchtige Geisha in einem purpurfarbenen Kleid von Zac Posen aus.

Sie hätte es toll gefunden, wie sie aussah. Dessen war ich mir ganz sicher. Der Leichenbestatter hatte ganze Arbeit mit ihrem blässlichen Make-up geleistet. Der heilige Petrus würde sie nicht tadeln können, weil sie zu dunkel oder zu dick war, wenn sie am Himmelstor ankam. Wäre sie auch nur einen Hauch weißer oder dünner, würde er ein Skelett in einer Kabuki-Maske begrüßen.

Tante Lydia ersparte uns das Grauen einer herkömmlichen chinesischen Bestattung, damit sie offen um ihre Tochter trauern konnte. Gott segne die Frau. Ich würde meine Kleidung nicht verbrennen müssen.

Doch die Art, wie Katie umgekommen war, ruinierte in meinen Augen jegliche positive Energie ihrer typisch amerikanischen Beerdigung. Statt des üblichen Kummers und der Zufriedenheit lag Wut in der stark parfümierten Luft des Bestattungsinstituts. Hass und Groll sickerten aus den Poren von Katies und Peters Familien.

»Sieh sie nicht an«, flüsterte mein Vater.

»Tu ich nicht.«

»Sprich nicht mit ihnen.«

»Sie sehen uns noch nicht einmal an, Dad.«

»Dann sieh sie auch nicht an.«

»Tu ich nicht. Ich sehe meine Schuhe an.«

»Geh und setz dich neben Tante Lydia, während ich mich mit deinem Onkel unterhalte.«

Ich wollte nicht neben Tante Lydia sitzen, die weinte und in der es vor negativer Energie nur so schäumte, aber ich tat es trotzdem.

»Mein Beileid, Tante Lydia.«

»Danke, Fiona. Du bist so ein braves Mädchen.«

Mhm. Natürlich bin ich das.

Also saß ich dort neben meiner Tante vor Katies Sarg, bis im Wartezimmer nebenan ein Streit ausbrach. Tante Lydia sprang auf und beteiligte sich daran.

»Euer Sohn hat meine Tochter umgebracht!«

»Nein, hat er nicht. Es war ein Unfall.«

»Es war kein Unfall! Er hat sie gestoßen!«

»Sie ist ungeschickt gewesen. Sie ist über ihre eigenen Füße gestolpert. Es ist nicht seine Schuld.«

»Selbstverständlich ist es seine Schuld!«

»Sie war eine schreckliche Ehefrau!«

»Was? Sie hat ihn wunderbar behandelt. Und er hat sie ermordet!«

»Wenn sie so großartig war, hätten sie sich nicht gestritten und sie wäre noch am Leben!«

Ich stand auf und schlenderte in das Wartezimmer, um einen Blick zu riskieren. Mein Onkel ruderte mit den Armen und bedrohte jemanden, der in einer Ecke kauerte. Mein Vater hielt ihn zurück. Eine Frau beschützte den anderen Mann vor meinem Onkel.

»Fiona, geh ins andere Zimmer zurück.«

Hai, Daddy.

Doch ich tat es nicht.

Ich wanderte umher und erkundete die anderen Räumlichkeiten des Bestattungsinstituts, nachdem ich den Streit hinter mir gelassen hatte.

»Verzeihung, wo ist die Damentoilette?«, fragte ich eine junge Frau im vorderen Büro.

»Dort entlang, auf der rechten Seite.«

Ich liebe es, mir die Toiletten in Restaurants, Hotels, Bestattungsinstituten anzusehen. Toiletten verraten einem viel über einen Ort und die Leute, die dort arbeiten. Ob sie Sauberkeit, Ästhetik, Nützlichkeit, Atmosphäre, Ausstattung, Qualität schätzen. Denn Toiletten sind nicht das Erste, was die Kundschaft zu sehen bekommt. Es sind die Orte, an denen man knausern oder nachlässig sein kann. Und die meisten Läden machen das.

Es ist wie bei Leuten, die sich piekfein anziehen, aber in schmutziger Unterwäsche oder mit ungeschnittenen Zehennägeln herumlaufen. Niemand kriegt diese Dinge zu Gesicht. Also ist es ihnen egal.

Das WC des Beerdigungsinstituts roch nach Zitronen. Schlicht, aber sauber und freundlich mit den pastellgelben Kacheln. Ein gewaltiger Margeritenstrauß in einer durchsichtigen Glasvase stand auf einem getünchten Holzregal. Sogar die Handseife roch nach Zitrusfrüchten. Die Kabinen hatten saubere Wände, Klos mit kräftiger Spülung und reichlich Sanitärauflagen für die Toilettensitze und mehrlagiges Toilettenpapier. Auf dem Boden lagen keine Papierhandtücher herum.

Wir sind ein nüchternes, pragmatisches, freundliches und

hygienisches Bestattungsinstitut. Sauber wie Zitronen. Das verriet das WC.

Schreiende Stimmen drangen auf mich ein, als ich aus dem friedlichen WC trat. Mein Onkel und Peters Eltern stritten immer noch. Ihre Stimmen wurden durch den mit Teppich ausgelegten Korridor getragen.

»Ich hoffe, euer Sohn vermodert im Gefängnis!«

»Ich hoffe, eure Tochter vermodert in der Hölle!«

Folglich setzte ich meine Erkundung fort.

Am Ende des Korridors befand sich ein gewaltiges Schild mit der Aufschrift »KEIN ZUTRITT«. Jenseits davon bereiteten Leichenbestatter die Toten für ihren großen Tag vor. Es wäre unverschämt, bei den Toten in ihrem unschicklichen Zustand hereinzuplatzen, während sie gerade eine Maniküre bekamen oder ihnen die Haare geschnitten wurden.

Ich fragte mich, ob die Leichenbestatter ihren Kunden Pediküren verpassten. Schließlich würde es keiner je erfahren.

Urnen. Ein ganzer Tisch voll stand in einem Zimmer zu meiner Rechten. Marmor, Silber, Gold, Porzellan. Was auch immer man wollte. Unterschiedliche Größen, unterschiedliche Formen mit kleinen Schildchen daran.

Sylvia Lynn Breton

Norman Jerrold Kramer

Burt Alan Smith

Ich vertauschte sämtliche Namensschilder. Asche zu Asche. Es ist alles dasselbe. Da konnte man sie auch alle in ein letztes Abenteuer schicken. Es ist nie zu spät für ein bisschen Spaß.

Lebwohl, Sylvia.

Ruhe in Frieden, Norman.

Gute Reise, Burt.

»Sie sollten eigentlich nicht hier drin sein.«

Der Bestattungsunternehmer, ein Chinese mittleren Alters in schwarzem Anzug und grauer Krawatte, stand an der Tür zum Zimmer.

»Oh, tut mir leid, ich habe mich verlaufen. Ich warte darauf, dass der Gottesdienst für meine Cousine anfängt.«

»Hier entlang, Miss.«

Katies Trauergottesdienst bereitete allen schlechte Laune. Wir saßen auf der einen Seite des Raumes. Peters Familie saß auf der anderen. Meine empfindliche poröse Seele litt unter der schrecklichen steigenden Anspannung. Noch nicht einmal der köstliche Pekannusskuchen beim Leichenschmaus konnte die gewaltige Woge negativer Energie zerstreuen.

Trotzdem nahm ich mir zwei Stück davon. Und unterhielt mich mit den beiden Detectives von der Mordkommission, die zu Katies Beerdigung erschienen waren. Ihre Anwesenheit war mir völlig entgangen, bis einer von ihnen auf mich zutrat und mich bei meinem zweiten Stück Kuchen unterbrach.

»Waren Sie eine Freundin von Katie?«

»Cousine.«

»Mein Beileid. Ich bin Detective Dubler. Ich ermittle im Todesfall Ihrer Cousine. Der Kerl dort drüben ist mein Partner.«

Detective Dubler. Breiter, großer, weißer Typ. Statur eines ehemaligen Soldaten. Schnurrbart. Mittleren Alters. Definitiv nicht unerfahren und nicht zu abgestumpft, um hinter der Wahrheit her zu sein.

»Darf ich Ihnen ein paar Fragen stellen?«

»Sicher. Warum nicht? Ich heiße Fiona.«

»Fiona, haben Sie Ihrer Cousine nahe gestanden?«

»Nicht wirklich. Ich wohne in San Francisco. Ich habe sie bloß zweimal besucht. L. A. ist nicht meine Art von Stadt.«

»Ich verstehe. Haben Sie ihren Ehemann Peter gekannt?«

»Etwa so gut, wie ich meine Cousine gekannt habe.«

»Haben sie sich gut verstanden?«

»Das weiß ich nicht wirklich.«

»Sie haben also nie von Problemen gehört, die sie gehabt haben könnten?«

»Detective, jedes Pärchen hat Probleme. Aber bisher ist noch keiner daran gestorben.«

»Hat Peter je die Fassung verloren oder ist gewalttätig geworden?«

»Keine Ahnung. Aber ich war nicht mit ihm verheiratet. Er musste mir gegenüber nett und höflich sein.«

Detective Dubler lachte leise, bekam sich dann aber schnell wieder in den Griff. Er befand sich schließlich auf dem Leichenschmaus eines möglichen Mordopfers.

»Fiona, Sie wirken nicht sonderlich aus dem Gleichgewicht gebracht, weil ihre Cousine gestorben ist.«

»Wie schon gesagt, wir standen uns nicht sehr nahe. Und die paar Mal, die ich sie besucht habe, ist sie nicht allzu nett zu mir gewesen.«

»Nein? Inwiefern das denn?«

»Bloß ein klein wenig zu hochnäsig. Nordkalifornisches Mädchen gegen südkalifornisches Mädchen. Etwas in der Richtung.«

»Ist sie Peter gegenüber je hochnäsig gewesen?«

»Weiß nicht. Das müssen Sie schon ihn fragen.«

»Und Ihre Tante? Hat sie Peter gemocht?«

»Sie hat ihn genug gemocht, um ihn Katie heiraten zu lassen, aber abgesehen davon, weiß ich es nicht. Fragen Sie sie.«

»Okay, danke, Fiona. Und nochmals, mein Beileid.«

»Sie glauben im Grunde nicht, dass es ein Unfall gewesen ist, nicht wahr, Detective?«

»Das weiß ich nicht. Ich weiß nur, dass sie direkt vor Katies Tod gestritten haben.«

Alles klar.

Und weil es meistens kein Unfall ist. Genau wie bei Don Koo, Nicole Brown Simpson, Laci Peterson. Ich konnte es Detective Dubler nicht verübeln, dass er so dachte.

»Noch etwas, Fiona. Hat Katie je darüber gesprochen, ob sie Kinder haben wollte?«

»Nicht mit mir.«

Kurz und bündig. Eine gute Faustregel für Gespräche mit der Polizei. Erzähle ihnen niemals eine Geschichte oder sag ihnen, dass du deine Cousine gehasst hast, weil sie dich als dunkel und dick bezeichnet hat. Oder dass sie es verdient hatte, genau wie Don es verdient hatte. Sie werden glauben, man habe etwas mit dem Tod zu tun. Oder noch schlimmer, sie könnten einen für eine wertvolle Zeugin halten. Dann sitzt man wirklich in der Tinte.

»Die Polizei bringt einem nichts als Ärger, es sei denn, man braucht sie«, sagte Sean, als ich von Katies Beerdigung zurückkehrte. »Meiden, bis man sie braucht.«

»Darauf trinke ich.«

»Wenigstens ist dein Ausflug nicht langweilig gewesen, Fi.«

»Nö, dank des Streits und der Polizei hat er sich als recht aufregend herausgestellt.«

»Gut.«

»Was hast du so getrieben, Sean?«

»Nicht viel.«

Tatsächlich war er sehr beschäftigt gewesen.

Sean war mittlerweile vollkommen süchtig nach seinem nächtlichen Werk. Als Thanksgiving nahte, geriet ich immer nur an seine Voicemail, wenn ich abends bei ihm anrief, weil ich essen gehen oder etwas trinken wollte. Ein paar Stunden später lud er mich dann trotz des eiskalten Wetters zum Segeln ein. Jedes Mal.

Er hatte seinen Groove gefunden und wollte nicht, dass irgendetwas den Rhythmus seines tödlichen Tanzes unterbrach. Folglich wurde ich zu einer Belastung. Er nahm mich nicht mehr auf seine nächtlichen Fahrten mit. »Dich nach Hause bringen zu müssen ruiniert die Stimmung, Fi.«

Bald setzte das Geflüster ein. Als immer mehr Nutten von den Straßen verschwanden, fing das Gerede der Leute an. Es war, als wäre der Stadt auf einmal bewusst geworden, dass manche ihrer Einwohnerinnen sich in Luft aufgelöst hatten. Es fühlte sich heller, geräumiger, sauberer an. Und der Wandel hatte nichts mit irgendwelchen Anstrengungen des Bürgermeisters zu tun.

Das Verdienst gebührte einem anderen.

Allmählich gingen Gerüchte über einen Serienmörder um, der in der Gegend um die Bucht sein Unwesen trieb. Wie der Zodiac-Killer.

Die Stadt wartete darauf, dass rätselhafte Nachrichten an den *San Francisco Chronicle* oder den *Examiner* geschickt werden würden. Und die Medien warteten darauf, dass mysteriöse Päckchen bei NBC, ABC, CBS einträfen. Oder sogar bei FOX. Die Polizei machte sich auf höhnische Anrufe und Päckchen mit verschlüsselten Hinweisen gefasst.

Doch nichts davon traf ein.

Alle warteten weiter. Und die Prostituierten verschwanden weiter von den Straßen.

Die Polizei wurde es leid, dass Prostituierte und Zuhälter in die Reviere strömten und Kolleginnen als vermisst meldeten, wobei sie so taten, als handelte es sich bei der Vermissten um ihre Freundin oder die Freundin einer Freundin. Schließlich würde kein Zuhälter auf den diensthabenden Polizisten zugehen und sagen: »Hey, Mann, meine Hure hat sich nicht an ihrer Ecke blicken lassen«, oder: »Hey, mir ist eine Hure abhanden gekommen«. Doch letztlich resultierten ihre Besuche dennoch in zu vielen Berichten, die abgelegt werden mussten. Zu viel Papierkram. Folglich verdoppelte die Polizei die Zahl der Streifenwagen in Tenderloin, sodass es nun zwei waren.

»Vielleicht ist es ihnen zu kalt geworden, und sie sind nach L. A. ausgewandert.«

»Diese Miniröcke sind wirklich nicht sonderlich warm.«

»Gesprungene Lippen sind echt ärgerlich. Oben und unten.«

So stellte ich mir die Witzeleien vor, die in den Streifenwagen ausgetauscht wurden.

Als sich die Sache herumsprach, blieb Sean öfter zu Hause. Das Risiko aufzufliegen zwang ihn, eine Pause einzulegen.

Stattdessen lud er mich zum Abendessen und auf ein paar Drinks zu sich nach Hause ein, doch mit den Gedanken war er woanders.

Keine Federboa. Kein unbeschwertes Geplänkel. Kein Spaß.

»Geh und verprügel das Baby, wenn ich dich langweile, Fi.«

Selbst das große Punchingsack-Baby hing reglos und unbelästigt da, während sich in Seans Innerem Gewitterstürme zusammenbrauten.

Er ging vor dem Fernseher auf und ab, den Drink in der Hand. Ich saß auf dem Sofa und beobachtete ihn. Wie ein Tier im Käfig, das vor Langeweile allmählich den Verstand verlor, biss er auf seiner Unterlippe herum und rieb sich das Kinn. Er gab sich redlich Mühe, den Hartholzboden abzunutzen. Bis er es nicht mehr länger aushielt.

»Fi, geh nach Hause. Ich muss mich ans Werk machen.«

Also ging ich nach Hause.

Stell dich nie zwischen einen Mann und sein Werk. Leute-Kultur.

KAPITEL 24

Peters Fall brachte es nie bis vor Gericht. Draußen auf Kaution erhängte er sich eines Nachts im Badezimmer, nachdem seine Eltern zu Bett gegangen waren. Sie fanden seine Leiche am nächsten Morgen.

»Wir gehen nicht auf seine Beerdigung«, erklärte mein Vater. »Tante Lydia geht nicht hin. Also müssen wir nicht.«

»Überrascht mich nicht, Dad. Er hat Katie umgebracht.«

Die Polizei deutete Peters Selbstmord als Schuldeingeständnis. Peters Eltern deuteten es als Zeichen seiner Unschuld – eine Verzweiflungstat, um den endlosen Anschuldigungen zu entkommen. Leider ging der Schuss nach hinten los, wenn das sein wahrer Beweggrund gewesen sein sollte. Die meisten Leute deuteten seinen Tod auf die gleiche Weise wie die Polizei.

Peter hätte einen Abschiedsbrief hinterlassen sollen. Doch das tat er nicht.

»Er ertrug einfach die Aussicht auf die Zeit im Gefängnis nicht, Fi«, sagte Sean.

»Das nehme ich ihm auch nicht übel. Kein spaßiger Bestimmungsort.«

»Nö. Nichts mehr von wegen Armani oder Bellinis.«

»Nein.«

»Und der ganze Arschsex, den man nie wollte. Denk bloß mal an die ganze Action, die Petey nun verpasst.«

Die Mord-Selbstmord-Geschichte bestärkte meinen Vater in dem Beschluss, mich nicht mehr zu einer Heirat zu drängen. Danke, Peter.

Ich hoffte, dass Peters Selbstmord Sean dazu bewegen könnte, seine Nachtarbeit an den Nagel zu hängen. Dem war nicht so. Ich fragte mich, was er tun würde, falls er je gefasst werden sollte.

»Wenn du Peter gewesen wärst, hättest du dich dann umgebracht?«, fragte ich.

»Niemals.«

Sean nahm einen Schluck von seinem Bier, klemmte den Arm hinter den Kopf und starrte weiter auf den Fernseher. Wir sahen uns *South Park*-Folgen auf DVD an, knabberten Nachos und tranken Bier. Es war noch früh am Abend.

»Du wärst vor Gericht gegangen, Sean?«

»Und davongekommen.«

»Bei Bundy oder Unterweger hat es nicht funktioniert, weißt du?«

»Loser.«

Nein, das waren sie nicht. Sie gehörten zur Elite psychopathischer Serienmörder. Und ihr Charme ließ sie dennoch vor Gericht im Stich.

Seans Arroganz bereitete mir Unbehagen. Am liebsten hätte ich ihm davon abgeraten, seine nächtlichen Aktivitäten zu steigern, doch ich wusste, dass es zwecklos wäre. Er war so richtig in Fahrt. Das wusste er. Das wusste ich. Selbst wenn wir beide wussten, dass es nicht ewig währen konnte.

»Okay, zehn Uhr, Fi. Ab nach Hause mit dir.«

»Und du?«

»Ich bin ein großer Junge, Fi. Geht dich nichts an.«

Wenigstens ließ Sean es mich auf nette Art und Weise wissen. Jedes Mal wenn ich meiner Großmutter eine Frage stellte, die ich nicht stellen sollte, gab sie zurück: »Und wie viele Schamhaare hast du da unten?« Es war ihre Art zu sagen: »Geht dich nichts an.« Gott segne sie.

Jeden Abend trafen Sean und ich uns auf ein paar Drinks oder zum Abendessen und plauschten miteinander. Jeden Abend schickte er mich nach Hause. Ich sagte mir, dass es zu meinem eigenen Schutz geschah. Dass ich, sollte etwas schieflaufen, nicht für den Rest meines Lebens als Komplizin wegen Anstiftung oder Beihilfe zum Mord im Gefängnis landen würde.

Doch ich wusste es besser.

Sean hielt sich mittlerweile für etwas Besseres. Ich wurde zur nervigen kleinen Schwester, die bei den Erwachsenenangelegenheiten ihres großen Bruders mitzockelte. Er war nicht mehr darauf angewiesen, dass ich ihm half, seine Mädchen auszusuchen. Er wollte es selbst tun.

Folglich verbrachte ich meine Abende zu Hause.

Oder öfter noch im Büro, bis spät in die Nacht, und plagte mich mit meinen Finanzvereinbarungen und Fusionsverträgen ab, wobei mir nur ein verpixeltes Porträt der Blutgräfin Gesellschaft leistete.

Schließlich hörte ich gar nichts mehr von Sean. Keine Anrufe, keine E-Mails, keine SMS. Keine Barbesuche, keine Drinks und Nachos, keine Segelpartien. Kein Sean.

Die ganze moderne Technik der Welt konnte die wachsende Kluft zwischen Sean und mir nicht überbrücken. Er war weitergezogen und hatte mich zurückgelassen. Wie die Freunde, die man ablegt, wenn man zu Größerem und Besserem aufsteigt.

Das gehört zum Leben, es sei denn, man selbst ist der zurückgelassene Freund. Dann ist es echt beschissen.

Ich ertappte mich bei dem Wunsch, Sean möge einen Fehler begehen.

Und dann tat er es.

Es braucht nur einen Überlebenden. Die eine Person, die davonkommt. Und mit einer Täterbeschreibung und einer Geschichte zur Polizei rennt, was man ihm oder ihr anzutun versucht hat. Wie es beispielsweise Dahmer passierte.

Dahmer hatte Riesenglück bei seinem ersten Ausbrecher. Die ach so hilfreiche Polizei, unser aller Freund und Helfer, lieferte den armen Kerl tatsächlich wieder an Dahmer aus, der seelenruhig weiter Jungen und Männer hätte töten und essen können, wenn sein letztes angehendes Opfer nicht auch entkommen wäre. Der Typ wandte sich mit seinem Missgeschick schnurstracks an die Polizei, und bevor Dahmer sich's versah, zertrümmerte ihm ein Mithäftling in der *Columbia Correctional Institution*, ein Mann namens Scarver, den Schädel mit einer Gewichtstange. Scarver sagte, er habe »Gottes Werk« verrichtet.

Tun wir das nicht alle?

Eines Abends, als ich im Büro war, rief meine Mutter an. »Fiona, komm früher nach Hause.«

»Ich kann nicht. Ich habe viel zu tun, Mom.«

»Hast du Nachrichten geschaut?«

»Du weißt doch, dass ich die Nachrichten hasse.«

»In der Stadt geht ein Serienmörder um. Viele junge Frauen sind verschwunden.«

»Wirklich?«

»Komm früher nach Hause. Kannst du deine Arbeit nicht zu Hause erledigen?«

»Vermutlich.«

»Dann komm nach Hause. Und lies die Nachrichten. Sie haben ein Bild von ihm in den Nachrichten gezeigt.«

»Ein Bild?«

Ich loggte mich schneller denn je ins Internet ein. Obwohl ich mir gewünscht hatte, dass Sean auffliegen würde, war mir übel und ich hoffte, dass es kein Bild von ihm war.

Doch das war es. Irgendwie.

SFGate.com zeigte die Skizze eines Mannes, der angeblich versucht hatte, eine junge Frau zu entführen und umzubringen. Das Phantombild wirkte wie eine schlechte Mischung von Edward Norton und Orlando Bloom und wies nur eine entfernte Ähnlichkeit mit Sean auf.

Vielleicht sah Sean so aus, wenn man genug Flunies und Alkohol intus hatte. Keine Ahnung. Der einzige Aspekt an der Skizze, der ihn genau traf, war ein kaltes, etwas schiefes, höhnisches Grinsen. Die Miene hatte ich im Laufe der Jahre schon zu oft gesehen, seit dem Tag damals, an dem er Stephanies Kopf in Brand gesteckt hatte.

In dem Artikel stand geschrieben:

Versuchte Entführung einer jungen Frau aus San Francisco: Eine junge Frau entkam gestern Nacht nur knapp einem Entführungsversuch im Bezirk Tenderloin, als sie

> nach einem Abend mit Freunden von einer örtlichen Bar zu Fuß nach Hause ging. Ein Mann versuchte, die junge Frau in seinen Wagen zu zerren, während sie an der Straßenecke stand und auf Grün wartete. Die Polizei verteilt dieses Phantombild des Verdächtigen, bei dem es sich vermutlich um einen weißen Mann zwischen fünfundzwanzig und vierzig handelt …

Wie schon gesagt, es sind immer weiße Kerle zwischen fünfundzwanzig und vierzig. Außer es handelt sich um wahllose Schüsse aus einem vorbeifahrenden Auto in Oakland.

In dem Artikel wurde weiter diskutiert, dass junge Frauen vorsichtiger sein und ihre Umgebung bewusster wahrnehmen müssten, wenn sie nachts zu Fuß unterwegs seien, dass die Polizei in dem Vorfall ermittle, dass man sich bei der Polizei melden solle, falls irgendjemand den Mann auf der Skizze wiedererkenne.

Ich lachte, als ich den Teil las, in dem es darum ging, dass die junge Frau an der Ecke gestanden und auf Grün gewartet habe. Zeitungshalbwahrheiten. Niemand würde sich auch nur im Geringsten um die ganze Sache scheren, wenn sie geschrieben hätten, bei der Frau handele es sich um eine Nutte, die nach ihrem nächsten Kunden Ausschau gehalten habe. Die Leute würden nur sagen, dass sie es darauf angelegt hätte, dass so etwas passierte.

Am nächsten Tag rief ich in Seans Praxis an.

»Dr. Killroy ist gerade im OP. Soll ich ihm etwas ausrichten?«

»Bitte sagen Sie ihm, dass Fiona angerufen hat.«

»In welcher Angelegenheit?«

»Ich brauche ein neues Jungfernhäutchen.«

Ich dachte, das könnte Seans Interesse ausreichend wecken, sodass er mich zurückrufen würde. In seinem Terminplan mussten jedoch viele Hymen-OPs gestanden haben. Er rief erst anderthalb Tage später bei mir an.

»Sag bloß nicht, dass dein Vater dich wieder verheiraten will.«

»Nein, Sean. Ich wollte nur mit dir reden. Hast du letztens die Nachrichten verfolgt?«

»Nein, zu viel um die Ohren. Warum?«

»Du bist in den Schlagzeilen. Irgendwie jedenfalls. Eigentlich geht es in den Nachrichten gar nicht wirklich um dich. Es geht um das Mädchen, das entkommen ist.«

Sean schwieg sehr lange. Schließlich sagte er etwas.

»Ach, Mist, Fi.«

»Allerdings Mist, Mann.«

»Hör mal, ähm, ich muss los. Kannst du heute Abend vorbeikommen?«

»Sicher.«

Dass sein Versagen auf der Titelseite des *Chronicle* prangte, musste Seans Ego ein wenig geschmälert haben. Auf einmal war ich es wieder wert, ihm Gesellschaft zu leisten. Der Teil von mir, der halb Angst vor Sean hatte, riet mir davon ab, ihm einen Besuch in seinem Apartment abzustatten.

Doch der Teil von mir, der halb in Sean verliebt war, sorgte sich um ihn und darum, was geschähe, wenn jemand ihn wiedererkannte, was geschähe, wenn er geschnappt und überführt werden würde, was ihm im Gefängnis zustieße.

Letzterer Teil gewann die Oberhand.

Gegen sieben Uhr klingelte ich an Seans Apartmenttür. Apartment 312. Ich fragte mich, ob er wusste, dass Dahmers berüchtigtes Apartment die Nummer 213 gehabt hatte. Vielleicht. Mir selbst war es bis jetzt nicht aufgefallen.

Sean öffnete die Tür, nicht auf seine gewöhnlich extravagante, selbstbewusste Art, sondern reservierter und vorsichtiger. Er spähte den Flur entlang, um zu sehen, ob uns jemand beobachtete.

»Fi, komm rein.«

»Ist schon in Ordnung. Ich glaube nicht, dass Betty uns beobachtet.«

Sean sagte eine Minute lang nichts, sondern schluckte nur zweimal, wobei er sich nervös mit den Fingern durch die dunklen Haare fuhr.

»Oh, keine Sorge. Das tut sie nicht.«

Ich ignorierte den unheilvollen Ton in seiner Stimme und versuchte, mich so unbeschwert und optimistisch wie möglich zu geben.

»Ich gehe einmal davon aus, dass du das Bild gesehen hast?«

»Es sieht mir nicht wirklich ähnlich.«

»Stimmt. Sie sollten den Phantomzeichner rauswerfen.«

»Anscheinend ist er aber gut genug gewesen.«

»Was soll das heißen?«

Sean ging zu seinem Tablett mit Spirituosen und machte sich daran, mir einen Drink einzuschenken. Er ließ mehrere Eiswürfel zu Boden fallen.

»Mist.«

Sean bückte sich, hob das Eis auf und warf es zurück in den Metalleimer.

»Sean, hat dich jemand wiedererkannt?«

»Ja, das kann man wohl sagen.«

»O mein Gott. Wer denn?«

»Rate mal.«

Seans Augen funkelten. Er stellte meinen Scharfsinn auf die Probe. Sean forderte mich heraus, seine Gedanken zu lesen, zu beweisen, dass ich es wert war, mit ihm befreundet zu sein.

»Nein!«

»Jep.«

»Betty?«

»Du bist ein kluges Mädchen, Fi.«

»Kacke.«

»Ihr Kleingläubigen!«

»Was wirst du tun, Sean? O Gott, vergiss es. Ich will es gar nicht wissen.«

»Nicht?«

»Du hast es bereits getan.« Ich sprach meine Erkenntnis laut aus.

»Was denn? Findest du, ich hätte das alte Mädchen zur Polizei rennen lassen sollen?«

»Natürlich nicht, Sean. Wie hast du es überhaupt erfahren?«

»Ob du es nun glaubst oder nicht, sie ist tatsächlich mit dem Bild in der Hand rübergekommen und hat mich beschuldigt. Dann hat sie sich damit gebrüstet, dass sie es der Polizei melden würde.«

»Du willst mich wohl verarschen.«

»Nö.«

»Dumme alte Kuh.«

»Hab noch nie jemanden gekannt, der es mehr verdient gehabt hätte.«

Ich musste lachen. Betty würde mit Sicherheit nie mehr etwas derartig Dummes tun. Nie mehr. Man geht auf keinen Fall allein zu einem Mordverdächtigen nach Hause und gibt damit an, dass man vorhat, ihn der Polizei auszuliefern. Doof.

Ich ließ mich auf Seans Couch sinken und nahm den Drink, den er mir reichte. Es war mir völlig gleichgültig, was es war. Ich legte die Hände um das kühle Glas und versuchte mich zu konzentrieren. Er hatte mir einen Scotch on the rocks serviert. Unvermittelt fragte ich mich, ob er ihm eine Prise Flunies beigemischt hatte. Ich beschloss, es lieber nicht herauszufinden.

»Ich muss mal aufs Klo.« Ich stellte meinen Drink auf dem Couchtisch ab.

»Ähm, das Badezimmer ist im Moment besetzt.« Sean versperrte mir den Weg.

Ich sah ihn an.

Sean zwinkerte mir lächelnd zu. Wie er es schon eine Million Mal zuvor getan hatte.

Betty.

Ich musste nicht Seans Badezimmer betreten, um zu wissen, dass sie dort war. Wahrscheinlich wartete sie in der Badewanne darauf, dass er sich bei der ersten Gelegenheit ihrer Leiche entledigte. Der Abend war noch jung. Zu viele Leute unterwegs.

»Ich muss wohl gerade nicht wirklich.«

»Braves Mädchen.«

»Was hast du also heute Abend so geplant, Sean?«

»Ich habe vor, eine Zeit lang zu Hause zu bleiben, aber vielleicht gehe ich später noch am Wasser spazieren.«

»Cool. Es ist ein schöner Abend.«

»Ist es.«

Er bat mich nicht mitzukommen. Die alten Zeiten waren genau das. Alte Zeiten. Die Dinge hatten sich geändert. Er ging zu seiner Stereoanlage, legte eine CD ein und drückte auf Play.

Nirvana. Cobain sang aus dem Reich der Toten aus den Lautsprechern.

Load up on guns and bring your friends

»Ich arbeite gern zu Musik.«

»Sean, ich kann das hier nicht trinken. Könnte ich stattdessen etwas Wasser haben?«

»Sicher. Bedien dich in der Küche. Ich muss sowieso im Badezimmer sauber machen.«

Ich ging in die Küche und goss den Scotch weg. Ich drehte den Wasserhahn auf, spülte mein Glas ein paarmal aus und füllte es mit Leitungswasser. Das ist eines der tollsten Dinge an San Francisco. Man kann das Wasser trinken. Es ist sogar gut für einen. Es enthält Fluorid, damit einem die Zähne nicht im Mund verfaulen.

It's fun to lose and to pretend

Als ich schon die Küche verlassen wollte, fiel mir der Herd auf.

Trotz der ganzen modernen Geräte in Seans Apartment hatte er immer noch einen Gasherd. Gas ist eine praktische Wahl, besonders in San Francisco. Man konnte kochen, wenn der Strom während eines Erdbebens ausfiel. Man würde verhungern, wenn man einen Elektroherd hätte.

Dem Himmel sei Dank für Erdgas.
She's over-bored and self-assured
»Timing und Gelegenheit«, hatte Sean gesagt.
Und mir bot sich beides.

KAPITEL 25

Wenn der Moment stimmt und die Gelegenheit sich bietet, muss man sie erkennen, beim Schopfe packen und sich mit dem ganzen Gewicht seines Daseins daraufstürzen.

Wie bei Don zu Hause.

Und in Jacks Büro.

Man muss fest zupacken, damit sie einem nicht durch die Finger gleitet.

Sean war außer Kontrolle geraten. Ich hatte keine Ahnung, ob es schlimmer oder besser wurde, aber mir war klar, dass Bettys Verschwinden von niemandem einfach so abgetan werden würde, schon gar nicht von der Polizei. Sie war keine Nutte an einer Straßenecke gewesen.

Kleine alte Damen, selbst neugierige Nervensägen, ernten Mitleid bei den Behörden. Sie stehen für die Hilflosen in unserer Gesellschaft. Sie sind ehrbare Bürger, die Steuern zahlen und die Aufmerksamkeit der Polizei verdienen, die sie eigentlich vor räuberischen Wesen wie Sean beschützen soll.

Nicht wie die junge Frau, die sich in einem paillettenbesetzten Minirock und Plateaustöckelschuhen mitten in der Nacht an dunklen Straßenecken herumtrieb und ihre guten Tugenden an die guten Einwohner von San Francisco verhökerte.

Bettys Abwesenheit würde die Polizei auf den Plan rufen. Direkt vor Seans Tür. Sie wäre ein Opfer zu viel.

Sean trat in eine kleine Abstellkammer und holte eine Handsäge hervor. Ich sah ihm zu, wie er mit der Säge in der einen Hand und einer Plastikschürze in der anderen ins Badezimmer ging.

»Im Kühlschrank ist etwas zu essen, Fi. Bedien dich«, rief er, bevor er die Tür hinter sich schloss.

»Danke, mach ich.«

Ich starrte wieder den Herd an.

An dem Tag, an dem Sean Stephanies Kopf in Brand gesteckt hatte, lief er nicht weg. Er stand dort, als sie schrie und sich vor Schmerzen wand. Er stand einfach da und sah zu, während Schwester Maria und Schwester Carmen mit einem Feuerlöscher und Decken zu Stephanies Rettung herbeigelaufen kamen. Doch er unternahm keinerlei Versuche zu entkommen oder sich der Strafe zu entziehen.

»Ich werde hierfür bezahlen müssen, also kann ich die Show genauso gut genießen«, sagte Sean zu mir in der Kapelle.

Schwester Maria ließ ihn vor dem lebensgroßen Kruzifix sitzen, während sie den Krankenwagen und die Polizei rief. Sie wollte, dass Sean Jesus erzählte, wie sehr er ihm wehgetan habe, indem er Stephanie anzündete.

Ich meldete mich freiwillig, auf Sean aufzupassen.

»Keine Sorge, Schwester. Sie haben ihm schon sein Zippo-Feuerzeug weggenommen. Und in der Kapelle gibt es keine Kerzen.«

»Okay, Fiona. Aber wenn er versucht, dir wehzutun, schreist du.«

Ach was.

»Scheiße, Sean. Jetzt sitzt du mächtig in der Tinte.«

»Keine Sorge, Fi. Zu jung. Sie werden mich bloß in den Jugendknast schicken.«

Ich schniefte.

»Was ist denn mit dir los, Fi?«

»Wer wird mir jetzt helfen, Jeremy zu verdreschen?«

»Niemand hat dir dabei geholfen, ihn zu verdreschen. Das hast du allein gemacht.«

»Hast du denn keine Angst?«

»Nein.«

»Aber die Polizei, Sean.«

»Sie richten keine Kinder hin. Und Stephanie ist nicht tot, weißt du. Hörst du sie nicht schreien?«

Stephanies Schreie hallten den ganzen Weg von der behelfsmäßigen Krankenstube den Gang herüber. Der Krankenwagen war noch nicht eingetroffen.

»Ich werde dich vermissen, Sean.«

»Sei keine Heulsuse, Fi. Ich hasse Heulsusen.«

Also hörte ich mit dem Flennen auf. Sean hasste Schwäche. Er hasste Angst und Tränen. Und ich wollte nicht, dass er mich hasste.

Ich wusste, dass sie Sean nicht mit einem Dutzend Ave-Marias oder fünfzig Vaterunser davonkommen lassen würden. Noch nicht einmal, wenn er jedes Wort meinte.

Noch nicht einmal Jesus konnte daran etwas ändern.

»Aber wir können nicht mehr zusammen rumhängen«, sagte ich.

»Du wirst wohl neue Freunde finden müssen.«

»Dein Dad …«

»Was wird er schon groß tun? In den Jugendknast stürmen und mich verprügeln?«

Dann kam die Polizei und führte Sean ab. Und ich sah ihn nicht wieder, bis ich in seine Praxis spazierte, um mir ein Jungfernhäutchen machen zu lassen.

Doch mittlerweile war Sean zu alt für den Jugendknast. Ihm blühte die Todeszelle. Allerdings schien es ihm nicht viel auszumachen.

Ich goss mein Wasser weg, wusch das Glas ab und stellte es auf den Geschirrständer, nachdem ich meine Abdrücke mit einem Handtuch weggewischt hatte. Dann ging ich zum Herd und starrte die Drehknöpfe an.

Es würde keine beschissene Gefängniskost geben.

Keinen grellorangefarbenen Pullover.

Keine sadistischen Wachen.

Keinen ungewollten Arschsex.

Nicht für Sean, die Liebe meines Lebens. Ich würde ihm all diese Grausamkeit ersparen. All das Hässliche. All die Demütigung. Oder wenigstens redete ich mir das ein.

With the lights out, it's less dangerous

Ich drehte das Gas auf, wobei ich darauf achtete, keine Abdrücke auf dem Knopf zu hinterlassen.

Dank Darrell und dem Bleistift, den er Sean in die Nase gerammt hatte, würde Sean nicht das Geringste riechen.

Gut.

And for this gift I feel blessed

Das Gas zischte leise heraus und füllte das Apartment. Ich machte einen Rundgang, um die Fenster zu überprüfen. Sean hatte sie bereits geschlossen und die Vorhänge zugezogen. Er wollte die Nachbarn nicht stören.

Dachte immer an andere, dieser Sean.

Hello, hello, hello, how low?

»Fi?«

Sean steckte den Kopf aus der halb geschlossenen Badezimmertür. »Kannst du nachsehen, ob ich noch Zigaretten habe? Schau auf den Couchtisch.«

Mein Herz setzte einen Schlag aus. Zigaretten und Gas waren keine gute Kombination. Ich ließ Schicksal und Karma miteinander kollidieren. Vielleicht hatte Sean es nicht anders gewollt.

»Sean, willst du etwa rauchen? Ich habe Asthma.«

»Nicht jetzt. Wenn du weg bist. Nachdem ich hier fertig bin.«

»Oh, okay.«

Ich ging ins Wohnzimmer. Tatsächlich lag eine Packung Dunhill auf dem Couchtisch. Ich nahm vorsichtig eine heraus und ließ sie in meine Tasche gleiten.

»Ja, du hast reichlich, Sean.«

»Klasse.«

Sean verschwand wieder hinter der Badezimmertür und fuhr mit seinem Werk fort. Ich sah mich im Apartment um, das sich rasch mit Gas füllte. Zweimal hustete ich aufgrund des schlechten Geruches in meinen Ärmel.

Es war Zeit zu gehen.

Ich sah die Badezimmertür an und stellte mir Sean dahinter vor, wie er emsig arbeitete. Der schöne Junge, der mich dazu gedrängt hatte, Jeremy zu verdreschen. Der mir die Kraft gegeben hatte, mich vor den Jacks und Dons der Welt zu schützen.

Einen Augenblick fragte ich mich, wie er wohl tot aussähe. Seine Augen, seine Miene, sein kaltes höhnisches Grinsen. Ach ja.

And always will until the end

»Sei keine Heulsuse.« Das hatte Sean gesagt.

»Sean?« Ich rief seinen Namen zum letzten Mal.

Er öffnete die Tür wieder einen Spaltbreit. Er hatte einen kleinen Blutspritzer auf der Wange, aber ich sagte nichts. Die Farbe passte zu seinem Teint.

»Ja?«

»Ich muss zurück ins Büro. Ich muss zwei Vereinbarungen für Doreen morgen früh zusammenstellen.«

Arbeit.

Ich hätte nie gedacht, dass sie mir einmal das Leben retten würde.

»Okay, bis demnächst, Fi. Du findest ja allein raus.«

Und rauch nicht so viel. Das bringt dich noch um, Sean.

Oh well, whatever, nevermind

Doch wie er immer sagte, jeder muss mal sterben.

KAPITEL 26

Dreiundsechzig Prozent der Nahrung der Chinesischen Gottesanbeterin bestehen aus den Männchen der Chinesischen Gottesanbeterin. Sie verschlingt sie nach der Paarung, wenn sie zu schwach sind, um ihren Fängen zu entkommen. Damit sie nicht losziehen und sich mit anderen Weibchen paaren und ihre verweichlichte DNA weitergeben können.

Es ist Teil der natürlichen Auslese. Guter altmodischer Darwinismus, sexuelle Evolution. Ganz zu schweigen von dem zusätzlichen Nahrungsangebot, das auf diese Weise zur Verfügung steht.

Jemand sollte Hello Kitty davon erzählen.

Die meisten Leute glauben, nur Schwarze Witwen fräßen ihre Männchen, aber das stimmt nicht. Sexueller Kannibalismus ist in vielen Familien von Spinnen, Skorpionen und Gottesanbeterinnen verbreitet. Gattungen, die es geschafft haben, seit Millionen Jahren zu überleben. Die die Dinosaurier überlebt haben und die wahrscheinlich immer noch hier sein werden, wenn es uns längst nicht mehr gibt.

Aber beim Menschen ist er weniger verbreitet. Wenn er also vorkommt, flippen die Leute ein bisschen aus.

Man denke nur an Dahmer.

Er tat es noch nicht einmal zum Zweck der natürlichen Auslese oder der Ernährung. Er wollte bloß, dass seine Opfer für immer und ewig bei ihm blieben. Und alle beschimpften ihn als krankes Monster, und man warf ihn ins Gefängnis.

Doch Dahmer hatte recht.

Einen geliebten Menschen zu verspeisen sorgt dafür, dass er einen nie verlassen wird. Man nimmt einen kleinen Teil von ihm in sich auf und macht ihn zu einem Teil von sich. Für immer.

Wo auch immer man hingeht, er wird bei einem sein. Wenn man den Gehsteig entlangspaziert, wenn man in einer Wanne mit schmutzigem Badewasser sitzt, wenn man fünfzehn Stunden am Tag in einem Büro arbeitet. Tragbarer als ein iPod nano, und sogar noch besser.

Tragbarkeit ist heutzutage wichtiger denn je. Die Fluggesellschaften berechnen einem fünfzehn bis fünfundzwanzig Dollar für jedes aufgegebene Gepäckstück. Ein Mädchen muss mit leichtem Gepäck reisen. In der modernen Welt darf man sich nicht belasten. Man darf nicht riskieren, etwas auf dem Gepäckkreisel zurückzulassen. Oder auf einem Segelboot. Oder auf einem Pausenhof. Niemals.

Nichts wird zurückgelassen. Das ist alles, was Dahmer vermeiden wollte. Zurückgelassen zu werden.

Ach ja.

Am nächsten Morgen verließ ich das Haus eine Stunde früher als sonst, wobei ich mich auf eine frühmorgendliche Sitzung berief. Doch stattdessen ging ich zu Walgreens, wo man alles von Kondomen über Ohrentropfen bis hin zu Korkenziehern bekommt, und das alles zu einem günstigen, annehmbaren Preis. Ich kaufte ein Neunundneunzig-Cent-Feuerzeug, eines dieser Billigdinger, die neben der Kasse ausliegen.

Dann ging ich zu den Resten von Seans Apartment am Russian Hill. Ich hatte in der vergangenen Nacht die Sirenen der Feuerwehr auf Seans Haus zuheulen gehört. Ich roch den Rauch, vernahm das Dröhnen, drehte mich um und schlief ein.

Doch jetzt stand ich auf dem Gehsteig vor dem Wohnhaus und blickte zu dem gewaltigen, klaffenden schwarzen Loch empor, das einmal sein Wohnzimmerfenster gewesen war. Verkohlte Trümmerstückchen lagen auf dem Boden verstreut, zusammen mit Glas, Putz und Spuren der Rettungsversuche der Feuerwehrleute.

Ich zog mein Billigfeuerzeug und die Dunhill-Zigarette, die ich Sean weggenommen hatte, aus der Manteltasche. Und zündete sie an.

Ich führte die Zigarette an die Lippen und inhalierte. Der heiße, schwere Rauch brannte mir in der Kehle und brachte mich heftig zum Husten. Doch unerschrocken versuchte ich es erneut. Beim zweiten und dritten Mal war es besser. Zum Teufel mit Asthma. Jeder muss einmal sterben.

Ich stand da und blickte zu den Überresten von Seans Apartment empor, rauchte Seans Zigarette und entsann mich des Gespräches, das wir an Bord der *Countess* auf unserer Segelpartie nach Angel Island geführt hatten. Ich dachte daran, was er über seine Asche gesagt hatte und was damit geschehen solle. Und dann atmete ich tief ein und redete mir ein, dass Sean es so gewollt hätte. Das reden sich die Leute immer ein.

Und dann atmete ich noch einmal ein.

Und noch einmal.

Ich inhalierte Seans Asche, Essenz, seinen Geist, was auch

immer in der Luft um mich herum von ihm übrig war. Es war besser, als sein Fleisch, seine Genitalien, seine Leichenteile zu verzehren. Ein geringeres Risiko, sich eine Krankheit zuzuziehen. Keine Gefahr, dass mich jemand als Monster bezeichnete.

A mulatto, an albino

Aber es ist so gut wie das Gleiche, ob es nun durch die Nase geschieht oder durch den Mund. Die ganzen winzig kleinen Partikelchen, wie Minizecken und –flöhe.

A mosquito, my libido

Mit meinen Lungen voll Sean ging ich in die Arbeit.

»Guten Morgen, Doreen.«

Und es war wirklich ein guter Morgen.

»Fiona, haben Sie geraucht?«

»Nein, Doreen, ich rauche nicht. Aber ich bin auf der Straße hinter jemandem gegangen, der vor sich hin gepafft hat.«

»Wie rücksichtslos. Ich hoffe, Sie haben etwas gesagt.«

»Nö, man weiß ja nie. Es hätte einer dieser Spinner sein können, die einem einen Fausthieb ins Gesicht verpassen, nur weil man etwas sagt.«

»Stimmt.«

Doreen kannte die Stadt ebenfalls.

Ich schaltete meinen Computer ein und sah online nach den Lokalnachrichten. Ich brauchte noch nicht einmal nach dem Artikel zu suchen. Er befand sich unter den letzten Meldungen.

Örtlicher Chirurg bei Gasexplosion ums Leben gekommen: Dr. Sean Killroy, 29, ein führender Schönheitschirurg in San Francisco, verstarb gestern Abend bei einer Explosion in seinem Apartment am Russian Hill. Die

Ermittler gehen davon aus, dass Killroy die Explosion versehentlich auslöste, als er, ohne von dem Gasleck in seiner Wohnung zu ahnen, sich mit einem Zündholz eine Zigarette anstecken wollte. Der Explosion fiel außerdem Killroys Nachbarin Betty Mulroney, 86, zum Opfer, die man in Killroys Apartment fand. Die Behörden gehen davon aus, dass die beiden Opfer befreundet waren …

Betty und Sean. Befreundet. Wie reizend. Mehr Zeitungshalbwahrheiten.

Here we are now, entertain us

Ein professionelles Foto von Sean, der in einem weißen Arztkittel mit Stethoskop um den Hals lächelte, war dem Artikel beigefügt, in dem es weiterhin um die Gefahren des Rauchens ging, den Einfluss von Tabak auf das Alltagsleben und wie diese Tragödie hätte vermieden werden können, wenn Dr. Killroy, der Arzt war und es besser hätte wissen sollen, mit dem Rauchen aufgehört hätte.

Sean hätte wohl die Mahnung auf Zigarettenpackungen beachten sollen:

Rauchen fügt Ihnen und den Menschen in Ihrer Umgebung erheblichen Schaden zu.

Das traf in seinem Fall ganz gewiss zu.

Doch Sean hatte einen Teil seines Wunsches erfüllt bekommen.

Er hatte eingeäschert werden wollen. Das hatte die Explosion zweifellos erledigt. Zu schade, dass Betty nicht mehr am Leben gewesen war, um an seiner Asche zu ersticken. Wenigstens kam die restliche Nachbarschaft in den Genuss.

Und ich auch. Genau wie eine brave kleine Chinesische Gottesanbeterin.

Ich betrachtete das Porträt der Blutgräfin, das meinen Computerdesktop zierte. So veraltet. Vierhundert Jahre. Es war Zeit für ein Upgrade. Zeit für etwas Neues, Junges, Modernes. Ich klickte auf Seans Bild in dem Artikel und richtete es als mein Desktop-Hintergrundbild ein. Viel besser.

»Wer ist das?«, würde jemand eines Tages fragen.

»Die Liebe meines Lebens«, würde ich antworten.

»Du Glückspilz.«

Ja, das würde jemand sagen.

Sean sah definitiv besser aus als die Blutgräfin. Das ganze Blut hatte der Frau kein bisschen geholfen. Letztlich war sie doch gestorben, genau wie alle anderen. So ein psychopathisches Luder.

Sean lächelte mir von meinem Desktop zu. Erinnerte mich daran, es Doreen zu besorgen, wenn sie es nicht anders verdient hatte.

Erinnerte mich daran, dass ich kein Jungfernhäutchen brauchte.

Erinnerte mich daran, dass ich mit den Dons und Freddies der Welt fertig werden würde. Oder mit jedem anderen Jungen, den mein Vater mir aufdrängte.

A denial

Ich habe keine Ahnung, warum Cobain am Ende von »Smells Like Teen Spirit« zigmillionenmal »a denial« schreit. Ja, keiner weiß es. Das ist das Großartige an dem Song. Keiner kapiert ihn wirklich.

Also kann man so tun, als sagte er, was man will.

Ich finde, es klingt, als murmelte er »bloody liar«. Wirklich. Einfach mal anhören. Andererseits spricht vieles für Weird Al Yankovics Deutung in seiner Videoparodie von Nirvana, dass Cobain »Sayonara« geschrien habe.

Ach, was soll's!

Cobain war bis zu den Kiemen auf Drogen. Wenn überhaupt, sollte man ihn in Ruhe lassen und den Drogen die Schuld geben.

Also, ja, klar, ich werde für dich kochen.

Bloody liar

Ich werde deine Klamotten waschen.

Bloody liar

Ich werde deine zweieinhalb Gören zur Welt bringen.

Bloody liar

Und deinen Schwanz lutschen. Genau wie eine brave Hello Kitty.

Bloody liar

Hi, ich bin Fiona Yu.

Sayonara

Und ich freue mich ja so sehr, deine Bekanntschaft zu machen.

Whatever.

Ich möchte mich bei den wunderbaren Leuten bedanken, die dieses Projekt ermöglicht haben:

Robert Ressler, meinem Lehrer in Kreativem Schreiben, der mir auf meinem Weg ins Autorendasein beratend zur Seite stand.

John Kithas für meine Arbeitsstelle, während ich an diesem Buch schrieb.

Lynda, die mir gesagt hat, ich solle einfach einmal mit diesem Buch anfangen.

Adrian Weber, meinem Freund, persönlichen Lektor und Leser, für die Hilfe bei der Suche nach einem verdammt guten Titel, das Redigieren der ersten Fassung und den Zuspruch.

Marie Mockett für ihre Hilfe, was den Prozess des Klinkenputzens und Veröffentlichens betraf.

Andrea Somberg für ihre Vorschläge, um dem Roman den letzten Schliff zu verpassen.

Josh Getzler, meinem fabelhaften Agenten, der wirklich alles daran gesetzt hat, um diesen Roman zu verkaufen.

Alison Janssen, die eine brillante Lektorin ist.

Ben Leroy, der diesen Roman überhaupt erst eingekauft hat.

Mom & Dad, die mich auf diesen Planeten gebracht haben.

Meatball, meinem dicken Wellensittich, der mich inspiriert hat.

Sankt Judas für erhörte Gebete.

Dick Cheney dafür, dass er Dick Cheney ist.

COPYRIGHT

»Smells Like Teen Spirit«
Written by Kurt Cobain, Dave Grohl, and Krist Novoselic
Published by EMI Virgin Songs, Inc. o/b/o The End of Music and Primary Wave Tunes, Songs of Universal, Inc. on behalf of MJ Twelve Music, and Murky Slough Music
Courtesy of Geffen Records under license from Universal Music Enterprises
All Rights Reserved. Used by Permission.

Words and Music by Kurt Cobain, Krist Novoselic and Dave Grohl
© 1991 THE END OF MUSIC, PRIMARY WAVE TUNES, M.J. TWELVE MUSIC and MURKY SLOUGH MUSIC
All Rights for THE END OF MUSIC and PRIMARY WAVE TUNES
Controlled and Administered by EMI VIRGIN SONGS, INC.
All Rights for M.J. TWELVE MUSIC Controlled and Administered by SONGS OF UNIVERSAL, INC. All Rights Reserved. International Copyright Secured. Used by Permission.
Reprinted by permission of the Hal Leonard Corporation

»Dancing Queen«
Words and Music by BENNY ANDERSSON, STIG ANGERSON and BJORN ULVAEUS © 1976 (Renewed) POLAR MUSIC AB (Sweden) All Rights in the U.S. and Canada Administered by EMI GROVE PARK MUSIC, INC. and UNIVERSAL-SONGS OF POLYGRAM INTERNATIONAL, INC.
Exclusive Print Rights for EMI GROVE PARK MUSIC INC.
Controlled by ALFRED MUSIC PUBLISHING CO., INC.
All Rights Outside the U.S. and Canada Administered by UNIVERSAL-SONGS OF POLYGRAM INTERNATIONAL, INC.
All Rights Reserved. Used by Permission.

Words and Music by Benny Andersson, Bjorn Ulvaeus and Stig Anderson
Copyright © 1977 UNIVERSAL/UNION SONGS MUSIKFORLAG AB
Copyright Renewed
All Rights in the United States and Canada Controlled and Administered by UNIVERSAL-SONGS OF POLYGRAM INTERNATIONAL, INC. and EMI GROVE PARK MUSIC, INC. All Rights Reserved. Used by Permission Reprinted by permission of Hal Leonard Corporation

»Love Shack«
Words and Music by Catherine E. Pierson, Frederick W. Schneider, Keith J. Strickland and Cynthia L. Wilson
© 1989 MAN WOMAN TOGETHER NOW!, INC. and EMIBLACKWOOD MUSIC INC.
All Rights for MAN WOMAN TOGETHER NOW!, INC. Controlled and Administered by EMI APRIL MUSIC INC.
All Rights Reserved. International Copyright Secured. Used by Permission.
Reprinted by permission of Hal Leonard Corporation

»Heart Shaped Box«
Words and Music by Kurt Cobain
© 1993 THE END OF MUSIC and PRIMARY WAVE TUNES
All Rights Controlled and Administered by EMI VIRGIN SONGS, INC.
All Rights Reserved. International Copyright Secured. Used by Permission
Reprinted by permission of Hal Leonard Corporation

»Come As You Are«
Words and Music by Kurt Cobain
© 1991 THE END OF MUSIC and PRIMARY WAVE TUNES
All Rights Controlled and Administered by EMI VIRGIN SONGS, INC.
All Rights Reserved. International Copyright Secured. Used by Permission.
Reprinted by permission of Hal Leonard Corporation